Glam, jalousie
et autres cachotteries

Cecily
VON ZIEGESAR

Glam, jalousie
et autres cachotteries

Traduit de l'anglais (États-Unis)
par Françoise Hayward

Titre original :
CUM LAUDE

« *Beaucoup de gens vont à l'université sans vraiment chercher à savoir qui ils sont. Et à la sortie, ils sont comme tout le monde, ils se posent encore la question.* »

Extrait de la préface du
Guide de l'étudiant 1992

1

La fac, c'est l'endroit idéal pour draguer. L'université de Dexter n'échappait pas à la règle. À des mètres à la ronde, elle annonçait déjà la couleur. Surgissant des arbres sur le piédestal d'une colline, elle frappait par sa beauté, malgré sa rigueur toute académique. Depuis la ville, on ne voyait que le clocher blanc de la chapelle privée, surplombant le campus encadré de forêts profondes, de conifères, de bouleaux et d'érables vénérables.

Pour se rendre à la fac de Dexter, il faut passer par la nationale 95, puis prendre l'avenue Homeward et traverser la zone commerciale de la ville de Home, un coin perdu dans l'État du Maine. C'est là que les parents de la région viennent faire leurs courses. On y trouve deux supermarchés, un pour flamber, un pour se serrer la ceinture, quelques boutiques pour les plus de trente ans, et l'inévitable club de chasse-pêche-et-tradition. Mais rien de prévu pour les jeunes.

Shipley Gilbert, jeune étudiante en première année, aurait aimé grimper à pied jusqu'au campus pour se dégourdir les jambes. Mais la grosse Mercedes familiale était tellement blindée, avec toutes ses affaires prévues pour le premier semestre, que la voiture s'imposait. Elle avait convaincu sa mère de ne pas l'accompagner, c'était déjà ça.

Elle se gara sur une des places de parking temporaire devant un imposant bâtiment de brique rouge. Le mot Coke était gravé dans le marbre au-dessus de la double porte d'entrée noire. Il y avait déjà du monde sur le parking. Les étudiants tiraient des valises à roulettes et des cartons ; les pères tiraient sur la laisse de leurs chiens, les petites sœurs faisaient voltiger leurs jupettes, les petits frères faisaient « pan » du doigt en visant les oiseaux, et les mères éventaient leurs vapeurs dans la chaleur humide. Le ciel était bleu, le gazon vert bien tondu, et la brique rutilante. Un groupe de garçons en T-shirts étaient vautrés sur la pelouse. Un jeune et beau prof de littérature, assis sur l'herbe, lisait à haute voix des poèmes de Walt Whitman devant un parterre de jeunes étudiants passablement agités, visiblement plus assoiffés de bière que de poésie. Trois filles portant les mêmes T-shirts Dexter roses couraient vers le gymnase.

La fac de Dexter était bien telle qu'on l'imaginait en lisant les brochures.

Shipley sortit de la voiture. Elle sentait la cigarette et le chewing-gum aux fruits. Il faut un début à tout, et désormais elle allait fumer et mâcher du chewing-gum comme une grande. Elle se l'était promis en montant la côte.

On était à la fin août, et le vent chaud bruissait dans les feuilles des érables qui longeaient le chemin allant du parking à la grande pelouse centrale du campus. De chaque côté du terre-plein, les immeubles de brique rouge arboraient d'énormes colonnes blanches à la grecque.

La chapelle de bois blanc immaculé se dressait à flanc de coteau, face à la nouvelle résidence étudiante en verre et crépi rose, parfaite juxtaposition de tradition et de modernité. C'était d'ailleurs la devise revisitée de la fac, quand on avait coupé le ruban d'inauguration en juin dernier : « Tradition et modernité ». La librairie de la fac de Dexter vendait même des petits carillons gravés des mots « Tradition » sur le tube en cuivre et « Modernité » sur la tige. Bien entendu, l'ancienne devise de la fac, *Reperio vestri* – « Connais-toi toi-même » – était toujours inscrite en lettres gothiques, mais très peu d'étudiants comprenaient ce que cela signifiait. Ou s'en fichaient complètement.

Shipley respira l'air frais de la campagne et s'imagina déjà foulant le sol recouvert de grosses feuilles d'érables rouges en automne : emmitouflée dans sa veste préférée en gros tricot beige, elle se baladait dans les allées dallées de pierre avec ses nouveaux amis, buvait du café à la noisette à la cafèt', discutait art et poésie, allait faire du ski de fond et se livrait à tous les loisirs qu'on peut rêver d'avoir sous la main quand on habite dans le Maine. Pressée d'y être déjà, elle ouvrit le coffre de la voiture et saisit les poignées du plus gros sac de voyage.

— Besoin d'aide ?

Deux garçons l'encadraient, sourire aux lèvres, prêts à rendre service.

— Je m'appelle Sébastien.

Le plus grand attrapa le premier sac, puis se pencha pour prendre l'autre.

— Mais tout le monde m'appelle Sea Bass.

Il tendit le deuxième sac à son copain :

— Je te présente Damascus.

Damascus, un type bien baraqué avec des cheveux épais coiffés dans le style afro, prit le sac dans ses grosses mains bronzées, la rassurant d'un petit sourire en coin.

— T'inquiète, on est complètement inoffensifs.

Shipley hésita :

— Moi, je suis au troisième étage, chambre 304. Je suppose qu'on va y aller ensemble ?

— J'y crois pas ! s'esclaffa Sea Bass. T'es juste à côté de nous !

Il lâcha le sac de Shipley et la prit dans ses bras en la serrant si fort qu'il la souleva de terre, et lui dit :

— Bienvenue pour le premier jour du restant de ta vie.

Shipley fit un pas en arrière, toute rouge, et replaça ses longs cheveux blonds derrière ses oreilles. Elle n'avait pas l'habitude d'être abordée par des garçons aussi turbulents et sympathiques. Elle venait d'une école de filles, le lycée Greenwich. Elle y était depuis la primaire et les garçons avaient leur propre lycée, Brunswick. Mais en dehors de la chorale, où quelques éléments masculins venaient chanter, et de son partenaire pour les cours mixtes au labo de chimie, c'était une grande première. Comme son père était plutôt du genre absent et que son frère aîné – un type étrange et introverti – avait toujours été en pension, elle ne se sentait pas à l'aise avec les garçons. Elle ouvrit la portière arrière pour récupérer son oreiller en plume d'oie et son lecteur CD, se demandant si elle se ferait aussi facilement au contact avec les garçons qu'au chewing-gum et à la cigarette.

— Ça marche. Je suis prête.

Elle cala l'oreiller sous son bras et claqua la portière.

— Alors, pourquoi tu as choisi cette fac ? lui demanda Sea Bass en la suivant dans l'escalier en colimaçon.

— Je ne sais pas, dit Shipley en haussant les épaules. Mon frère y est venu aussi… et je n'ai pas été prise à Dartmouth, ajouta-t-elle après une pause.

— Pareil pour moi… Je suppose que c'est pour ça qu'on atterrit tous à Dexter, non ? répliqua Damascus.

Shipley suivit Sea Bass dans le couloir. Dexter fournissait des mini ardoises effaçables sur toutes les portes de chambre. Et la veille, les responsables de la cité U y avaient inscrit le nom de chaque étudiant. Sur l'ardoise de la porte 304, les noms d'Eliza Cheney et Shipley Gilbert étaient joliment calligraphiés.

La petite chambre était simple et se composait de deux lits d'une personne collés contre des murs blancs, avec une grande table en bois, une lampe de bureau et une chaise de chaque côté de la fenêtre. Il y avait un petit dressing intégré dans le mur avec des tringles coulissantes pour les vêtements, et au centre, au-dessus des tiroirs, un miroir rectangulaire équipé d'une prise électrique pour sèche-cheveux ou fer à friser. Les murs blancs venaient d'être repeints, mais les meubles et le linoléum étaient fatigués, maculés de taches d'encre, ce qui donnait le ton à la fois du lieu et de l'institution : un peu glauque, mais non dénué de charme.

Shipley s'assit en choisissant le lit le plus proche de la porte. Sea Bass et Damascus passèrent la tête par la porte entrebâillée.

— Tu veux une petite bière ? demanda Sea Bass. On en a commandé un tonnelet.

— Et on va l'ouvrir, ajouta Damascus.

Dans le couloir, Shipley entendait les derniers adieux des parents à leur progéniture. Elle demanda :

— C'est bien maintenant qu'on doit aller à la soirée de présentation, non ?

Cette soirée de présentation, dite « d'orientation », était une tradition à Dexter pour accueillir les nouveaux. Elle consistait à leur faire passer une nuit de camping dans les bois avec leurs camarades de chambre, sous la houlette de l'un des profs.

— C'est pas pour nous, en tout cas, dit Damascus en frottant son gros ventre. Nous, on est des anciens, on a déjà fait tout ça. On est juste venus en avance pour la teuf.

Sea Bass ouvrit la fenêtre en grand ; il se percha sur la balustrade et allongea ses grandes jambes en faisant des ciseaux géants.

— Ils refilent les chambres les plus minables aux nouveaux. La nôtre est un vrai palace à côté de la tienne.

Il observa Shipley pendant qu'elle arrangeait son oreiller sur le matelas.

— Qu'est-ce qu'il a fait comme études, ton frangin, quand il est venu ici ?

Shipley n'avait jamais pensé qu'on lui poserait la question. Quatre ans auparavant, elle était venue ici avec ses parents pour accompagner son frère dans ce même bâtiment, au premier étage. Il s'était assis sur le lit avec sa valise bien rangée à ses pieds et leur avait dit au revoir d'un signe joyeux de la main. Deux mois plus tard, les parents avaient reçu une plainte de la fac disant que Patrick venait très rarement en cours. Et un mois plus tard, on avait appelé pour dire qu'il avait disparu en laissant sa valise intacte.

On avait retrouvé sa trace par les cartes de crédit. Il allait dans les bars, les motels et les restos du Maine. Suivirent les rapports de police : il entrait par effraction dans des maisons pour avoir chaud et dormait dans des parkings, des terrains de camping ou sur des plages. Il avait volé une bicyclette toute neuve. Après, ce furent les notes d'hôpitaux, les urgences. Il avait une pneumonie, des engelures et de l'urticaire.

Les parents de Shipley avaient bien essayé de lui faire comprendre qu'il pouvait revenir à la maison ou du moins les appeler, mais il ne l'avait jamais fait. Quand elle remontait dans sa chambre après le dîner pour faire ses devoirs, ils restaient assis et buvaient à table en silence. Parfois, sa mère pleurait. Un soir, son père avait cassé une assiette. Ils avaient fini par bloquer la carte de crédit et avaient rayé ce fils de leur vie.

« Il nous reste Shipley », disaient-ils.

— Il n'a jamais fini ses études, expliqua Shipley en s'éventant d'une main. (Dans la chambre, malgré la fenêtre ouverte, l'air était suffocant.) Il est parti, et personne ne sait où il est allé, ajouta-t-elle.

— Flippant ! s'exclama Damascus.

Une fille brune avec une frange raide coupée au rasoir se faufila derrière son épaule :

— Excusez-moi... On est déjà en train de parler de moi ? dit-elle.

— Désolé.

Damascus trébucha dans la chambre. Il essaya de mettre sa main dans la poche de son pantalon, mais il était tellement boudiné dans son velours côtelé qu'il avait du mal à passer ne serait-ce qu'un doigt.

La fille portait un short en jean tellement court qu'on voyait dépasser la doublure de ses poches.

— Je m'appelle Eliza. Et toi, dit-elle en pointant un doigt sur Shipley, t'es assise sur mon lit.

Shipley bafouilla :

— Je ne savais pas. Désolée.

Eliza lui fit les gros yeux. Elle faisait toujours peur à tout le monde, c'était sa spécialité. Mais elle ne voulait pas déclencher instantanément la haine chez sa nouvelle camarade de chambre. Elle allait faire un effort pour être gentille.

— Je plaisantais... Je voulais te mettre mal à l'aise. Désolée, là, c'est moi qui passe pour une idiote. Et pourtant, j'ai été acceptée à Harvard...

— Sans blague, siffla Sea Bass. Qu'est-ce que tu fous ici, alors ?

Eliza haussa les épaules. Si elle s'était inscrite ici au lieu d'aller à Harvard, c'était parce que la fille qui lui avait fait visiter Dexter lui avait fait faire le tour du campus à l'envers. En patins à roulettes vintage avec lacets à pompons jaunes. Elle ne se souvenait que de ce détail. Il lui avait semblé qu'une université de la Nouvelle-Angleterre comme cette petite fac de Dexter serait l'endroit idéal pour permettre à une fille excentrique de se faire remarquer. Alors qu'à Harvard, personne n'aurait fait attention à elle. Et elle n'avait pas l'intention de passer inaperçue.

— Je ne sais pas, dit-elle en haussant les épaules. J'ai entendu dire que la bouffe était meilleure ici.

Un vieux sac à dos de l'armée – le seul bagage qu'elle avait emporté dans le bus, depuis Érié, en Pennsylvanie – bloquait le couloir, raide comme un cadavre. Elle le traîna dans la chambre.

— Celui-là me va, dit-elle à Shipley en s'asseyant sur l'autre lit – d'un ton nettement plus sympa.

Elle se tourna vers Sea Bass, toujours perché sur le montant de la fenêtre :

— Et toi, tu crèches où ? demanda-t-elle avec une voix de peste. Parce que là, tu vois, faut que je compte mes Tampax avant d'aller à la soirée d'orientation.

Shipley était blonde et jolie, alors évidemment les mecs restaient scotchés. Mais elle était également très timide, ce qui était aussi bien, parce que Eliza ne l'était pas du tout. Elles allaient s'entendre super bien.

Sea Bass descendit de la fenêtre d'un bond. Damascus était déjà parti.

— Souvenez-vous qu'il y a de la bière qui vous attend à votre retour, dit-il avant de claquer la porte.

Pour se donner une contenance, Shipley défit son plus petit sac et en sortit une paire de draps de chez Ralph Lauren. Elle sentit le regard d'Eliza, pendant qu'elle déchirait l'emballage du drap-housse. Elle avait passé beaucoup de temps à choisir cette nouvelle paire de draps dans la boutique la plus chic de Stamford. C'était la première fois qu'elle s'en achetait, et elle voulait qu'ils soient parfaits. Le motif un peu abstrait, dans les tons violet foncé, bleu marine et vert bouteille lui semblait juste assez osé pour aller avec l'université… tout en restant Ralph Lauren, bien entendu.

— Cool ! dit Eliza. Très jolis draps, vraiment.

— Merci.

Shipley n'était pas sûre de la sincérité de sa camarade de chambre. Elle étira avec soin le drap-housse sur le matelas.

— J'ai dit aux garçons que je n'avais pas été acceptée à Dartmouth, mais en fait je l'ai été.

Le fait qu'Eliza et elle aient toutes deux préféré Dexter à une université plus cotée leur donnait un terrain d'entente.

— Moi aussi, j'ai préféré venir ici.

Les draps étaient sublimes et la chambre paraissait déjà plus jolie.

— Pour quelle raison ?

Eliza ouvrit son sac de voyage et en sortit une collection de livres, du genre *Entretien avec un vampire*, et une patte de lapin blanc sur une petite chaîne en or. Elle s'agenouilla sur le matelas et accrocha le porte-bonheur au mur, au-dessus de sa tête de lit. Elle s'assit et sourit, admirant ce mélange symbolique de perversité gore et de désespoir kitsch.

Shipley sortit le drap du dessus. Ses parents étaient déjà mécontents quand elle s'était inscrite à Dexter. Mais quand elle avait vraiment décidé d'y aller, ils avaient arrêté de lui parler. Ils trouvaient que l'université était trop laxiste. Et puis Dartmouth avait une meilleure réputation. Mais Shipley avait dix-huit ans maintenant, et elle était fatiguée de jouer les bonnes fifilles dans l'ombre de son frère Patrick qui, lui, avait toujours été le méchant garçon. Pour elle, Dexter représentait les coulisses d'une scène magique, l'entrée dans une vie beaucoup plus intéressante que celle qu'elle avait eue jusque-là. Patrick était venu ici et il avait disparu d'une façon absolument glorieuse.

Quelqu'un frappa à la porte.

— Shipley Gilbert ? Eliza Cheney ?

Eliza alla ouvrir la porte.

— Oui…

Une personne de sexe indéterminé, grande, mince avec des cheveux châtain doré en épis teintés de blond vénitien, une mâchoire carrée, une pomme d'Adam proéminente et des boucles d'oreilles en or sur des lobes trop longs la dévisagea froidement. Eliza examina le short trop large, le T-shirt Dexter débraillé et les mocassins en daim marron.

— Je suis le Pr Darren Rosen, votre professeur principal. C'est l'heure de partir. N'oubliez pas que vous êtes dans le Maine, apportez un vêtement chaud, parce qu'il va faire froid ce soir.

Eliza attrapa le premier sweat-shirt qu'elle trouva, un truc informe d'une couleur dégueu, et le planqua sous son bras. Pendant ce temps, Shipley faisait son choix parmi une collection de lainages délicats ; elle choisit un cardigan à poches tricoté à la main de couleur crème, et le noua autour de sa taille. Elle ressemblait à un mannequin des catalogues de mode que la mère d'Eliza jetait à la poubelle. Elles suivirent le Pr Rosen et sortirent de la résidence. La plupart des étudiants de première année étaient déjà partis pour la présentation, et le parking était silencieux.

— Ah non, s'écria Shipley, ma voiture !

Elle se précipita vers une berline Mercedes noire immatriculée dans le Connecticut. Un PV jaune fluo était coincé sous un des essuie-glaces.

— Dépêchez-vous ! aboya le Pr Rosen, le parking principal est de l'autre côté de la route, on vous attend dans la camionnette.

La feuille de renseignements de la *coloc* d'Eliza n'avait pas mentionné que c'était une blonde sublime conduisant une Mercedes noire avec des essuie-glaces sur les phares avant. Il n'y était pas non plus question de ses élégantes jambes bronzées qui lui donnaient l'air d'un pur-sang quand elle courait en short blanc, gracieusement et sans efforts. Eliza n'avait pas son permis, ses jambes à elle étaient blanches et moches, et le seul short qu'elle possédât était ce truc informe en toile noire nase qu'elle portait aujourd'hui. Il devenait de plus en plus difficile de ne pas être jalouse, et de ne pas haïr Shipley purement et simplement.

Le Pr Rosen ouvrit la porte du van qui les attendait. En regardant le sapin vert peint sur la portière marron du vieux Ford poussif, Eliza ne put s'empêcher de penser qu'à Harvard ils avaient probablement une écurie complète de camions Mercedes. Le van était rempli de passagers et sentait le renfermé. Le Pr Rosen, qui était en réalité de sexe féminin, tapotait sur le volant avec impatience, tandis qu'Eliza se retrouvait coincée entre les trois filles aux T-shirts roses assortis.

La coupe particulièrement féminine des T-shirts était une nouveauté cette année et faisait un malheur parmi les nouvelles étudiantes. Ils avaient déjà vendu tout le stock à la librairie de la fac.

Au second rang, juste en face d'Eliza, Tom Wilson et Nicholas Hamilton attendaient impatiemment que le Pr Rosen démarre le camion et mette en route l'air conditionné.

— Bizarre, marmonna Tom. Ils ont vraiment l'air bizarre avec leurs bonnets tricotés et leurs sandales Kickers.

Même le prof principal chargé de cette soirée de présentation, avec ses boucles d'oreilles en or et ses cheveux ébouriffés C'était quoi, un mec ou une nana ? Aucune idée.

— Qu'est-ce que je vais aller faire là-bas ?, avait-il demandé à son père le matin même dans la voiture.

Son père lui avait offert une nouvelle Jeep Cherokee pour son bac. Il était assis devant à côté de lui, pendant que sa mère les suivait avec l'Audi.

— Parce que tu es un héritier et que c'est le meilleur endroit où on t'ait accepté, lui rappela son père. Dis donc, ne crache pas dans la soupe, fiston ! C'est ici, à Dexter que j'ai fait mes études, et je m'en suis plutôt bien sorti. Di...

— Ouais papa, je sais, je sais. Directeur de ta propre boîte. Beau mariage, belle femme, deux fils dans des bonnes universités, une grosse maison à Bedford et une superbe résidence secondaire au bord de la mer.

Tom passa sa main dans ses cheveux noirs, ce qu'il en restait en tout cas : il s'était fait couper les cheveux très courts pour le triathlon, mais le coiffeur de son père n'avait pas compris et lui avait fait une coupe de GI. Il avait jeté un coup d'œil sur son père, dont les cheveux gris étaient impeccables. Tout comme sa peau blanche. Et tout comme sa chemise blanche. Bref, il ressemblait à l'homme impeccable décrit dans *Gatsby le magnifique* (c'était d'ailleurs le seul livre imposé à l'école qu'il avait aimé et terminé). Mais il n'avait pas toujours eu ce genre de look. Tom avait vu des photos de son père quand il était à la fac : un hippie à la peau blafarde, avec une tignasse hirsute, un sourire défoncé et des cicatrices d'acné partout… même sur les paupières.

Son père avait jeté un coup d'œil par la portière et hoché la tête avec ce petit air d'ennui qu'ont les parents, fait d'un mélange d'expérience et de nostalgie, en disant : « Dexter va te surprendre. »

— Quel genre de surprise ? demanda-t-il en appuyant sur la pédale de l'accélérateur.

Il s'attendait à ce que son père lui parle de la société secrète de la fac dans les sous-sols de Dexter, là où les vrais mecs étaient triés sur le volet, et où les femmes ne voulaient qu'une chose finalement, et c'était toujours la même. Mais son père lui avait tapé sur l'épaule et souri en lui disant : « Aucune idée. »

Les fenêtres du van étaient grandes ouvertes. Tom regarda les pelouses, tellement épaisses et verdoyantes que ça vous faisait mal aux yeux, et écouta les oiseaux qui chantaient à tue-tête. Il avait toujours remarqué les détails de ce genre, l'ambiance, le décor, il adorait ça. Il se tourna vers le gars assis à côté de lui, son nouveau coloc. Ils s'étaient déjà rencontrés dans la chambre avant que son père et lui partent déjeuner.

— Nicholas ? (Tom s'adressa au type qui portait un drôle de bonnet sur la tête.) C'est comme ça qu'on t'appelle ?

Le type retira les écouteurs de ses oreilles ; des boucles blond cendré retombaient sur le col de sa chemise brodée, une chemise d'une couleur improbable entre muesli et banane écrasée, qui ressemblait davantage à une tunique, car elle lui arrivait aux genoux.

— Je préfère Nick.

Tom, agacé, croisa les jambes. Si Nicholas voulait qu'on l'appelle Nick, pourquoi n'avait-il pas écrit Nick sur sa fiche d'inscription ? Tom avait écrit Tom sur la sienne, pas Thomas. Personne ne l'appelait Thomas. Même pas sa grand-mère.

— Hé, professeur ! dit-il au type qui était derrière le volant. Eh, monsieur, est-ce qu'on va bientôt bouger ? Parce qu'on manque d'air, ici.

— C'est pas « monsieur » mais « madame », lui souffla Nick. Elle, c'est le Pr Darren Rosen. Elle donne un cours magistral sur l'androgynie. J'ai lu ce qu'ils disent d'elle dans le *Guide de l'étudiant*.

C'est pas vrai ! Tom se demanda s'il n'était pas trop tard pour changer de fac et aller dans un endroit où il y aurait moins de cinglés. Il regarda par la vitre. La fac était perchée sur une colline entourée de bois obscurs, de fermes boueuses et de bleds paumés éparpillés.

— De la boue, de l'herbe et des arbres, de la boue, de l'herbe et des arbres, murmura-t-il.

Une des filles derrière tapait sur le dos de son siège avec ses pieds.

— Allez, mec, on est dans le Maine, pays réputé pour son tourisme. Les gens viennent ici pour le paysage. Tu devrais être content et dire merci !

Tom se retourna pour fusiller du regard la fille à la frange brune et au rictus permanent.

— Moi aussi, je t'emmerde, fit Eliza en réponse à son regard furieux.

— Je pensais qu'on pourrait faire du camping sur la pelouse du campus pendant qu'il fait encore beau. On pourrait peut-être monter une yourte ?

Nick rêvait tout haut, ignorant l'altercation entre Eliza et Tom. Nick faisait partie de ces gens qui sont toujours contents, Eliza en aurait mis sa main au feu. Il portait l'uniforme typique des étudiants hippies et son sourire permanent lui venait peut-être du shit, mais elle pouvait parier qu'il souriait comme ça même quand il ne fumait pas. C'était le genre de type qui la rendait folle. Elle avait eu envie de le frapper ou de le bouffer tout cru, voire les deux.

Nick remit les écouteurs sur ses oreilles. Eliza avait raison, il était content. Il était surtout heureux quand il écoutait un de ses albums préférés : Simon and Garfunkel, *The Concert in Central Park*. Sa mère l'avait emmené au concert quand il avait sept ans ; ils y étaient allés tous les deux. Elle avait partagé un joint avec des gens qui dansaient sur l'herbe à côté d'eux. Et elle l'avait même laissé fumer une taf, juste pour le fun.

Après quatre années de pension, Nick aurait dû s'habituer à être séparé de sa mère et de sa petite sœur, mais il avait déjà le cafard. Il avait passé tout l'été en ville avec elles, à écouter des disques et à pique-niquer dans le parc. Le voyage en bus jusqu'à Dexter avait été vraiment triste ; il avait même refusé de prendre un sandwich avec Tom et son père pour pouvoir téléphoner à la maison. Sa mère était au travail, et sa sœur au centre de loisirs. Mais ça lui avait fait du bien d'entendre leurs voix sur le répondeur.

— Comment t'appelles ça ? Une yourte ? lui demanda Tom.

— Quoi ?

Nick gardait les écouteurs sur ses oreilles, essayant d'ignorer son nouveau camarade de chambre qui avait les nerfs à bloc.

— Une yourte, demanda Tom, c'est quoi, ce truc-là ?

Tom deviendrait peut-être plus sympa s'il recevait suffisamment de bonnes vibrations.

— Oh ! c'est une sorte de grande tente. Je vais demander à la fac si je peux en construire une pour y dormir de temps en temps, tu sais, pour pouvoir communier avec la nature...

Nick avait connu un type qui s'appelait Laird Castle, quand il était étudiant en première année. Ce dernier avait construit une yourte derrière le bâtiment des sciences et y avait habité jusqu'à la fin de ses études. Laird aurait dû revenir à la fac de Dexter. Mais le mât de sa tente avait été frappé par la foudre, au cours d'un voyage en camping dans les montagnes du Berkshire, et il avait été tué sur le coup. Nick n'avait pas vraiment connu Laird. Mais il avait pu admirer sa collection de bonnets péruviens tricotés à la main, les autocollants de végétarien militant qu'il avait collés sur sa voiture coréenne pourrie, et les nuages de fumée de cannabis et autres substances qui s'échappaient régulièrement de sa yourte. C'était donc lui qui allait porter le flambeau de l'héritage spirituel de Laird à Dexter. Pour lui, Laird était Yoda, un maître jedi de *La Guerre des étoiles*, et lui était le jeune Luke Skywalker. Pour pouvoir maîtriser la force, un chevalier jedi avait besoin d'un endroit secret pour se préparer et pour perfectionner ses dons. La yourte serait donc ce haut lieu d'initiation.

Nick éternua violemment et s'essuya le nez du revers de la main, puis éternua à nouveau.

— Ah ! répugnant ! s'exclama Tom d'un air dégoûté.

Nick s'excusa :

— Désolé, je suis allergique.

— À tes souhaits, murmura Eliza derrière.

Tom desserra sa ceinture d'un cran, une très belle ceinture en coton tressé jaune canari, et s'écarta de Nick. Visiblement, son nouveau camarade de chambre, Atchoum, ne tarderait pas à l'inviter à camper. Ils allaient passer du bon temps dans leur tente ou leur yourte à boire des tisanes chaudes, l'un en s'essuyant le nez et l'autre en se bourrant joyeusement. Vivement que les cours commencent, pour en finir tout de suite avec les quatre prochaines années, et après ça, il pourrait commencer à travailler avec son père. Il n'avait pas besoin de cette séance d'orientation complètement stupide. Il était déjà parfaitement bien orienté, et ce qui se pointait à l'horizon de ces quatre longues années s'annonçait comme une foutue épreuve. À commencer par ces douze mois qu'il allait devoir vivre avec une chochotte allergique de Manhattan.

Le Pr Rosen fit démarrer le moteur.

— Et voilà notre dernière passagère, enfin ! Allez, poussez-vous.

Shipley avait eu le temps de fumer une autre cigarette tout en cherchant une place sur le parking autorisé. Elle crapotait comme une débutante, mais le fait d'imaginer sa mère en train de la voir remplir le cendrier de la voiture de mégots immondes lui donnait un petit frisson de plaisir.

— Il n'y avait plus de place, dit-elle au professeur, j'ai dû me garer sur l'herbe. J'espère que ça ira.

Elle tournicota ses cheveux derrière ses oreilles et chercha un endroit pour s'asseoir. Eliza était complètement dans le fond, écrasée entre les trois filles aux T-shirts roses.

— Il y a une place ici !

Deux garçons s'écartèrent pour lui ménager un espace confortable. Un des garçons portait la même tunique de plage couleur marron glacé qu'elle avait achetée pour mettre par-dessus son maillot de bain l'été dernier. Il portait aussi un bonnet péruvien en laine tricotée dont dépassaient les écouteurs de son walkman. L'autre portait un bermuda bleu impeccable, et il devait baisser sa tête, d'ailleurs rasée comme celle d'un GI, pour ne pas toucher le toit du véhicule.

Shipley s'enfonça dans son siège, tandis que le camion sortait du parking et descendait vers la ville. Un vent chaud entrait par les fenêtres ouvertes, faisant virevolter ses cheveux blonds vers l'arrière.

Une des filles s'écria dans le fond :

— Quel pied, cette brise !

— Incroyable, ajouta sa copine.

— Divin, renchérit la troisième.

Le grand type guindé tendit la main à Shipley, en disant « Moi je m'appelle Tom, et je suis de Bedford », supposant sans doute qu'elle savait de quoi il parlait. Effectivement, elle connaissait Bedford. Un endroit chic où on pouvait encore chasser à courre avec des chevaux et des meutes. Shipley avait participé à des courses de poneys à Bedford presque chaque week-end, quand son bon vieux poney était encore en forme

— Et lui là-bas, c'est Nick. (Tom jeta un coup d'œil vers l'autre garçon.) Mais attention, ne l'appelle pas Nicholas, j'ai essayé et il m'a quasiment mordu.

— Aïe ! cria le Pr Rosen derrière son volant.

Eliza renifla et fila un coup de pied dans le siège de Shipley.

Nick sourit :

— Je m'appelle Nick, dit-il d'une voix forte. (Il retira ses écouteurs et se pencha vers Shipley. Il sentait le basilic ou une herbe de la même famille.) Vous connaissez la personne qui conduit ? C'est notre professeur princi-papal, murmura-t-il.

Shipley éclata de rire.

— Qu'est-ce qu'il a de particulier ?

— C'est une dame, murmura Tom dans son autre oreille.

— Mais elle a quand même l'air d'un mec – ou d'une lesbienne.

— Elle s'appelle madame le Pr Darren Rosen, continua Nick. Je suis quasiment sûr qu'elle enseigne la littérature en première année.

Eliza était occupée à regarder par la fenêtre, tout en écoutant leurs conversations, mais elle avait remarqué la réaction de Tom et de Nick lorsque Shipley était entrée dans le camion. Leurs oreilles s'étaient redressées comme celles de chiens d'arrêt devant leur proie. Son père avait deux chiens, des épagneuls bretons qu'il emmenait à la chasse au canard, et elle savait reconnaître un chien d'arrêt quand elle en voyait un.

Le camion s'arrêta à un stop, et un coureur à pied maigre comme un clou portant le survêtement marron, trop grand pour lui, de l'équipe de basket de Dexter passa en courant auprès d'eux. En le regardant, Tom pensa à la célèbre peinture de Salvador Dali représentant des pendules dégoulinantes. Le type courait depuis si longtemps qu'il était en passe de fondre.

Le Pr Rosen fit une petite annonce :

— Votre attention, jeunes gens ! Nous allons traverser la rivière Kennebec. Notre campement se trouve à trois kilomètres, et si quelqu'un parmi vous a besoin d'aller faire pipi, trouvez-vous un endroit dès maintenant et dans le coin, loin de la rivière, de préférence. C'est pour vous que je dis ça : nous allons manger des nouilles pour le dîner, des nouilles cuites à l'eau, et vous allez manger beaucoup de nouilles cet hiver, alors il faudra commencer à vous y faire dès maintenant.

— Beurk, dégueulasse, se mirent à gémir en chœur les trois filles en T-shirts roses à l'arrière du camion. Ensuite, on passa devant une ferme, puis devant une caravane, une grange en ruine, du trèfle, encore du trèfle et toujours plus de pâquerettes, plus d'abeilles butineuses.

Des vaches immobiles assaillies d'énormes essaims d'insectes tournoyants les regardaient passer.

Tom râla :

— Non, mais vous avez vu ça ? C'est toute cette foutue région qui est sinistrée, c'est la zone par ici, ça devrait être interdit.

— Dis donc, contre-attaqua Nick, il y a des gens qui vivent ici, tu sais ? Et ils voient des jeunes friqués débarquer des grandes cités pour venir faire leurs études dans la fac de leur petite ville. Ces mêmes trouducs friqués qui chient sur leurs fermes, et qui un jour vont faire du fric sur le prix de leur bacon et de leurs patates.

Nick était rouge de colère et ses oreilles étaient brûlantes. Il tira sur les pattes de son bonnet et jeta un coup d'œil à Shipley qui faisait semblant de rien, perdue dans ses pensées, nez au vent, tout en admirant secrètement les magnifiques triceps de Tom. Eliza continuait de fixer le crâne épais et carré de Tom, tandis que Tom contemplait la manière dont le soleil faisait briller le petit duvet blond doré sur le haut des cuisses de Shipley. Le camion tourna ensuite sur une petite route défoncée qui conduisait directement dans les bois. En passant sur un énorme nid-de-poule, le véhicule précipita les passagers les uns contre les autres, tandis que la forêt se refermait sur eux.

2

Les relations entre la ville et l'université sont souvent un peu tendues. La ville aimerait croire qu'elle
peut se passer de la fac, aussi jolie soit-elle, pour
attirer les touristes et les visiteurs. Après tout, la
ville possède un moulin de caractère, une tannerie,
une rivière cascadante, un barrage impressionnant.
La rue des Ormes ressemble encore à une carte postale presque parfaite, même si les ormes ont été
décimés par la graphiose. Les pizzas et les crêpes
sont correctes. Le lycée de Home gagne presque
chaque année les tournois régionaux de basket et
de hockey. Et les habitants de la ville sont généralement sympathiques.

— Évidemment, t'as pas d'argent, lança Tragedy à son frère.

Elle mélangeait son éternel Rubik's Cube pour
pouvoir y rejouer.

— On n'a pas d'argent ni l'un ni l'autre et on
n'en aura pas, à moins qu'on se tire de Dodge.

Adam et Tragedy Gatz étaient frère et sœur, mais
Tragedy avait été adoptée, et elle le rappelait à tout
le monde haut et fort. Leurs parents, Ellen et Eli,
étaient des hippies qui vendaient les produits de
leur ferme et de leur artisanat sur les marchés et les
foires des environs. Ils avaient grandi à Brooklyn et
quitté l'université de Dexter en première année,

après avoir pris beaucoup trop d'acide et manqué beaucoup trop de cours. Ils s'étaient mariés, et avec l'aide de leurs parents ils avaient acheté un vieux haras en ruine, du côté de Home. Ils avaient démarré un élevage de moutons. Ellen filait la laine et Eli fabriquait des accessoires en fer forgé pour les cheminées. Ils mangeaient leurs moutons élevés sous la mère et leurs légumes bio sans pesticides ; ils faisaient leur pain, fabriquaient leurs propres fromages et yaourts de brebis. Ils avaient donné naissance à un fils, Adam. Ellen et Eli avaient ensuite adopté la fille d'Hector Machado, un marchand de moutons brésilien, quand Adam avait quatre ans. La maman de la petite était morte pendant l'accouchement. Le bébé portait le nom de sa mère, Olegmibusa. Ils la rebaptisèrent Tragedy, le titre d'une chanson des Bee Gees qu'ils adoraient, et l'élevèrent comme si elle était leur propre fille.

Là, maintenant, Adam et Tragedy étaient assis dans la vieille Volkswagen GTI blanche déglinguée d'Adam. Ils se disputaient pour savoir si ça valait la peine d'aller squatter la cafétéria des étudiants pour avoir un café gratos. La voiture était garée dans le dernier virage du chemin qui traverse le campus, face à la nouvelle résidence universitaire de Dexter. Comme d'habitude, Tragedy allait encore avoir le dernier mot. C'était toujours elle qui avait le dernier mot.

Adam insistait :

— Je ne vois pas pourquoi on ne pourrait pas se faire du café à la maison, disait-il en essayant d'être raisonnable.

Mais Tragedy n'était jamais raisonnable.

— Tu sais bien que ça n'a pas le même goût. Surtout avec le lait de brebis.

Elle posa le Rubik's Cube sur la plage avant.

— Tu veux vraiment boire un putain de cappuccino à la feta ? Non, merci bien, pas pour moi.

Elle sortit de la voiture et claqua la porte.

Les étudiants de première année étaient partis pour leur bivouac en forêt, et les inscriptions des anciens ne commenceraient pas avant le surlendemain. En dehors de quelques élèves de deuxième année qui étaient arrivés plus tôt, le campus était désert. Adam regarda sa sœur traverser l'avenue, sa queue-de-cheval flottant jusqu'à la taille. Elle marchait d'un pas décidé sur le chemin menant à la résidence.

C'était à cause de sa sœur qu'Adam avait terminé l'année de son bac, en juin, quasiment sans copains. Durant l'année scolaire, elle avait grandi de plus de 20 centimètres. Ses hanches et ses seins s'étaient développés à la même vitesse, l'obligeant à passer de la taille 34 à 38. « Dis donc, mec, ta sœur, elle est trop bonne. Comment tu fais pour lui résister ? Après tout, vous n'êtes pas en famille… », lui répétaient tous ses copains de classe. Et puis quelqu'un fit courir le bruit que la relation entre Adam et sa sœur était un peu plus que de l'amour normal entre frère et sœur, et aussitôt ils devinrent des parias. Bien sûr, personne n'avait rien pu trouver qui puisse justifier ces rumeurs, mais Tragedy avait continué à grandir et embellir comme une femme, et pour la population de Home High, et pour toute la ville même, il n'en fallait pas plus. L'ironie de la chose, c'est qu'Adam n'avait rien vu arriver ; il ne comprenait pas pourquoi sa sœur était soi-disant « bonne », car pour lui elle était simplement sa petite sœur, une emmerdeuse toujours sur son dos, jamais contente, et comme il n'avait pas le choix elle était quand même son seul pote.

Tragedy étudia le menu affiché sur le mur de la cafétéria, essayant de comprendre ce jargon ridicule pseudo-italien. La mode de ces cafés avait fini par débarquer dans les plus grandes villes du Maine, et ils avaient tellement de succès qu'on disait que la chaîne ouvrait un nouveau magasin par jour. Dans la petite ville de Home, c'était le premier, et c'était la première fois qu'elle y entrait. Tout était très propre, parfaitement bien organisé. On voyait vraiment la différence avec le bistrot au décor miteux où l'on vendait des croissants et des muffins graisseux, au milieu des vieux journaux et des cendriers débordant de mégots. Et dont les toilettes étaient probablement un des endroits les plus crades de la Nouvelle-Angleterre.

Le garçon boutonneux derrière le bar l'examina de haut en bas, se demandant sans doute pourquoi il ne l'avait jamais repérée jusque-là.

C'était pourtant difficile de ne pas la remarquer.

— Je n'ai qu'un dollar, lui dit-elle effrontément, et je n'ai pas envie de le dépenser.

Elle adorait jouer avec le feu, c'était son sport favori.

— Pas de problème, répondit le garçon en contemplant sa poitrine d'un air crétin.

Il désigna son tablier de serveur en toile verte.

— Qu'est-ce que je vous sers ?

Elle regarda la carte à nouveau pour essayer de trouver la boisson la plus chère.

— Bon, alors si vous insistez, je vais prendre un Mokaccino avec beaucoup de chantilly, du chocolat en poudre, du sucre vanillé, et donnez-moi aussi des petits gâteaux au chocolat ; et je voudrais le meilleur café, celui-là, le café équitable, si vous pouvez m'expliquer ce que c'est que le café équitable.

Les oreilles du garçon rougirent aussitôt.

— Équitable ? Ben en tout cas, c'est pas grave si vous ne pouvez pas le payer.

Elle le regarda d'un air furieux. Décidément, il n'y avait plus un poil de matière grise dans ce monde de cinglés. C'est si difficile de faire marcher ses méninges ?

— Alors comme ça, vous, vous vendez du café, mais vous ne savez pas ce que signifie « café équitable » ? lui demanda-t-elle d'un air dégoûté. Et ils appellent ça une université de sciences humaines ? Je veux dire les sciences molles, opposées aux sciences dures que sont les disciplines scientifiques. Conclusion, sciences molles égale cerveaux mous, et je suis polie. Qui a fait pousser ce café ? Qui l'a ramassé ? Qui est-ce qui en profite ici ? (Ses longs cils noirs papillotaient fébrilement.) Je suis encore au lycée, mais je peux vous dire que quand j'irai en fac, ce sera dans une prépa, un truc classe où on sait de quoi on parle, moi je vous le garantis. Et j'irai peut-être même ailleurs que dans ce foutu pays à la con.

Le garçon restait bouche bée, cherchant désespérément à remonter dans son estime, chue brutalement.

— Je vous sers quand même votre Mokaccino, et j'ajoute un petit biscuit italien en plus ? demanda timidement le garçon, très déprimé.

Équitable ou pas, elle avait très envie de ce café.

— Bien sûr, merci.

Elle se retourna, pendant que le garçon s'affairait à la machine à café.

Le soleil de l'après-midi inondait la résidence universitaire au travers de l'immense mur de verre qui faisait face à la route. Adam klaxonna, et elle lui fit un petit signe en agitant les doigts de la main gauche, pour indiquer qu'elle serait de retour dans la voiture dans cinq minutes chrono.

Adam était vraiment un *loser*. Dans deux jours, il allait commencer ses études à la fac de Dexter comme externe. À Dexter, sans blague ! On s'en foutait qu'ils offrent une réduction aux habitants du Maine. On s'en foutait que la fac ait été citée en 1992 comme étant la plus jolie université de la Nouvelle-Angleterre par deux grands magazines. On s'en foutait qu'ils aient une nouvelle cafét' toute neuve. Adam aurait pu aller en Californie ou dans le Colorado, ou en Floride, ou même à la Sorbonne en France. Même l'université d'Orono dans le Maine aurait été dix fois mieux pour lui ; c'est là qu'allaient la plupart des bacheliers de la ville de Home. Orono était suffisamment loin pour qu'il puisse y vivre en résidence. Là, au moins, il aurait pu se boucher joyeusement les artères avec la délicieuse bouffe du resto U, qui n'avait jamais entendu parler d'aliments bio. Et elle aurait pu se barrer de Home pour aller lui rendre visite.

La fac de Dexter se glorifiait de sa politique de proximité en encourageant les habitants du Maine à s'inscrire dans la communauté. Comme Adam avait eu son bac avec la mention très bien, Dexter lui avait accordé la gratuité des droits d'inscription ; mais, vu le nombre restreint de chambres, il n'avait pas pu devenir pensionnaire. Il devait continuer à vivre chez ses parents et ça lui convenait parfaitement. Il n'avait même pas voulu s'inscrire pour le voyage d'orientation, prétendant que c'était trop cher. « Je sais où j'en suis, avait-il insisté, je n'ai pas besoin d'orientation. »

En réalité, Adam ne savait pas où il en était. Il avait dix-huit ans et un énorme potentiel. Il aimait lire et jouer au badminton. Il savait ramasser des mûres. Il savait attraper un mouton et le tondre, mais jusqu'ici il avait vécu chaque année de ces dix-huit ans avec un détachement qui le laissait très frustré. Quand allait-il commencer à vivre à plein régime ? Quand allait-il commencer à communiquer avec son entourage ? Même le campus de la fac de Dexter, qui faisait partie de son décor et de son environnement depuis toujours, lui semblait étrange et menaçant, et c'était comme s'il découvrait la fac pour la première fois. L'établissement était nickel. L'herbe était verte. La chapelle était aussi blanche que sa voiture avait dû l'être quand elle était neuve, bien longtemps avant sa naissance. Il allait devoir passer les quatre prochaines années de sa vie ici, à arpenter les pelouses vertes, à aller en cours dans ces bâtiments de brique irréprochables. Il irait à des concerts ou à des colloques dans la petite chapelle, blanche comme une meringue, mais pour le moment il était tellement terrifié qu'il ne pouvait même pas sortir de la voiture. Pour Tragedy, c'était une mauviette.

Adam donna un léger coup de Klaxon, mais sa sœur avait peu de chances de l'entendre. Les murs de verre de la nouvelle résidence estudiantine étaient extrêmement épais, car ils étaient prévus pour résister aux hivers rigoureux du Maine.

Le type derrière le comptoir était encore en train de moudre, de filtrer et de passer son café dans la machine à vapeur. Tragedy était sur le point de lui dire qu'elle aurait eu le temps de prendre un avion pour le Guatemala, de ramasser son propre café, de traire une de ces foutues vaches et de faire cuire une fournée de ces foutus biscuits italiens, lorsque la porte des toilettes des hommes s'était ouverte et qu'un type blond barbu était entré dans le café. Il portait une parka noire, un survêtement marron de la fac de Dexter et des vieilles bottes de chantier. Il tenait un gros livre dans ses mains graisseuses. Il avait l'air à la fois jeune et vieux, comme s'il lui était arrivé un tas de trucs dont il n'avait pas envie de parler.

— Merde, marmonna-t-il en passant.

— Dites donc, l'interpella le type derrière le comptoir, je vous l'ai déjà dit hier, vous n'avez pas le droit d'utiliser les toilettes, sauf si vous êtes étudiant ou client !

Sans un regard vers lui, le barbu poussa la porte vitrée et sortit dans la lumière du soleil.

— Comment savez-vous qu'il n'est pas étudiant ? demanda Tragedy. Il porte un survêtement de la fac.

Le garçon posa une énorme tasse de café sur le comptoir noir brillant, ajouta de la crème Chantilly et saupoudra le tout de poudre de cacao, avant de fixer le couvercle par-dessus.

— Ça ne fait que quelques jours que nous sommes ouverts, et ce type vient ici tous les jours pour utiliser les toilettes. Il n'achète jamais rien. Il porte toujours les mêmes vêtements. Il a toujours l'air sale et il a un comportement un peu bizarre. Il n'est pas étudiant.

Il glissa la tasse dans un sachet en carton et la lui tendit.

— Et voilà le travail, annonça-t-il en poussant vers elle sur le comptoir les petits gâteaux enveloppés de cellophane. Gratos.

Il lui fit un clin d'œil.

Le café était épais comme du flan. Tragedy attrapa les petits gâteaux et les glissa dans sa poche arrière.

— Vous direz à vos patrons que la prochaine fois que je viens, je veux que l'on me serve du café équitable et qu'on m'explique d'où il vient, lança-t-elle.

Le barbu était assis sur un banc, en train de lire dans un coin ensoleillé.

— Salut. Je m'appelle Tragedy. C'est quoi, votre nom ? lui lança-t-elle.

Il lui jeta un coup d'œil, mais ses grands yeux bleus lumineux la fixaient sans la voir ; son visage et ses mains étaient sales et il avait l'air plus jeune qu'elle ne l'avait imaginé au départ, mais plus vieux qu'il ne devait l'être. Son anorak déchiré était rembourré avec de la plume de canard et il devait crever de chaud. Son gros bouquin était visiblement *La Dianétique*, de L. Ron Hubbard. Elle reconnut le volcan en éruption sur la couverture. Elle avait vu une émission à la télévision un dimanche soir, et le reportage expliquait en quoi la scientologie offrait tant d'attraits pour les stars ayant des problèmes existentiels. L'église de scientologie encourageait les gens paumés à creuser dans leur passé, pour en extraire leurs souvenirs les plus épouvantables, afin de les en libérer en les écoutant. Tout ça était bien joli, mais il fallait payer pour être écouté, parce que tout le monde sait que fouiller dans le passé n'est pas une chose qu'on peut faire tout seul chez soi.

Le type la fixait tranquillement, ou bien il était en train de regarder à travers elle. Aucune importance, du moment qu'il ne fixait pas sa poitrine.

— Patrick, dit-il finalement. Pink Patrick.

— C'est pour vous.

Elle lui offrit son café. C'était toujours pareil : maintenant qu'elle avait eu ce qu'elle voulait, elle n'en voulait plus.

— Prenez ça aussi, dit-elle en lui tendant un petit biscuit. Désolée, je garde l'autre pour mon frère.

Pink Patrick ouvrit le papier Cellophane avec ses dents et dévora le biscuit.

— Oh, on s'en fout, dit-elle, et elle lui tendit le second biscuit.

Adam n'avait pas faim, pas comme ce type. Le garçon du café avait probablement raison. Ce type n'était pas un étudiant. Adam observait la scène de l'autre côté de la rue. Il n'aimait pas beaucoup l'anorak déchiré, ni la façon dont le mec parlait à sa sœur sans la regarder. Il n'aimait pas sa barbe ni ses bottes sales. Il n'aimait pas la façon dont elle lui avait donné son café et ses gâteaux, surtout après lui avoir fait, à lui, une scène aussi pénible pour se les procurer. Il donna un autre coup de Klaxon. Le barbu se leva d'un seul coup et plongea vers la voiture.

— Hé ! C'est quoi, ton problème ? gueula-t-il en traversant la rue.

Adam verrouilla la porte de la voiture. Sa vitre était grande ouverte, mais il ne voulait pas la remonter, par peur d'énerver le type davantage. Il démarra le moteur, appuya sur l'accélérateur en espérant que le bruit serait suffisamment menaçant. Il y avait des miettes dans la barbe du type, et ses yeux bleus étaient furieux et exorbités. Il ressemblait à Kris Kristofferson, quand il était raide défoncé au crack.

— Ne t'inquiète pas, lui cria Tragedy en se dirigeant vers la voiture. C'est mon frangin Adam, il est cool.

Elle ouvrit la porte du passager.

— Tu veux venir faire un tour ? lui demanda-t-elle.

Adam laissa retomber sa tête sur le siège, résigné. Soit le type allait lui balancer la grosse tasse de café bouillant dans la gueule et lui laisser des cicatrices indélébiles, soit s'installer à l'arrière de la voiture, attendre un ou deux kilomètres et leur éclater la tête à coups de bottes.

— Non, merci.

Le type fit volte-face et repartit dans l'autre sens. Tragedy monta dans la voiture et ferma la portière. Elle reprit son Rubik's Cube et le fit tourner dans tous les sens.

— Je t'avais pris un biscuit, mais je l'ai donné au mec, il crevait de faim, je crois bien que je n'ai jamais vu quelqu'un d'aussi affamé.

Adam roula en roue libre tout le long de la descente, de la colline jusqu'à la ville.

— Ce type était cinglé, dit-il.

Patrick emporta le café avec lui jusqu'au parking qui se trouvait près de son gîte. Même si apparemment cela n'avait aucun intérêt particulier, les responsables de l'entretien des jardins veillaient à ce que l'herbe qui se trouvait autour des bâtiments soit toujours parfaitement rase. Il fit le tour du périmètre soigneusement tondu, et se dirigea vers un de ses coins de repos favoris, tout à fait à l'opposé de son ancienne chambre. Il aimait s'étendre au soleil dans ce trou d'herbe fraîche. L'endroit était caché de la route et du reste du campus par les voitures qui se trouvaient sur le parking. Mais aujourd'hui, une berline Mercedes noire était garée dans un endroit inhabituel, à moitié sur le bitume et à moitié dans l'herbe. La voiture portait des plaques d'immatriculation du Connecticut et un autocollant de stationnement de la plage de Greenwich. C'était avec cette voiture qu'il avait appris à conduire, et elle était garée exactement sur son coin à lui.

« Merde ! », jura Patrick, prêt à repartir en courant. Après toutes ces années, ils avaient fini par le rattraper. Puis il remarqua le paquet de cigarettes sur le tableau de bord. Ses parents ne fumaient pas quand il habitait avec eux, et il y avait peu de chances pour qu'ils se soient mis à fumer. Il se rapprocha de la voiture et mit son nez sur la vitre du passager. Il y avait des papiers de chewing-gum, des cassettes et un T-shirt blanc froissé de l'académie de Greenwich sur le siège du passager.

La portière n'était pas verrouillée. Patrick se glissa derrière le volant et posa son café dans un porte-tasse entre les sièges. Il ferma la porte et s'enfonça dans les coussins en cuir fauve. La voiture avait une odeur de sucre et de renfermé. Il toucha le volant du bout des doigts. Il était chaud.

Shipley avait neuf ans quand il avait quitté la maison pour aller en pension. Chaque fois qu'il se faisait renvoyer, il revenait passer un petit moment à la maison, jusqu'à ce qu'on le renvoie ailleurs. Même après toutes ces années passées, il pensait toujours à elle comme à une petite fille, qui mettait la table gentiment sans rechigner. Ses cheveux blonds coiffés d'un bandeau, ses ongles propres, son tutu. Elle mastiquait proprement, la bouche fermée. Comment faisait-elle pour être gentille tout le temps ? Elle avait quatorze ans quand sa famille l'avait amené, lui, à Dexter. Elle portait un appareil dentaire et des boucles d'oreilles virevoltantes, mais elle était toujours aussi serviable. Et elle avait l'air d'avoir peur de lui, comme si le fait qu'il se désintéressât de tout le monde pouvait déteindre sur elle et la pousser à rater son bus pour aller à l'école.

Était-il possible que Shipley soit à Dexter en ce moment ?

Il prit une cigarette dans le paquet à moitié vide, et l'alluma avec un petit briquet jaune qui était coincé dedans.

L'été de ses seize ans, il était parti en vadrouille dans l'Utah camper dans la région de Point Canyon. Le groupe était constitué de sept gamins de treize à seize ans, trois autres types, trois filles et deux animateurs âgés d'une vingtaine d'années. Il était le seul enfant dont les parents avaient payé le séjour. Les autres avaient tous eu des bourses, parce que cela faisait partie du programme d'un centre de détention juvénile ou d'un institut de désintoxication pour drogués. Sa sœur, elle, était dans le Vermont dans une colo en plein air, où on lui apprenait à monter à cheval et à tirer à l'arc. (Lui n'avait aucun plan, c'est pour cela qu'il s'était retrouvé dans l'Utah.) Le premier jour, une camionnette les avait emmenés au milieu de nulle part, sur un terrain poussiéreux ; ils avaient enfilé leur sac à dos et marché sur plusieurs kilomètres. En dehors des provisions qu'on leur avait distribuées de façon équitable, le sac de Patrick était vide. Il avait bien reçu une liste de tout ce qu'il fallait apporter, mais il avait oublié ses bagages dans l'avion. Il lui manquait absolument tout, il n'avait même pas une brosse à dents.

Un des moniteurs leur avait dit :

— On va d'abord faire un cercle. Et puis on fera quelques petits jeux pour apprendre à se connaître.

Il portait une grosse paire de lunettes de ski, bien que l'on soit en plein été.

— Dites-moi seulement votre nom et la première chose qui vous vient à l'esprit. Nous allons commencer par toi, enchaîna le moniteur.

Il sourit à une gamine maigrichonne aux genoux couverts de bleus. Elle fit quelques grimaces avant de prendre la parole, gênée :

— Je m'appelle Colleen, et je suis une voleuse.

L'animateur lui fit un petit signe de la tête, comme s'il approuvait. Il désigna le gamin suivant.

— Moi, je m'appelle Roy et je suis en manque de crack.

Il avait une crête rouge de punk. L'animateur désigna Patrick.

— Moi, je m'appelle Patrick, leur dit-il. Pink Patrick.

Tout le monde éclata de rire, les moniteurs aussi.

— Ah, la tantouze ! s'esclaffa Colleen en cachant sa bouche avec ses mains couvertes de bagues en or.

À partir de ce moment-là, il était devenu Pink Patrick pour tout le monde. La nuit suivante, il mit son sac à dos sur ses épaules et s'en alla à pied. Personne ne le suivit. Ils étaient tous bien trop occupés à jouer au Cluedo et au Pictionary.

Il marcha dans le désert toute la nuit et toute la journée du lendemain, sans boire ni manger. Il faisait chaud. Il portait des jeans. Sa langue et ses paupières étaient lourdes et gonflées. Finalement, il débarqua dans une réserve d'Indiens – un groupe de caravanes et de camping-cars avec des petits tapis de pelouse artificielle en plastique vert tout autour. Un Indien obèse fumait une cigarette, assis sur une chaise de jardin en plastique. Il se leva et lui tendit sa canette à moitié vide de boisson protéinée pour les sportifs. Patrick l'avala d'un trait et sentit la bouillie marron lui brûler l'estomac. Puis l'Indien lui tendit un paquet de grosses tranches de bacon, et c'est tout ce qu'il mangea ce jour-là : du bacon cru et des protéines liquides, jusqu'à ce qu'il arrive à Moab et prenne un bus pour rentrer chez lui.

Ses parents étaient partis en croisière dans les îles grecques, aussi resta-t-il caché à Greenwich pendant tout un mois, couché la bouche ouverte sous les jets d'eau de l'arrosage automatique de la pelouse. À leur retour, ses parents avaient fait comme s'il ne s'était rien passé. Ils avaient seulement remarqué son linge sale éparpillé sur le sol. Il avait bu pratiquement tout ce qu'il y avait dans le bar à alcools, et la cuisine était un vrai désastre. Sa sœur était revenue de colonie de vacances joyeuse et bronzée, et elle s'était fait un tas de nouvelles copines. Peu après, il était reparti dans une nouvelle pension. Il n'avait jamais vécu très longtemps chez ses parents.

Patrick prit la tasse de café chaud et en but une gorgée. C'était paradisiaque, le meilleur café qu'il ait jamais goûté, avec sa touche de caramel et son soupçon de sundae au café.

Sa nuit de présentation et d'orientation à Dexter s'était déroulée comme d'habitude. Il s'était présenté sous le nom de Pink Patrick pour voir la réaction des autres. Bien entendu, ils s'étaient moqués de lui et l'avaient aussitôt évité.

Il avait demandé une chambre seule dans le bâtiment Coke, et quand ils étaient revenus au campus, il était resté tout seul. Au cours des premières semaines, il avait essayé d'aller en cours, mais n'en voyait pas l'intérêt. Il avait l'impression d'observer depuis l'extérieur un aquarium de poissons en pleine action. Ils nageaient tous dans tous les sens sans jamais s'arrêter. Depuis qu'il avait quitté l'école, il avait voyagé jusqu'à Miami mais revenait toujours à Dexter. Il aimait beaucoup le climat extrême du Maine, son littoral fait de multiples petites criques de sable avec de la verdure partout, et une population relativement tolérante. Jamais personne ne venait l'embêter. Et surtout, c'était facile de trouver de la nourriture et de prendre une douche, sans parler des vêtements propres, faciles à récupérer sur le campus. Mais il y avait cette petite voix en lui qui le harcelait, comme s'il attendait que quelque chose lui arrive.

Il prit une autre gorgée du café chaud, sucré et délicieux. Ce quelque chose était peut-être enfin arrivé...

3

On dit souvent que le meilleur moyen de renforcer les relations de groupe est de partir en camping. Les tâches les plus simples, comme choisir le bon endroit pour planter la tente, déballer le matériel, ramasser le bois pour le feu, préparer et faire cuire les repas et laver la vaisselle permettent à chacun de montrer ce qu'il sait faire et encouragent le travail d'équipe. À la fin de la journée, quand les braises s'éteignent et que chacun est blotti dans son sac de couchage sous la voûte étoilée, les membres du groupe peuvent se féliciter du devoir accompli, bien contents de ne pas avoir affronté les éléments en solitaire.

— Continue à chercher, ordonna Tom, tandis que Nick farfouillait tout autour de lui, à genoux par terre.

Avant de les quitter pour la nuit, le Pr Rosen avait divisé le groupe en deux. Les trois filles en T-shirts roses devaient camper d'un côté de la rivière, tandis que Tom, Nick, Shipley et Eliza étaient installés de l'autre côté. Juste après les avoir quittés, le Pr Rosen avait disparu dans les bois avec son sac de couchage, promettant de revenir à l'aube pour les réveiller. Shipley et Eliza se mirent au travail et envoyèrent les garçons chercher du bois pour faire le feu de camp. Tom était

44

vraiment dégoûté et jeta une brindille cassée en deux sur la pile de bûches infestées de vers.

— Grouille-toi, mec, avant qu'il fasse nuit !

Nick se demanda s'il allait seulement survivre à cette première journée, alors imaginer toute une année avec cette brute, c'était pas gagné. Il éternua quatre fois de suite et s'essuya les yeux et le nez sur sa chemise.

— C'est quel genre de bois qu'on doit ramasser ?

Il était persuadé que Tom s'y connaissait, et qu'il savait quel était le bois approprié, celui qui brûle longtemps sans fumer.

— J'y connais foutrement rien.

Tom épluchait une petite branche qu'il avait arrachée au buisson voisin.

— Moi, je suis de Westchester.

Nick décrocha un petit sourire déterminé, en essayant de garder son air habituel de type plutôt content. La vie de pensionnaire offre souvent l'occasion de se tester et d'explorer les problèmes existentiels et philosophiques. L'école de Berkshire dans le Massachusetts, où il avait passé son bac en juin dernier, proposait un cours intitulé « Les Aventures liées aux concepts philosophiques occidentaux ». Il fallait lire auparavant *Le Tao de Pooh*[1] et *Le Traité du zen et de l'entretien des motocyclettes*[2].

« Tout est analogie. Quand vous abandonnez l'arrogance, la complexité et un certain nombre de choses qui font obstacle, tôt ou tard vous découvrez ce secret mystérieux qui, en réalité, est simple comme bonjour. La vie, c'est le bonheur. »

C'était le cours préféré de Nick.

---

1. De Benjamin Hoff, auteur, et Ernest Howard Shepard, illustrations.
2. De Robert Pirsig.

— J'ai l'impression qu'on va avoir besoin de bûches beaucoup plus grosses, si on veut faire du feu pour cuisiner.

Nick tapota le tronc d'un énorme sapin à moitié mort, comme s'il avait la tronçonneuse et tout l'équipement nécessaire pour en faire du petit bois de chauffage dans la poche de sa tunique brodée. Il leva les yeux vers le sommet de l'arbre. Il était venu dans le Maine parce qu'il était attiré par la beauté de cette région. Il allait enfin avoir l'occasion de communier avec la nature. Tom regarda Nick partir en vrille. Ce dernier se jeta contre le tronc puissant de l'arbre en essayant de l'étreindre à bras-le-corps, le tout accompagné de cris de cowboy en délire.

— Ah le con ! s'esclaffa Tom plein d'admiration. Hé, mec, fais gaffe à tes couilles !

Nick sentit ses yeux lui piquer et ses mains devenir toutes rouges au contact des branches de l'épicéa qu'il était en train d'escalader maladroitement. Il tourna la tête vers le côté, afin de ne pas trop respirer l'odeur toxique et hautement allergisante du résineux.

— Prends ton temps, petit singe, lui lança Tom.

L'arbre avait l'air de tolérer l'escalade de Nick, comme un vieux cheval habitué à être monté. Comment ce garçon s'y était-il pris pour faire ça depuis tout petit, sans se retrouver châtré ?

L'écorce rugueuse lui déchirait la peau sous les genoux et lui écorchait les joyeuses. Il avait des échardes sous les ongles et ses coudes étaient déjà complètement râpés. À deux mètres du sol, il y avait une branche épaisse qui faisait bien 40 centimètres de diamètre, et dont l'écorce avait été rongée par un porc-épic. Avec un peu de bol, et s'il y restait suspendu suffisamment longtemps tout en se balançant, la gravité allait opérer sa magie et il pourrait la faire tomber. Il relâcha son étreinte autour du tronc et sauta sur la branche, se balançant comme Tarzan.

Tom s'écria :

— Toi, mon vieux, t'es un sacré kamikaze…

Nick s'excitait sur le rameau, mais avant qu'il puisse l'encercler de ses doigts, la base se détacha du tronc et se fractura en tombant mollement. Il s'écrasa au sol, la tête la première, et la branche pourrie vint lui fracasser le bas du crâne.

— Ouch !

Tom s'approcha de son malheureux compagnon tombé à terre et au champ d'honneur.

— Tu as quelque chose de cassé ?

— Aïe ! gémit Nick, ça fait mal !

— C'est ce bois qu'était pourri, mon vieux, j'aurais pu te le dire, fit observer Tom en se penchant sur lui.

Nick se remit péniblement sur les genoux et essuya son visage d'un revers de main. Ses doigts étaient maculés de sang. Il toucha son front entre les sourcils, ça saignait et c'était douloureux. Il arrivait quand même à voir. Maintenant, il avait une vraie blessure de guerre.

Il attrapa la branche cassée et s'en servit comme d'une béquille pour se relever.

— Tu crois qu'elle va quand même brûler ? demanda-t-il en tendant la branche à Tom pour qu'il l'inspecte.

Tom aimait à penser qu'il était costaud, un vrai dur de dur, mais la vue du sang le rendait malade. Quand il était à la maternelle et devait faire la sieste allongé à côté de Wallace White, qui saignait du nez régulièrement, il vomissait à chaque fois.

— Oh, merde ! (Il plaqua une main sur sa bouche.) Tu saignes vachement ! (Il se dirigea vers le camping en titubant avec des hoquets de haut-le-cœur.) Faut que j'y aille.

Nick s'essuya les mains et le visage sur sa chemise. Le sang était épais comme de la peinture rouge.

— Qu'est-ce qu'on fait du bois ? cria-t-il, mais Tom avait déjà disparu.

— Il perd tout son sang !

Tom courait à travers bois comme un ours enragé, et se mit à vomir à quelques mètres de la tente que Shipley et Eliza avaient réussi à monter sans l'aide des garçons.

— Qui, Nick ?

Shipley laissa tomber la casserole cabossée dans laquelle ils étaient supposés faire cuire des pâtes chinoises. La casserole était définitivement nase.

— Qu'est-ce qui s'est passé ? Est-ce qu'il va bien ?

Son cœur battait la chamade dans sa poitrine, et elle sentait que ses yeux bleus prenaient une teinte plus foncée. La fac était vraiment un endroit hyperexcitant.

Eliza émergea de la tente en brandissant une boîte de macaronis et du fromage râpé.

— Regarde ce que j'ai trouvé. C'est un truc périmé depuis plus de vingt ans, j'imagine, mais on s'en fout, non ? C'est meilleur que ces pâtes instantanées immondes. Hé, il est où, notre bois ? demanda-t-elle à Tom.

Le visage de Tom était blême. Il s'assit, les jambes croisées, devant l'emplacement du feu de camp qu'Eliza et Shipley venaient juste de délimiter par de grosses pierres.

Il n'y avait pas de feu, parce qu'il n'y avait toujours pas de bois.

— Je me sens pas bien, dit-il.

— Vraiment ? lui répondit Eliza, prête à lui rentrer dedans.

— Il est arrivé quelque chose ? l'interrompit Shipley. Reste ici, moi je vais y aller, déclara-t-elle d'un air important.

À ce moment-là, Nick sortit du bois avec un petit tas de branches dépassant de sa chemise.

— Je suis tombé d'un arbre ! annonça-t-il. Mais ça va, maintenant.

Shipley se précipita vers lui afin de l'aider pour le bois. Elle lui toucha la joue.

— Ton visage saigne affreusement. Viens ici, il y a une trousse de secours dans la tente.

— Bordel de merde ! s'exclama Tom. (Il plongea la tête en avant et vomit directement dans le cercle prévu pour le feu.) Je vous en supplie, virez ce mec d'ici immédiatement, hoqueta-t-il.

— Pauvre chou !

Eliza l'asticotait d'un air sadique.

Faire du camping avec ces trois-là, c'était comme regarder l'émission de télé consacrée aux concours de chiens de race. Elle imita l'animateur du show :

— Le premier chien dans la catégorie des terriers s'appelle le terrier de Bedford, il est connu pour ses aboiements rauques et son petit pénis. Voici donc le numéro 44, Tom Ferguson, le Bedford terrier. Et puis, voici le numéro 33, Nick Hamilton, une espèce de terrier baba au poil hirsute et au sourire permanent. Et finalement, nous avons un terrier femelle à poil blond, le numéro 69, Shipley Gilbert, le terrier de Greenwich, connu pour ses charmants yeux bleus et son désir de faire coucouche-panier au doigt et à l'œil.

— C'est bon, ça va.

Shipley se dirigea vers la tente et fourragea un peu partout dans le sac à dos fourni par Dexter, à la recherche d'une trousse d'urgence.

— Assieds-toi. J'essaie de trouver quelque chose pour nettoyer tout ça, et ensuite on va se faire un gentil petit dîner.

Elle ne connaissait rien en matière de cuisine ni de secours aux blessés, mais elle adorait l'idée de jouer à l'infirmière. Elle tamponna un coton imbibé d'alcool sur la peau déchirée du front de Nick, et sur la plaie rouge de son menton.

— Aïe ! laissa échapper Nick en grinçant des dents.

Des larmes coulaient sur ses joues maculées de terre. Ça lui faisait tellement mal qu'il avait envie de mettre un coup de pied aux fesses de sa pseudo-infirmière.Shipley retira sa main, mais juste une seconde. La blessure était sale, elle devait la nettoyer.

— Je suis désolée. Je sais que ça fait mal, marmonna-t-elle en lui tapotant la figure énergiquement.

Quand on vous tamponne de l'alcool sur une blessure ouverte, c'est carrément l'horreur. Nick tremblait de la tête aux pieds, se forçant à sourire et essayant de rester zen.

— Du moment que c'est toi qui me fais mal, je peux le supporter, lui dit-il en continuant à serrer les dents.

Shipley rougit. Elle se rendait compte qu'il était en train de flirter avec elle mais ne savait pas comment réagir. Elle choisit un sparadrap rond dans la trousse de secours et le colla sur la coupure. C'était un peu ridicule, mais nécessaire.

Eliza entra dans la tente.

— Le lion blessé va se reposer pour reprendre des forces et lécher ses blessures. Moi, je vais m'occuper du feu, mettre une casserole d'eau à bouillir. Je viens d'imaginer une invention géniale, le micro-ondes rechargeable pour le camping. Imaginez les millions de dollars que je pourrais me faire.

Elle leur tendit des fruits trouvés dans l'un des sacs à dos restés dans la tente, puis regarda Shipley et Nick agenouillés à quelques centimètres l'un de l'autre.

— Dites-moi, tous les deux, vous êtes en train de jouer au docteur, ou quoi ?

Shipley s'assit sur ses talons. Le sparadrap rond n'était pas parfaitement appliqué, mais il aurait trop mal si elle l'arrachait pour en remettre un autre.

— J'ai fait de mon mieux, s'excusa-t-elle.

— Je me sens mieux, merci !

Nick lui sourit, même s'il sentait bien que le sparadrap n'était pas collé au bon endroit. Il était scotché directement sur la blessure, ce qui n'était pas franchement agréable.

Eliza le voyait tout à fait agiter son train arrière, la queue frétillante sous sa tunique.

— Je cherche du poivre ou de l'ail en poudre, des herbes de Provence, n'importe quoi qui donne un peu de goût à la bouffe, dit-elle en farfouillant dans les sacs.

— Mais ça, c'est mon sac, protesta Nick.

Eliza tenait un sac en plastique fermé par une fermeture Éclair, bourré de feuilles séchées. Elle ouvrit le sac fortement odorant et renifla.

— C'est de l'herbe ?

Nick se croisa les bras sur la poitrine. Il aurait aimé offrir l'herbe après le dîner en guise de dessert, pour que tout le monde apprenne à se connaître.

— Ouais, c'est de l'herbe. J'ai apporté ça pour qu'on en profite tous.

Shipley regarda fixement le sac. Son frère avait été envoyé en pension la première fois à cause de l'herbe. Il s'était fait virer de Brunswick pour avoir pénétré dans l'école en dehors des heures d'ouverture, et pour en avoir volé dans l'armoire d'un autre étudiant. C'est illégal et mauvais pour la santé. Elle en avait terriblement peur. Et elle avait toujours eu envie d'essayer ce truc. Eliza regarda, fascinée, les yeux de sa nouvelle copine de chambre devenir ronds comme des billes et de plus en plus gris bleu. Elle ressemblait à Alice au pays des Merveilles, quand elle tombe dans le terrier du lapin.

— Est-ce qu'on peut fumer maintenant? demanda Shipley.

Nick se releva et arracha le sac d'herbe des mains d'Eliza.

— Allons-y. J'ai des feuilles à rouler dans ma poche.

Il sortit le premier de la tente.

— Hé, réveille-toi!

Shipley se rapprocha de Tom, écroulé dans un coin, et lui chuchota dans le creux de l'oreille:

— Nick a de l'herbe.

— Il ne me manquait plus que ça, murmura Tom.

Il s'assit cependant, plus excité par le souffle de Shipley dans son oreille que par la défonce à venir. Il était gêné d'avoir commencé son premier jour à la fac en posant des galettes un peu partout. Mais on dit que l'herbe soulage les nausées et provoque des pertes de mémoire à court terme. C'était peut-être le remède idéal pour ses problèmes du moment.

— D'accord, mais je veux mon joint pour moi tout seul. J'ai pas envie de sniffer la morve de ce tubard, déclara-t-il aux filles.

Ils firent un cercle autour du feu de camp qu'Eliza avait finalement allumé, assis en lotus, tandis que Nick roulait quatre joints impeccables qu'il distribua un à un à chaque membre du groupe. Leur campement se trouvait dans une petite clairière, à quelques centaines de mètres de la rivière. Ils avaient suivi le Pr Rosen à travers bois pendant une quinzaine de minutes, après avoir quitté le sentier forestier. Des arbres géants les entouraient en leur faisant un écrin de feuillage et de silence qui les protégeait de toute intrusion. Nick prit un tison dans le feu et alluma le joint de chacun de ses camarades. Il fumèrent sans un mot pendant un petit moment, dans un silence entre-coupé par les éternuements incessants de Nick et la toux convulsive de Shipley, qui fumait une substance illicite pour la première fois.

— Six ans dans une équipe de rugby, et me voilà en train de fumer comme un malade, constata Tom avant de reprendre une taf.

Son regard s'attardait sur les mèches de cheveux de Shipley, qui brillaient dans la lumière du feu. Ils avaient des reflets d'or, de platine et de rose. Auburn, prune, violet, aubergine et citron. *J'oubliais, il y a aussi de la pivoine dans ses cheveux. Merde, je suis complètement déchiré…*

Eliza fumait son joint en gambergeant. Elle s'était déjà défoncée une fois ou deux, en prenant quelques taffes dans des soirées quand personne ne la regardait. Elle aimait bien la sensation de relaxation, mais elle détestait l'air crétin que ça donnait. Elle ne voyait pas l'intérêt d'afficher de façon régulière une tête de demeurée. Et de plus, quand on est défoncé, on a envie de manger, ça fait grossir. Un truc pour les décérébrés, littéralement.

Nick était content d'avoir apporté de l'herbe. Ils étaient tous décontractés, maintenant, comme s'ils étaient tous ensemble en train de méditer sur le même thème. Le crépuscule les enveloppait et cha-que atome, chaque molécule tournoyait autour d'eux dans la lumière. De l'autre côté de la rivière, les filles chantaient *Yellow Submarine*. Leurs voix semblaient venir de très loin.

Shipley aurait préféré manger l'herbe, plutôt que de la fumer. Après avoir passé une journée à fumer des cigarettes, ses poumons la faisaient souffrir, et le papier à rouler restait collé sur ses lèvres sèches. Mais c'était fantastique de faire toutes ces bêtises. Ses narines faisaient un bruit bizarre. Ses oreilles aussi faisaient un bruit bizarre.

Elle voyait bien que Tom la regardait, et ça lui donnait des frissons. S'il essayait de l'embrasser maintenant, elle le laisserait faire. Elle passerait ses mains dans ses cheveux coupés ras et lècherait son cou musclé. Elle reprit deux bouffées et se leva en chancelant.

— Il faut que j'aille faire pipi, dit-elle, et elle se dirigea vers les bois.

Tom va peut-être me suivre, pensa-t-elle en avançant dans la clairière puis dans la forêt ; les troncs d'arbres se dressaient comme des jambes de géants. Elle se sentait comme un enfant qui marche au milieu des adultes.

C'était la première fois qu'elle faisait pipi dans les bois. Un peu plus loin, il y avait un bouquet de jeunes sapins qui feraient office de toilettes privées. Elle se faufila entre les arbres touffus et observa, fascinée, le jet chaud qui sortait sous elle, en faisant un petit trou dans la terre. Un moustique lui piqua la cuisse. Elle se releva pour l'attraper, fit un tour sur elle-même et essaya de remonter son short dans le même temps. Elle était couverte de piqûres mais n'allait s'en rendre compte que le lendemain.

Personne ne l'avait suivie dans les bois. Son estomac gargouillait, et en repartant elle réalisa qu'elle avait faim. Elle aurait pu manger une boîte complète de beignets. Ou bien une douzaine de gaufres. Elle s'arrêta et jeta un coup d'œil autour d'elle, cherchant à se rappeler son chemin. La lueur entre les arbres semblait plus forte d'un côté. Elle se dirigea dans cette direction, et elle marcha, marcha, pendant un temps qui lui sembla infini. Elle se demanda ce que le Pr Rosen ferait en s'apercevant que Shipley avait disparu au cours de la nuit. Est-ce qu'ils allaient entreprendre des recherches ? Est-ce qu'ils enverraient les chiens ? Son esprit vagabondait, à se demander quel genre de chiens on utilisait le plus fréquemment pour retrouver des personnes disparues, et si ces chiens aimaient les gaufres et les beignets, lorsque tout à coup elle heurta le capot de la camionnette marron de la fac, garée sur le bas-côté du vieux sentier forestier en rondins.

Le Pr Rosen avait laissé la clé sur le pneu avant, exactement comme le faisait toujours le papa de Shipley avec leur vieille limousine, au cas où quelqu'un aurait besoin de s'en servir pendant son absence. Shipley grimpa derrière le volant et démarra. Le moteur réagit au quart de tour, impressionné par son audace. C'était vraiment la journée des toutes, toutes premières fois. Elle alluma la radio. C'était une chanson des Guns N' Roses qui sortait à fond des haut-parleurs.

— On a laissé le feu s'éteindre, râla Nick en suivant Tom et Eliza dans les bois à la recherche de Shipley.

Elle était partie depuis plus de quinze minutes, et en principe tout le monde sait qu'il faut moins de temps pour faire ce qu'elle avait à faire.

— Hou ! hou ! Shipley, cria Eliza à tue-tête. Ramène ton cul par ici, ma chérie.

— You-hou ! cria Tom, faisant un porte-voix avec ses mains.

— Où es-tu ?

— On n'a pas commencé à dîner, gémit Nick.

Il avait tendance à gémir quand il était défoncé, et surtout quand il avait les crocs. Il adorait le chili aux trois haricots de sa mère, qui était végétarienne. Il aurait pu en manger une casserole entière. Là, tout de suite, avec du pain de maïs.

Le crépuscule avait fait place à la nuit noire. L'air était plus frais, le sol sous leurs pieds était détrempé et semblait vivant. Eliza regretta de ne pas avoir mis un pull.

— Est-ce que je vous ai raconté, les gars, la fois où j'ai vu pour de vrai un loup-garou et où j'ai failli en crever ? demanda-t-elle.

Bien entendu, ils n'avaient jamais entendu cette histoire auparavant, puisque c'était leur première rencontre.

— J'étais en train de faire du patin à glace sur un petit étang derrière notre maison, et la nuit était tombée, mais je continuais à faire du patin parce que j'adorais ça. Et vous savez ce que c'est quand on est dans son truc, on voit pas ce qui se passe autour, et on est seul au monde. Bref. Il vient comme un gros coup de vent, et ça commence à hurler dans les arbres. On entend l'orage au loin sur les Grands Lacs, et ça fait comme ces ouragans, vous savez, qui arrivent comme ça de loin. Et j'entends ma mère crier, pour me prévenir que je dois rentrer vite, vite.

Elle parlait à toute vitesse, pour compenser le fait que sa langue était devenue comme un gros hot-dog spongieux. Elle se demanda si les garçons l'écoutaient, au moins l'un d'entre eux.

— Là, je réalise que je n'arrive plus à retrouver mes bottes dans la tempête, et qu'il faut que je retourne à la maison dans la neige avec mes patins à glace, ce qui est carrément impossible si vous avez déjà essayé, et bien entendu je me casse la figure. Ce que je n'avais pas compris tout de suite, c'est que j'étais tombée sur le crâne et que j'étais inconsciente. Je me suis réveillée en sentant un truc me lécher la figure. C'est peut-être complètement inoffensif quand il s'agit d'un chien, mais chez nous on n'a pas de chien. Alors, je m'assieds et je me retrouve nez à nez avec un être à moitié homme, à moitié chien. Un loup-garou avec des yeux jaunes, et il est juste en face de moi. Vous savez, avec une gueule énorme, des grosses babines dégoulinantes et une odeur nauséabonde de viande crue... Je pousse un hurlement et il se barre, et moi je repars en rampant chez moi. Et ma mère me met au lit et me donne du bouillon de poule à boire à la cuiller. J'avais treize ans. J'ai eu mes règles le lendemain.

— Merde ! (Tom eut un haut-le-cœur à la mention du sang, et continua à marcher en marmonnant) ... failli crever !

Il essayait de reprendre contenance.

— Tu as dû te faire une commotion cérébrale et tu as rêvé toute cette histoire, ajouta-t-il.

Eliza fixa son dos. Quel gros con !

— C'étaient peut-être juste tes hormones, renchérit Nick, qui se trouvait derrière elle. Parce que tu sais, si tu fais le lien avec ce qui t'est arrivé le jour suivant...

— Chut ! Tom s'arrêta. Vous avez entendu ça ?

La chanson des Guns N' Roses, *Sweet Child O'Mine*, résonnait dans les bois.

— Allons-y !

Tom se mit à courir. Le voyant courir à fond en évitant les arbres, Eliza pensa à certains films d'horreur, comme *Freshman Orientation*[1] ou *Hantise*[2].

---

1. Film de Ryan Shiraki, 2004 *(N.d.T.)*.
2. Film de Jan de Bont, 1999 *(N.d.T.)*.

Un peu plus loin, Tom aperçut le vieux sentier forestier en rondins. Puis il comprit d'où venait la musique. Shipley était au volant du camion, en train de slalomer sur la route. Elle avait l'air de pratiquer des leçons de conduite tout-terrain. La radio beuglait. Elle les aperçut et s'arrêta. Ses yeux bleu pâle brillaient dans la pénombre.

— Qui est-ce qui a envie d'aller manger des beignets en ville ?

4

Les moutons étaient en train de brouter et la maison était calme. Ellen et Elli étaient sortis pour participer à une foire d'artisanat du côté de Stanley, dans l'Ouest, et ils avaient laissé Adam et Tragedy maîtres à bord. Les moutons savaient se débrouiller tout seuls. Mais Tragedy avait besoin qu'on s'occupe d'elle. Si on l'avait laissée faire, elle aurait fourgué tous les objets de la maison au mont-de-piété et serait partie en stop à Rio ; d'ailleurs elle y serait déjà à l'heure actuelle. Elle aurait même bu tout le vin et brûlé la maison avant de partir. Non pas qu'elle fût irresponsable. Bien au contraire, tous ses professeurs disaient qu'à quinze ans elle en avait déjà cinquante-cinq dans sa tête. Mais elle s'ennuyait facilement, et comme elle aimait à le rappeler à chacun dans la famille, tous les jours, voire toutes les heures, elle n'avait qu'une envie, c'était de se casser de Dodge. Sa chambre était remplie de guides de voyages en prévision du grand départ.

Ce soir, ils regardaient une rediffusion de *Scoubidou*, et Tragedy jouait à un jeu de charades mimé et costumé qu'elle avait inventé. Elle essayait tous les vêtements et accessoires qu'elle pouvait trouver dans la maison. Elle dénichait des filets de pêche, des caleçons longs, des vêtements pour faire du scooter des neiges, un costume d'apiculteur, un chapeau de soleil, des après-skis, des vestes de chasse, et Adam devait deviner quel mot, quelle personne ou quel désastre international elle était en train de mimer.

— Et je suis quoi, maintenant ? demandait-elle en faisant de grands sauts à travers le salon ; elle portait les sandales en bois de sa mère, un Bikini blanc et une couverture à franges verte et jaune attachée autour de la taille.

Tragedy voyait bien qu'Adam était nerveux à l'idée d'aller à la fac de Dexter le lendemain. Elle essayait de le faire rire.

Et visiblement, ça ne marchait pas. Adam était remonté à bloc.

— Agaçante ? Ennuyeuse ? lança Adam.

— Je suis une gogo girl écossaise, déclara-t-elle en ondulant des bras comme une pieuvre hystérique et en tapant du pied frénétiquement.

— Je pourrais jouer de la cornemuse, mais on n'en a pas ici.

Adam ramassa par terre la jupe en flanelle rouge de chasseur australien aborigène, et la lui lança.

— Allez, remets tes vêtements, supplia-t-il.

Sa sœur paraissait avoir oublié qu'elle n'avait plus cinq ans. Elle ne semblait pas réaliser que ça ne se faisait pas de se balader sous le nez de son frère avec un Bikini beaucoup trop petit. Si seulement elle avait eu des amies pour lui dire ce qui était convenable et ce qui ne l'était pas ! Mais ici, toutes les filles de l'école la détestaient. Ses jambes, ses cils, ses cheveux étaient beaucoup plus longs que les leurs. Elle avait commencé à porter des soutiens-gorge en sixième. Bref, elle était la femme à abattre.

— Scoubidou bidou, où es-tu ?

60

Tragedy retira ses sandales et détacha la couverture qui entourait sa taille, tout en chantant.

Adam détourna les yeux et soupira. Jusqu'ici, sa vie avait été très ennuyeuse, voire fatigante, mais du moins c'était tranquille à la maison quand les parents étaient partis. Le père et la mère criaient toute la journée. Non pas parce qu'ils étaient en colère, mais ils adoraient beugler, à l'italienne. Et plus Tragedy les suppliait d'arrêter, plus ils gueulaient. La maison était presque paisible sans eux, mais pas assez tranquille pour lui permettre de vraiment réfléchir, pas quand Tragedy était près de lui. Elle ne la fermait jamais. Tragedy laissa tomber sa couverture sur le sol et entoura son Bikini d'un tablier blanc de chef cuisinier. Elle savait qu'elle aurait dû mettre au moins un short et peut-être un T-shirt ou une chemise, mais, bon, ils n'attendaient pas la visite de la reine d'Angleterre non plus.

Adam croisait et décroisait ses jambes. Il balança les tongs de sa sœur de l'autre côté de la pièce. Il tira sur un fil qui sortait de la couverture grise du canapé. Son esprit était tourmenté. Demain, il allait s'inscrire à la fac de Dexter, et le surlendemain il commencerait à aller en cours. Ne devrait-il pas être en train de préparer quelque chose ? *Je ne sais même pas à quoi ça sert, la fac*, pensa-t-il tristement. Mais c'était déjà mieux que rien.

Tragedy monta dans sa chambre et revint en courant. Elle portait un petit ours en peluche bleue dans la poche avant de son tablier. Elle prit une casquette des Yankees dans la commode qui se trouvait dans le couloir, et la colla sur sa tête.

— Et maintenant, je suis quoi ? demanda-t-elle en se postant mains sur les hanches devant Adam, qui se contenta de la regarder d'un air renfrogné.

61

— Je suis la mère d'un joueur de base-ball de Floride, ou bien je suis le chef de l'équipe des Yankees.

Elle remit ses tongs.

Adam ne broncha pas.

— Je suppose que tu n'as plus envie de jouer.

Elle sauta sur le canapé près de lui et ramassa son Rubik's Cube.

— Je te parie que je peux faire tous les verts et tous les jaunes avant la prochaine pub.

La petite route de campagne était déserte. Il n'y avait pas d'éclairage sur les routes. Il n'y avait même pas de vaches. La camionnette traversa un carrefour et s'engagea dans une descente.

— Est-ce que tu sais où on va ? demanda Eliza.

Elle se recroquevilla entre eux sur les sièges avant, scrutant anxieusement le paysage à travers le pare-brise. Tom était assis sur le siège du passager. Il n'arrêtait pas de monter et descendre le volume de la radio. Nick était agenouillé de côté sur le siège arrière, accroché à la poignée de la porte.

— Je savais que c'était une mauvaise idée, gémit-il.

— Je suis sûre que si on continue de rouler, on finira bien par arriver dans un village, y a des chances, déclara Shipley.

Elle ne conduisait pas très vite. La boîte de vitesses de la camionnette était détraquée et elle avait du mal à toucher les pédales. Elle avait peur de dépasser les 30 kilomètres à l'heure.

Au loin, une lumière bleue apparut en haut du clocher d'une église. Tout à coup, la route cessa d'être déserte. Une petite ferme blanche avec un toit en shingles apparut, et c'était comme s'ils arrivaient près de la résidence d'été du père Noël et de sa femme. Les fenêtres brillaient d'une lumière joyeuse. Des petits nuages de fumée grise sortaient de la cheminée, et il y avait une chaise à bascule jaune sur la véranda. Derrière la maison, il y avait une grange rouge et derrière la grange, une palissade en bois blanc avec une prairie parsemée de petits moutons blancs laineux.

— Arrêtons-nous là, suggéra Tom.

— Je vais demander la route.

— Fais attention, l'avertit Eliza.

La cambrousse commençait à lui filer les jetons. Les tueurs en série et les assassins attendaient derrière chaque arbre, un couteau ou une hache à la main.

— Fais gaffe ! cria Nick, tandis que Shipley s'approchait dangereusement de la maison et entrait dans la cour à l'arrache, sans aucun regard pour l'allée.

Une lumière jaune éclaira la fenêtre. Les phares avant d'une voiture balayèrent la cour en diagonale jusqu'à la véranda.

— Voyons ça, mais qui sont ces chauffards cinglés ?

Tragedy traversa la cuisine en courant et entrouvrit la porte prudemment.

— Hé, doucement ! cria-t-elle en agitant les bras. Il y a des chatons et des petits moutons par ici !

Adam suivit sa sœur, la gorge sèche et les genoux raides. Rien de vraiment excitant n'était jamais arrivé à Home, mais il était sûr que quelque chose allait enfin se passer.

Une camionnette marron s'arrêta pile poil en face des marches qui conduisaient à la véranda.

Adam distingua le logo en forme de sapin de la fac de Dexter, imprimé sur la portière. Une fille blonde en short blanc lâcha le volant et sortit du véhicule. Elle avait les yeux d'un bleu pâle brillant.

— Youpi ! s'exclama Tragedy, des Martiens !

Adam serra la poignée de porte en métal. Un type immense et baraqué ouvrit la portière avant et sortit du camion. Il portait des bermudas très chic et une ceinture jaune plutôt voyante. Derrière lui débarqua une fille à l'air dur, avec une frange noire. La porte arrière s'ouvrit, et un type avec un bonnet de laine sortit juste la tête, comme un chien de chasse qui vérifie que le printemps est bien arrivé. Il ne manquait plus qu'un grand chien danois genre Scoubidou dans le tableau.

— Hé !

Le type au couvre-chef sauta du camion. Il portait une veste grise de Patagonie achetée aux puces, et il ressemblait exactement à tous les mecs de Dexter, à part le sparadrap collé entre ses sourcils.

— Désolé pour la pelouse. Elle... On s'est perdus...

— Mais non, nous ne sommes pas perdus, insista la fille blonde en fixant Adam de ses yeux bleus lumineux.

— *Hello, Dolly ! Well, hello, Dolly !*, chanta Tragedy d'une façon ridicule.

Tous les prétextes étaient bons pour faire le plus de bruit possible. Adam avait envie de lui coller une baffe.

— Est-ce qu'on peut vous aider ? demanda-t-il aux visiteurs.

— On cherche une crêperie, expliqua la fille à la frange, et ne me dites pas qu'il n'y a pas dans tout le Maine une crêperie ou un endroit où on vend des gaufres ou des beignets ?

Adam était déçu. Il avait espéré que leur camion soit en panne ou que leur moniteur ait eu une crise cardiaque. Quelque chose de sérieux.

— Le truc le plus proche se trouve à Augusta, je crois.

Le grand mec éclata de rire.

— Augusta, ça veut peut-être dire quelque chose pour vous, mais pour nous, rien du tout. Est-ce que vous pouvez nous faire un plan ?

— Attendez !

Adam était sur le point de retourner à l'intérieur pour prendre un morceau de papier et un crayon, quand Tragedy le prit à part.

Elle n'allait pas laisser passer une occasion pareille.

— Hé, entrez donc à la maison. Nos parents ne sont pas là et on s'emmerde tellement ! On a de la bière et du vin, et du lait frais de brebis. C'est dégueulasse, le lait de brebis, sauf si vous ajoutez une tonne de Nesquik.

L'herbe faisait des merveilles pour la timidité de Shipley. Elle fit un pas en avant, et posa son pied chaussé de tong sur la première marche de la véranda. Le bois craqua.

— Je suis désolée, je conduis comme un manche. Vous avez de la chance que je n'aie pas écrasé vos chiens ou l'un de vos animaux.

Elle jeta un coup d'œil autour d'elle pour vérifier qu'elle n'avait pas menti. Elle avait cru voir un chat décamper sous la véranda.

— Moi, je m'appelle Adam, déclara en souriant le grand garçon aux cheveux roux et au visage criblé de taches de rousseur.

— Et moi, je suis sa petite sœur, Tragedy, expliqua la grande fille à la peau olivâtre qui se tenait derrière lui, les mains sur les hanches, drapée dans son tablier blanc de chef cuisinier. Elle ne portait pas de chemise, juste un haut de Bikini blanc et une casquette des Yankees. Un petit ours en peluche bleue sortait de la poche de son tablier. Visiblement, elle aimait le sport et les sportifs.

— J'espère que vous n'avez pas bousillé notre pelouse, sinon mon père va vous botter le cul. Quand il s'agit de sa pelouse, il devient très maniaque.

— Est-ce qu'on pourrait avoir quelque chose à grignoter ? demanda Tom en montant les marches. On crève de faim, alors si vous aviez quelque chose à manger, on ne se ferait pas prier.

Il savait qu'il aurait dû être beaucoup plus poli, mais après avoir vomi une partie de la nuit, il avait une dalle abyssale. S'il ne se mettait pas un sandwich au jambon sous la dent rapidement, il allait tourner de l'œil.

— Mais bien sûr, pas de problème. (Tragedy leur ouvrit la porte, en ajoutant...) Allez, entrez donc, je vous en prie.

Shipley regarda derrière elle, pour voir ce que faisaient Nick et Eliza. Nick était debout, en équilibre sur un pied comme un flamant rose, l'air hésitant et mal à l'aise avec son sparadrap ridicule entre les deux yeux.

Il marmonna :

— Je crois qu'on ferait mieux de rentrer pour rejoindre les autres, sinon ils vont croire qu'on s'est fait manger par des ours ou bien qu'il nous est arrivé quelque chose.

Eliza fourra les mains dans les poches de son short et s'avança vers la véranda d'une démarche rendue hésitante par la défonce, en déclarant :

— Du moment qu'ils ont de la bouffe...

Les quatre nouveaux arrivants s'assirent maladroitement à la table de la cuisine, tandis qu'Adam et Tragedy allaient chercher de quoi boire et manger.

La maison était un véritable bric-à-brac, avec des livres et des vêtements un peu partout, des outils pour le jardinage, la mécanique, la ferronnerie. Une cuisinière à bois était installée dans un coin de la cuisine. Apparemment, c'était le seul appareil utilisé pour préparer à manger.

— C'est vraiment ici que vous habitez ? demanda Shipley d'un ton incrédule.

Elle voulait savoir si c'était bien là qu'ils habitaient toute l'année. Si ce n'était pas seulement une résidence secondaire où ils faisaient semblant de jouer au fermier et à la fermière, alors que la plupart du temps ils devaient habiter dans une ville moderne comme Los Angeles.

— Je suis même né dans cette maison, avoua Adam.

— Maman ne croit pas aux médecins, leur expliqua Tragedy. Elle et papa viennent d'un endroit qui s'appelle Park Slope à Brooklyn. Ils se sont rencontrés à Dexter, mais ils ont arrêté leurs études pour s'installer dans cette ferme. Ils font pousser des légumes et ils élèvent des moutons pour la laine et le lait. Et ils fabriquent ces accessoires complètement inutiles pour les cheminées. C'est là qu'ils sont d'ailleurs en ce moment, à une foire d'artisanat, pour essayer de vendre ces machins stupides.

Adam posa quatre bouteilles de couleur brune sur la table.

— Papa fabrique sa propre bière. Elle est un peu épaisse et elle a un goût bizarre au départ, mais une fois que vous avez commencé, vous verrez, on s'y fait très facilement.

— J'aimerais mieux du vin, dit Eliza.

— Moi aussi, renchérit Shipley.

— Vous avez raison, approuva Tragedy.

Elle disposa sur une assiette des petits gâteaux au chocolat qu'elle avait fait cuire le matin et les présenta à ses invités. Elle adorait faire de la pâtisserie. Pendant ce temps-là, elle ne s'ennuyait pas.

— Laissez-moi deviner. Vous autres, vous êtes des étudiants en première année et vous êtes venus faire la fête pour votre première nuit à la fac, c'est ça ?

— On peut dire ça comme ça.

Le type au bonnet ouvrit la bouche, prêt à engloutir un cookie.

— Je m'appelle Nick.

Il désigna du doigt le grand costaud assis en face de lui.

— Lui, c'est Tom.

Puis il désigna la blonde.

— Elle, c'est Shipley.

Enfin, il pointa du doigt la fille à la frange, en disant :

— Elle, c'est Eliza.

Il avala le cookie et en prit un autre.

— Désolés si on a l'air de se comporter comme des fous furieux. On est complètement déchirés.

Alors c'était ça, leur problème. Tragedy retira l'ours en peluche de son tablier – accessoire ridicule, même pour elle. Puis elle prit un grand verre à Coca-Cola et le remplit à ras bord avec du vin rouge.

— Adam va être dans ta classe. (Elle tendit un verre à Shipley et en versa un autre à Eliza.) Mon frère a été trop radin, il n'a pas voulu faire le voyage d'orientation.

Adam décapsula une bière et en sirota une gorgée.

— Il aurait fallu que je ramasse pour 150 dollars de myrtilles pour me payer cette soirée, dit-il à sa sœur.

Il remarqua que Shipley le dévisageait, et regretta aussitôt d'avoir parlé des myrtilles.

— Ça fait beaucoup de myrtilles, observa Tom, la bouche pleine de cookies.

Il n'avait jamais rien mangé d'aussi bon de toute sa vie. Il arrivait à sentir le goût des fèves de cacao dans les pépites de chocolat. Il pouvait sentir les rayons de soleil qui avaient brillé sur la tête des poules qui avaient pondu les œufs permettant de faire la pâte. Ces petits gâteaux étaient en train de lui changer la vie.

Une grosse chatte grise se prélassait paresseusement dans la cuisine en se léchant les pattes. Du papier tue-mouches pendait du plafond en guise de décoration, criblé d'insectes morts. L'air embaumait la confiture de myrtilles et les petit gâteaux tout juste sortis du four.

Shipley était assise juste en face de Tom, et sirotait son vin par petites gorgées bien rythmées. Elle était contente d'avoir eu le temps de faire pipi avant de venir.

Eliza mordillait la branche de ses lunettes. Elle n'allait pas tarder à entendre le bruit de la tronçonneuse, et les têtes allaient commencer à valser.

— Ça vous tenterait de faire un jeu avec des gages, vous savez, le truc où on doit boire un verre chaque fois qu'on a perdu ? suggéra Tragedy.

— Ah non, surtout pas, grogna Adam.

Tragedy avait toujours des plans pourris à proposer.

Ils jouèrent au « trou du cul » avec deux paquets de cartes. L'ennui, c'est que Tragedy criait « Trou du cul ! » chaque fois qu'elle avait la main, et en deux temps trois mouvements ils furent tous complètement torchés. Six bouteilles de vin et une caisse de bière plus tard, Shipley était étendue sur le divan du salon, la tête sur les cuisses de Tom et les pieds sur celles d'Adam, et elle regardait Tragedy danser avec Nick sur la collection d'albums des Bee Gees des parents Gatz. Cette musique avait plus de vingt ans, mais les ornements opératiques des frères Gibbs étaient presque tendance. Eliza s'agenouilla sur le sol près de la table à café, devant les morceaux d'un puzzle. Le marathon du feuilleton *Scoubidou* continuait à défiler sur la télévision muette. Le dessin animé avait pour décor un parc d'attractions, et les personnages faisaient du mime avec leurs grosses bouches pleines de dents. Il était 2 heures du matin. Les moutons attendaient leur petit déjeuner à 6 heures.

— Prune, dit Tom en admirant le profil le Shipley. C'est avec cette couleur que je commencerais, si je devais peindre tes cheveux. Tout le monde croit que les cheveux blonds sont jaunes, mais ça n'est pas ça du tout.

— Mmmm...

Shipley n'avait jamais été aussi déchirée. Ça faisait un moment qu'elle n'essayait même plus de parler. Très loin là-bas, à l'autre bout du divan, elle sentait les doigts d'Adam tripoter ses pieds nus.

Elle ferma les yeux.

La chanson suivante était un solo. Au lieu de se lancer dans un slow maladroit et ridicule, Tragedy et Nick s'agenouillèrent à côté d'Eliza pour l'aider à compléter le puzzle. Tragedy se lança dans une explication.

— C'est le premier voyage sur la Lune, et il y a 1 800 morceaux à assembler avec seulement quatre coins. Ça fait presque une semaine que je suis dessus, et comme j'ai perdu le couvercle de la boîte avec le dessin, maintenant je suis complètement paumée. (Elle attrapa le morceau que Nick venait juste de prendre.) Hé, donne-moi ça ! C'est le pouce de Neil Armstrong. (Elle posa le morceau à sa place.) Un petit pas pour l'humanité féminine !

Puis il y eut un autre slow. Et tout en se parlant, en jouant au puzzle, en prétendant rester éveillés ou en caressant un pied ou une mèche de cheveux, bref, leurs corps avaient beau faire semblant de participer à l'action, leurs esprits était ailleurs. Chacun à sa manière n'en revenait pas de se trouver là, dans cette maison du Maine. En particulier, oui, d'être là tous ensemble au petit matin, alors que d'habitude à cette heure-là ils étaient chez eux devant la table du petit déjeuner, chacun dans sa ville, à mille lieues d'imaginer qu'un truc pareil pourrait leur arriver.

— La vie est un sablier. Le sable est la conscience, répétait Nick...

C'était une phrase qu'il avait mémorisée en lisant les méditations du livre du Tao, ou bien c'était sur un des autocollants de son mentor Laird Castle.

Sa mère mettait des sous de côté depuis bien avant sa naissance pour l'envoyer à l'université, et voilà qu'il foutait tout par terre le premier soir. C'est certain, il allait se faire pincer, et il serait dans la merde bien profond, c'était juste une question de temps. Eliza évaluait sa propre tendance à la violence. Au cours des douze dernières heures, elle avait vu trois mecs tomber sous le charme dévastateur du short blanc affriolant de Shipley. Ces mecs étaient leurs voisins de résidence, Nick l'Estropié, Tom le Gerbeur et maintenant Adam le Cul-terreux. Si le serial-killer ne se pointait pas, elle serait obligée de tuer Shipley de ses propres mains.

Tom gambergeait. Quand il s'était inscrit, il avait choisi économie et sciences politiques. Demain, il irait s'inscrire à l'UE (unité d'enseignement) d'arts plastiques. Même s'il devait jouer les lèche-cul, il récolterait probablement un A facile dans cette matière.

Tragedy venait juste de réaliser qu'elle n'avait pas un seul livre de voyage à destination de l'espace. Quand elle aurait visité tous les endroits qu'elle avait déjà soulignés dans ses guides de voyage, elle mettrait des sous de côté pour partir en voyage sur la Lune ou sur Mars, ou sur la planète de Mon-cul-je-t'ai-bien-eu !

Adam, lui aussi, rêvait d'une existence extraterrestre. *Si on était dans* Star Trek, pensait-il en attrapant fermement les pieds nus endormis de Shipley, *j'expédierais tout le monde dans le vaisseau spatial, sauf elle. Nous pourrions démarrer notre propre civilisation sur une planète abandonnée, et je constituerais une sorte de champ énergétique autour d'elle, afin que rien de mauvais ne puisse jamais lui arriver. Même si je devais pomper toute l'énergie de la planète, perdre contact avec la Terre ou avec le vaisseau mère pour maintenir ce champ énergétique autour d'elle, je le ferais.* Oui, même s'il devait mourir pour elle. D'un seul coup, toute sa vie prenait un sens.

Mais dans son imagination, Shipley avait déjà cédé au charme d'un autre garçon. Le bois craqua pendant que Tom l'emmenait au premier étage dans ses bras, et que la chatte grise s'empêtrait dans ses jambes et les précédait comme un chaperon curieux. Il la coucha sur un lit. Le couvre-lit était bleu et violet avec des motifs Ralph Lauren ; les murs étaient décorés comme un diaporama de musée des sciences de la Terre. Les canards faisaient du patin à glace sur des étangs gelés, ailes contre ailes. Un lapin recroquevillé sur ses pattes blessées reniflait l'air autour de lui et les branches d'un saule pleureur se balançaient au-dessus d'un ruisseau tourbillonnant. Les moutons broutaient sur une colline verdoyante. Un loup regardait sa proie en retroussant ses babines baveuses. Tom l'embrassait, et leurs vêtements tombaient sur le sol comme des pelures d'oignons pendant qu'ils se caressaient.

Tragedy prit son Rubik's Cube et demanda :

— Qui pourrait minuter le temps que je vais mettre pour lui jeter un sort ?

Comme les morceaux du puzzle qui avaient été coupés pour être assemblés, mais qui jusqu'à présent étaient éparpillés au hasard n'importe comment dans la boîte, les six personnages étaient liés inexorablement. Bien entendu, le puzzle était loin d'être terminé. Il faudrait toute une vie pour le compléter, ou au moins quatre ans.

La porte moustiquaire claqua dans la cuisine. Shipley se redressa, soulagée de voir qu'elle portait encore son short.

Et voilà notre tronçonneuse, pensa Eliza d'un esprit morbide.

— Si vous êtes là-dedans, je veux vous voir monter dans le camion immédiatement ! (C'était le Pr Rosen. Elle avait l'air épuisée et à bout de souffle, comme si elle avait couru un marathon.) Je vous ramène au campus. Visiblement, on ne peut pas vous faire confiance.

5

Il y a toujours une période d'adaptation à la fac. D'abord, on dort dans un nouveau lit avec quelqu'un d'étranger dans la même pièce. Votre camarade de chambre est peut-être du matin, du genre qui se lève aux aurores et déjà parfaitement douchée, habillée et en train de se sécher la frange à 7 heures du matin. Le bruit du sèche-cheveux vous perfore la tête. Quand vous vous levez, vous devez attendre dehors, pour aller aux toilettes dans le couloir ou pour utiliser les W-C, la douche ou le lavabo. Vous avez probablement la gueule de bois après avoir passé une partie de la nuit à faire des trucs plus ou moins interdits avec les étudiants de la porte à côté. Puis, il y a le petit déjeuner dans le réfectoire. Généralement, un mélange approximatif de céréales pour bambins, avec en option une tasse en plastique de café extra-light.

Ensuite, il faut aller s'inscrire pour de bon à la maison mère, le bâtiment administratif qui ressemble à un asile d'aliénés. Les professeurs des cours les plus impopulaires, comme la géologie ou l'allemand, débitent leur baratin comme des représentants de commerce, tandis que la queue s'allonge jusque dans la cour pour l'inscription aux cours d'écriture créative ou de cinéma. C'est alors que vous vous souvenez de ce que vous a raconté votre conseiller d'orientation, quand vous étiez encore au lycée, pour vous guider dans le choix des innombrables cours proposés pendant les deux premières années d'université. En vous inscrivant à autant de matières que vous pouvez, vous aurez davantage d'options pour vos cours principaux ; et cela vous permettra de compléter toutes vos unités d'enseignement, afin de vous concentrer sur les études que vous avez véritablement envie d'entreprendre. En dehors de la littérature – qui n'est pas une option pour les premières années, mais un impératif –, vous allez choisir, par exemple, la géologie pour valider vos crédits en sciences ; et l'introduction à la psychologie pour valider vos crédits en sciences sociales, mais aussi parce que vous croyez que le cours consiste à s'allonger sur un divan et à parler de vous-même. Vous risquez aussi d'opter pour la musique parce que vous croyez qu'il suffit d'applaudir à un concert ; pour l'histoire des Romantiques parce que ça a l'air romantique, et pour l'écriture créative ; et surtout la poésie, parce que d'abord en roman il n'y a plus de place, et que le poème c'est plus court, donc ça demande moins de travail.

Au cours de la première semaine de cours, vous vous accrochez aux gens que vous avez rencontrés le jour de l'orientation. Non pas que vous ayez quoi que ce soit en commun avec eux, mais parce que vous ne savez pas à qui parler, en dehors des types qui se trouvent dans la chambre d'à côté ou qui ont le même sujet de conversation : la bière. Vous profitez de vos cours magistraux et de vos TD (travaux dirigés) au maximum, pendant cette première semaine, parce que ce sont les moments les plus importants : c'est là que les profs vont accomplir leurs meilleures performances, pour vous convaincre de ne pas laisser tomber leur cours avant le couperet du vendredi, quand ça passe ou ça tré-passe. Dans la mesure où les étudiants sont encore en train d'acheter leurs livres, les devoirs à la maison sont insignifiants, et ne donnent qu'un aperçu idéalisé de ce que ça va donner plus tard.

Et la première semaine s'achève le vendredi.

Comme tous les étudiants de première année, Shipley, Eliza, Tom et Nick étaient restés avec leur petit groupe du premier jour. Ils mangeaient ensemble dans le réfectoire, étudiaient ensemble à la bibliothèque, regardaient la télé ensemble dans le dortoir et leurs chambres respectives, non pas parce qu'ils s'aimaient particulièrement mais parce qu'ils avaient été punis. Ces quatre-là, en tout cas.

— La punition doit être à la hauteur du délit, avait dit le Pr Rosen avant de demander aux quatre mécréants « de rester consignés dans leurs chambres », ce qui signifiait que pendant la première semaine de cours, ils n'avaient pas le droit de quitter le campus.

Le vendredi matin, Shipley n'en pouvait plus. Le barbecue de bienvenue de Dexter avait lieu le soir même, et elle avait besoin de cigarettes, de spray insecticide et, si elle se sentait le courage d'en acheter, il lui fallait des préservatifs. Elle n'avait jamais vu un préservatif sorti de son emballage, mais apparemment toute étudiante qui se respecte, même vierge, devait avoir des préservatifs sous la main, juste au cas où le type dont elle était tombée amoureuse le jour de l'orientation arrêtait de se prendre le chou avec son copain de chambre et commençait à la remarquer. Son premier cours ne commençait pas avant 11 heures du matin et il y avait une station-service avec un petit supermar-ché, juste en bas de la colline. La semaine était presque finie, elle était persuadée que le Pr Rosen

76

n'en ferait pas un plat si elle s'aventurait à l'entrée de la ville juste pour une minute.

La voiture aurait dû en principe se trouver là où elle l'avait laissée, l'avant dans la bande de gazon tondu à l'autre extrémité du parking, l'arrière de la voiture pointé vers le trottoir, les clés sur la roue avant gauche, conformément aux habitudes familiales. Elle fit le tour du parking, en jetant un coup d'œil vers la fenêtre de sa chambre pour se repérer. Elle était certaine qu'il s'agissait bien du parking des étudiants en face du bâtiment Coke, là où elle avait laissé sa voiture le samedi précédent. Il y avait très peu de voitures noires sur le parking et une seule Mercedes : c'était une ancienne limousine convertible de couleur beige. Sa voiture n'était plus là. Shipley croisa les bras sur sa poitrine et se mordit les lèvres. À qui pourrait-elle raconter ça ? Pas à ses parents, et certainement pas à son professeur principal, qui justement était le Pr Rosen. Elle avait vu une voiture du service de sécurité de la fac patrouiller sur la route la nuit, mais il s'agissait d'une opération menée par un seul homme et elle ne savait pas comment le contacter. Peut-être valait-il mieux n'en parler à personne. La voiture finirait par revenir, tôt ou tard – enfin, peut-être. Et c'était sans doute une bonne manière de rencontrer des gens, puisque maintenant elle allait devoir faire du stop. Tom avait une voiture, et elle avait vraiment envie de faire davantage connaissance. Rougissant secrètement, tout en descendant à pied la colline en direction de la ville par ce beau soleil de septembre qui chauffait ses bras nus, elle s'imagina perdant sa virginité avec Tom, sur le siège arrière de sa Jeep. Très vite, une Volkswagen blanche s'arrêta et l'attendit.

Adam n'en revenait pas d'être aussi verni. Il l'avait cherchée pendant toute la semaine. En fait, il l'avait aperçue plusieurs fois au moment des inscriptions, à la cafèt', à la bibliothèque, dans le labo des ordinateurs, mais elle n'était jamais seule, et il était tellement rouge d'émotion chaque fois qu'il la voyait qu'il avait peur de ce qu'elle pourrait lui dire. Tragedy n'était pas là pour le harceler, mais il entendait sa voix qui lui criait dans les oreilles : « Stop, espèce de crétin, stop ! Arrête-toi ! ».

Alors, il prit son courage à deux mains et freina comme un malade.

— Tu veux monter ? dit-il en passant la tête à travers la vitre.

C'était le type de la ferme.

— Oh, c'est toi ! dit Shipley, gênée de ne pas se souvenir de son prénom. Je descendais justement en ville pour m'acheter des cigarettes. J'ai perdu ma voiture, expliqua-t-elle en ouvrant la portière de la Volkswagen.

— Excuse le désordre. (Adam jeta vers l'arrière la pile de livres et de cassettes sans emballage qui traînaient sur le siège avant, pour qu'elle puisse entrer et s'asseoir.) Tu as besoin de faire une déposition à la police… pour la voiture, je veux dire ?

Shipley tira sur sa minijupe en jean pour cacher un peu ses cuisses.

— La police ? Non, ça va aller. J'ai juste besoin de cigarettes.

Et la voiture se dirigea tranquillement vers la ville. Le lundi serait un jour férié ; la chaleur de l'été était tempérée par la petite note fraîche acidulée qui annonce l'automne. Bientôt, les feuilles allaient changer de couleur et dans les bois autour du campus, on allait entendre pétarader les fusils des chasseurs. On était dans un pays de chasseurs, à Home.

— Tu vas au barbecue, ce soir ? demanda Shipley joyeusement. J'ai entendu dire qu'il y aurait un orchestre, et tout ça.

Adam tourna le bouton de la radio et l'éteignit aussitôt, car il n'était pas sûr de pouvoir à la fois passer les vitesses et changer les stations de radio tout en tenant le volant.

— J'irai, si...

Sa voix se cassa. Pourquoi avait-il commencé sa phrase de cette manière ? Si quoi ? Si elle venait avec lui et lui tenait la main ? Si elle lui promettait de rentrer à la maison avec lui après ? Si elle lui donnait la permission de l'embrasser ? Shipley n'avait pas l'air de prêter attention au silence qu'il lui demandait implicitement de remplir.

— Eh bien, nous allons y aller tous les quatre. Moi, ma copine Eliza, Nick et Tom. (Elle secoua sa tête blonde.) On a passé toute la semaine ensemble.

Adam sursauta quand elle mentionna Tom – son rival, apparemment – et il changea de sujet de façon abrupte.

— Ça fait combien de temps que tu fumes ?

— Je viens de commencer. (Et elle se mit à rire.) On ne peut pas dire que je suis accro, je veux juste voir ce que ça donne.

Adam appuya sur le bouton qui faisait gicler du liquide sur le pare-brise et mit en route les essuie-glaces. Il eut du mal à les arrêter une fois en action et le liquide bleu fusait par les fenêtres ouvertes.

— Désolé, murmura-t-il, furieux de sa maladresse.

La station-service était juste à côté.

— Tu peux me laisser ici, lui dit Shipley. Ça ne me gêne pas de rentrer à pied.

Elle s'apprêtait à sortir de la voiture, quand elle vit le Pr Rosen qui mettait de l'essence dans un minivan blanc.

— Zut ! je n'avais pas le droit de quitter le campus, dit-elle en se cachant. Est-ce que ça t'embête que je reste cachée là jusqu'à ce qu'elle s'en aille ?

— Si ça me dérange ?

Adam éteignit le moteur et se glissa au bas de son siège, pour que leurs deux têtes soient au même niveau. C'était très romantique. Du moins, ça aurait pu l'être s'il avait pu penser à lui dire quelque chose. Au lieu de ça, il se contentait de la fixer. Il aurait pu la contempler toute la journée. Heureusement que Tragedy n'était pas là, mais il entendait sa voix désincarnée lui crier : « T'inquiète, embrasse-la ! ». Dieu sait qu'il avait envie de l'embrasser, mais il pensa qu'il serait plus sage de devenir amis d'abord.

— Ça te plaît à Dexter, jusqu'à présent ? lui demanda-t-il.

Shipley haussa les épaules et lui fit un petit mouvement de la tête, qui signifiait « comme ci, comme ça », très vite, et c'était visiblement une réponse ennuyée à une question ennuyeuse. Elle jeta un coup d'œil dans la voiture à la recherche d'un objet où serait marqué son prénom, car elle n'arrivait toujours pas à se rappeler comment il s'appelait.

— Vous n'avez pas eu d'ennuis l'autre jour, j'espère ?

Adam haussa les épaules.

— Mes parents étaient un peu surpris de voir que tout le vin et la bière avaient disparu, mais au fond ils s'en foutaient, et je ne crois pas que la prof ait capté que j'étais étudiant.

Il devenait de plus en plus évident qu'en étant étudiant externe à la fac, Adam ne bénéficierait jamais de toutes les expériences inoubliables des internes. Sa mère lui faisait encore cuire ses œufs, lui lavait son linge. Son père lui donnait un coup de main pour sa voiture et venait le déranger quand il lisait. Il devait sortir les poubelles. Il devait supporter les bouffonneries de Tragedy qui faisait tout un show chaque fois qu'elle arrosait les géraniums sur la véranda. Il n'avait pas besoin de faire la queue pour prendre sa douche le matin, et il n'aurait pas besoin de rester scotché dans la bibliothèque toute la nuit pour éviter de réveiller sa coloc. S'il voulait se faire des copains parmi ses camarades étudiants et faire partie de la communauté de Dexter, il allait devoir faire des efforts : s'inscrire à un club de sport, jouer à des jeux, devenir politiquement actif. Mais il était plutôt du genre solitaire. Même l'idée de participer au barbecue de bienvenue de Dexter le rendait très nerveux, il transpirait rien que d'y penser.

Il jeta un coup d'œil à sa montre. Il allait manquer son deuxième cours d'introduction à l'histoire de l'Amérique. Son professeur, le Dr Steve, était un de ces grands baratineurs capables de parler de tout et n'importe quoi, les phares, les batailles de la guerre civile, l'extraction du charbon, rendant ses histoires complètement fascinantes. Mais ça valait la peine de sécher son cours juste pour pouvoir rester assis à côté de Shipley dans la voiture, et respirer le même air confiné qu'elle. Il pourrait peut-être l'inviter à déjeuner à la maison.

De l'autre côté des pompes à essence, Patrick était assis au volant de la Mercedes noire de sa famille et regardait la vieille prof de littérature mettre du carburant dans sa voiture. Elle avait été son professeur principal quand il était étudiant à Dexter. Quand il avait commencé à sécher ses premiers rendez-vous avec elle dès le premier mois, elle s'était pointée dans sa chambre avec une boîte de cookies et *L'Attrape-cœur*, l'inévitable bouquin de Salinger. Patrick avait pris les cookies, mais lui avait dit qu'il avait déjà lu le livre, ce qui était un mensonge. Une flopée de conseillers d'orientation lui avaient déjà donné ce bouquin et il devinait à peu près ce qu'il contenait : l'aliénation, la solitude, le manque d'intérêt pour l'école et le refus d'obéir aux règles. Les gens devaient croire que le fait de lire ce livre pourrait changer quelque chose à sa vie. Peut-être qu'il se serait senti moins seul s'il l'avait lu et que ça lui aurait ouvert d'autres perspectives. Peut-être qu'il aurait compris que son expérience à lui n'avait rien d'unique, mais il n'aimait pas les romans, et la fiction n'était pas du tout son truc.

Finalement, c'était sympa d'avoir une voiture. Il avait passé les derniers jours à se balader sur les vieilles routes pourries de campagne, et le soir à dormir sur le siège arrière. Il était allé jusqu'à la plage et s'était baigné dans l'océan. Il avait visité le grand parc national de Baxter où il avait rencontré un ours brun, et le lac aux élans avec toute une famille de loutres. Maintenant, il ne restait plus beaucoup d'essence dans le réservoir. Il ne pouvait pas prendre le risque d'en prendre à la pompe et de se tirer sans payer, parce que la voiture de patrouille de la ville de Home était garée juste devant le petit magasin à côté de la station. Il était déjà allé en prison deux fois, une fois à Miami pour avoir dormi sur la plage et avoir résisté aux agents, et une autre à Camden dans le Maine, pour avoir visité par effraction un appartement vide pendant un orage. Il y était resté quatre mois à Miami. C'est là qu'il avait découvert le livre de L. Ron Hubbard, *La Dianétique*, qu'il avait lu deux fois. Dans le Maine, il avait été libéré après seulement cinq jours de détention.

Il remit le moteur en route, décidant de laisser la voiture sur le parking de Dexter, exactement là où il l'avait trouvée le samedi précédent. Avant de tourner à l'angle de l'avenue Homeward, il passa devant une Volkswagen blanche aux vitres ouvertes, garée près du virage. Les gens assis à l'avant avaient l'air de s'embrasser. Il ne distinguait que le dessus de leur tête. Une des deux chevelures était très blonde, comme celle de sa sœur, et l'autre rousse. Il reconnut la voiture. Elle appartenait au connard qui lui avait fait un caca nerveux l'autre jour, devant la cafèt'. Il accéléra et appuya à fond sur le Klaxon.

Patrick n'avait pas vraiment envie de renoncer à la voiture et à cette liberté facile qu'elle procurait, mais il prit le chemin du campus, traversa la ville, passa devant le supermarché, le coiffeur pour hommes. Le lycée de la ville était juste au-dessus, de l'autre côté du carrefour traversé par la nationale 95. Une fille faisait du stop sur le bas-côté de la route. Il ralentit et baissa la vitre de la portière, du côté passager. C'était la fille qu'il avait rencontrée à la cafèt'.

— Je n'ai presque plus d'essence, lui dit-il, mais je peux vous amener en haut de la côte, jusqu'à Dexter.

— Pas question.

C'était le premier jour de classe au lycée, en terminale. Tragedy avait quitté l'école pendant les heures de permanence – au bord des larmes, tellement elle s'emmerdait. Elle posa les coudes à l'intérieur de la portière.

— Moi, je pensais aller au Texas ou peut-être au Mexique.

Elle lui fit un clin d'œil. Patrick portait le même anorak déchiré et le survêtement cradingue de Dexter. C'était le seul vêtement qu'il possédât.

— Hé, je te reconnais ! Où est-ce que tu as trouvé cette voiture chicos ?

— Je l'ai trouvée, dit-il. Bon, alors tu montes, oui ou non ?

— Non. (Tragedy recula.) J'ai vraiment envie d'aller au Texas.

Elle avait prévu de se rapprocher le plus possible de la frontière, puis d'entrer à pied au Mexique. Elle trouverait un job, n'importe quoi, fourrer des tacos ou dresser des ânes.

Patrick redémarra et se dirigea vers le campus. Le voyant rouge du réservoir d'essence clignotait depuis le début de la journée. Il se gara sur le parking, juste en face du bâtiment Coke, fit de son mieux pour se garer aussi mal que sa sœur, et laissa les clés sur la roue avant.

Shipley se redressa sur le siège avant de la voiture d'Adam. Le Pr Rosen avait disparu dans la boutique de la station-service pour payer son essence et faire sa provision de chips, de bonbons et de tout ce qu'elle aimait grignoter.

— Je n'arrive pas à croire que je suis là depuis une semaine et qu'on m'a déjà volé ma voiture. Mon père va me dévisser la tête.

— Tes parents sont très sévères ? lui demanda Adam, dont les parents étaient carrément laxistes.

— Non, pas vraiment, admit-elle.

C'est elle qui était la plus sévère avec elle-même. Comment pouvait-elle se permettre de faire des conneries, alors que son frère en avait déjà trop fait pour deux ? Elle s'apprêtait à raconter à Adam le parcours tumultueux de Patrick et les silences tendus entre ses parents à l'heure du dîner, lorsque la tête du Pr Rosen s'encadra dans le haut de la portière.

— Shipley Gilbert, est-ce que les mots « étudiant consigné » ont une quelconque signification pour vous ?

Ce genre de punition avait été mis en place pendant le court séjour de son frère à la fac de Dexter, et Shipley ignorait ce détail. Shipley se tourna vers Adam. Son visage était tout rouge.

— Je suis désolée, balbutia-t-elle. Ce n'est pas de sa faute. On m'a volé ma voiture. Je me suis dit que la semaine était pratiquement terminée, et j'avais besoin d'une bombe insecticide pour ce soir.

Le Pr Rosen fronça les sourcils et dirigea son attention vers Adam.

— Des plaques d'immatriculation du Maine, observa-t-elle. Vous habitez dans le coin ?

Shipley décida de faire comme si elle n'était jamais allée dans la maison des parents d'Adam, au cas où la prof lui poserait la question. Adam se demanda ce qu'il devait répondre.

— J'habite à quelques kilomètres, du côté de la route de la Rivière.

Les yeux du Pr Rosen s'illuminèrent.

— Non, sans blague, on habite aussi de ce côté-là...

Elle le regarda pendant une minute qui parut très longue à tout le monde. Elle avait de très beaux cheveux, remarqua Shipley pour la première fois, un châtain clair avec des reflets blonds légèrement roux qui brillaient au soleil.

— Est-ce que par hasard vous avez déjà fait du théâtre ?

Jouer devant un public était un truc auquel Adam n'avait jamais pensé. Cette simple idée le terrifiait.

— Non, pas vraiment. Désolé.

— Hé bien, j'ai l'intention de monter une pièce ! Je le fais chaque année. Cette année, je vais mettre en scène une pièce d'Edward Albee. *Zoo Story*, vous connaissez ?

Adam fit d'abord signe de la tête que non.

— Il y a seulement deux personnages, Peter et Jerry, et vous seriez parfait dans le rôle de Peter.

— D'accord.

Adam approuva, hochant la tête poliment, même s'il n'avait aucune intention de jouer dans la pièce du professeur.

— Comment vous appelez-vous, à propos ?

— Adam. Adam Gatz.

— Très bien, Adam. Pensez-y. (Le Pr Rosen tapotait le toit de la voiture, juste au-dessus de la tête de Shipley.) Maintenant, soyez gentil et ramenez-la au campus, là où elle devrait être.

6

Dexter était un endroit sérieux. Eliza avait attendu toute la semaine qu'il se passe quelque chose de marrant : une tempête de grêle mémorable, une épidémie de pied d'athlète, le genre de saloperie qui se tape l'incruste et nécessite l'amputation, mais que dalle. Et la population étudiante était éteinte. Ils étaient tous concentrés sur leurs trucs. L'équipe des Bûcherons, le foot, les élections, la bière – en somme, rien qui la branche. Si elle voulait s'amuser pendant les quatre prochaines années, elle allait devoir se débrouiller toute seule. Et c'était sans problème. Elle savait y faire. Et il y avait largement de quoi improviser.

— Ça fait plaisir de rencontrer des gens comme vous, qui n'ont pas honte de laisser leurs mères choisir leurs vêtements pour eux !

Eliza accueillit Nick et Tom à la porte de sa chambre. Les garçons habitaient dans le bâtiment Root, qui se trouvait juste en face du bâtiment Coke. Ce soir-là, Tom portait un bermuda bleu marine brodé d'une meute de petits chiens verts, une chemise jaune Lacoste avec une ceinture tressée en coton vert, et marchait pieds nus dans ses mocassins bicolores en cuir. Eliza pensa qu'il fallait un certain courage pour ne pas céder à la pression de toutes ces modes et de ces tendances branchouilles de mes deux. Nick, de son côté, arborait un T-shirt violet en lambeaux avec un gros nounours jaune imprimé sur le devant, un pantalon en velours côtelé marron élimé et, fidèle à son image de marque, un bonnet péruvien en laine avec des pattes sur les oreilles.

— Alors, c'est comment, la vie conjugale ? leur demanda Eliza.

Les garçons haussèrent les épaules, l'air gêné. Visiblement ils n'avaient pas l'air très contents de cohabiter.

— Alors, t'as trouvé un job d'étudiant ? lui demanda Nick, histoire de changer de conversation.

— Ouais, dit Eliza. Et toi ?

— Ouais, j'ai trouvé, lui répondit Nick sans se mouiller.

Il aurait préféré que ce soit Tom qui ouvre le débat sur les étudiants qui ont besoin de travailler et ceux qui sont nés avec une cuiller en argent dans la bouche. Pour le moment, moins on en parlait, mieux ça valait. Nick et Eliza étaient inscrits à l'université de Dexter comme boursiers. Mais cette bourse-là était soumise à un échange de services, il fallait accepter les jobs que proposait la fac sur le campus. Les mieux payés étaient à l'administration et au département de physique-chimie. Généralement, ces emplois étaient immédiatement décrochés par les étudiants plus âgés, pendant que les première année partaient en voyage d'orientation. Il y avait d'autres petits boulots sympas, qui consistaient à aider les profs à faire les photocopies et à remplir les divers documents, ainsi que toutes les formes de tutorat, archivage et rangement des livres à la bibliothèque ; et aussi prendre soin de l'équipement audiovisuel pour les cours, les projections de films et la préparation de conférences, séminaires et colloques, ainsi que les séances de pose pour les cours d'arts plastiques. Dans une très grande université, vous pouviez poser nu pour les ateliers de peinture et sculpture sans qu'on vous reconnaisse. Mais à Dexter, évidemment, il était difficile de passer inaperçu.

C'était une petite fac, et en quelques mois vous connaissiez tous les visages. Si une fille se risquait à servir de modèle pour les cours d'arts plastiques, elle était sûre qu'à la fin de son diplôme la moitié du campus l'aurait vue nue d'une façon ou d'une autre. Ça ne dérangeait pas Eliza. Pour elle, cette activité valait cent fois mieux que de découper des poulets crus, le genre de travail qu'elle avait déjà fait par le passé quand elle était dans la restauration.

Nick avait choisi un job dans le département de l'audiovisuel. Il adorait l'idée de regarder des films dans une petite pièce, au fond de la salle de cinéma, et il savait déjà comment on utilise un projecteur et un rétroprojecteur. Il avait l'habitude, quand il rentrait chez lui, de regarder les vieilles diapos de ses parents, comme celles de sa maman fumant de l'herbe sur la plage, quand elle était enceinte de lui, ou son père construisant des châteaux de sable. C'était avant que son père s'en aille en Californie pour ses affaires. Là, il avait rencontré une prof de yoga de Santa Cruz, la ville où les femmes sont les plus séduisantes au monde. Depuis, c'est tout juste s'il leur avait envoyé une carte postale.

— Où est Shipley ? demanda Nick.

Eliza fit la grimace.

— Qu'est-ce que ça peut te faire ?

Elle ne pouvait s'empêcher de haïr systématiquement Shipley, c'était devenu comme une maladie chronique. Elle détestait même ses sous-vête-ments, qui avaient l'air de ne supporter que le pres-sing, et ses jeans qu'elle accrochait avec soin sur des cintres. Ses jeans !

— Je crois qu'elle est allée au barbecue. Elle a dit qu'on se retrouverait tous là-bas.

Le soleil était bas dans le ciel et encore très chaud. Le groupe attitré des musiciens de Dexter, les Grannies, accordait ses guitares. Ils étaient ins-tallés sur une petite estrade improvisée derrière la pièce d'eau, un lac artificiel creusé à l'extrémité du campus. C'était un groupe de garçons, mais cha-cun d'eux portait une sorte de tunique flottante en coton indien imprimé, que l'on pouvait acheter sur le parking pendant les concerts. Des étudiants pié-tinaient la pelouse en mangeant des steaks et des hot-dogs grillés sur des barbecues au charbon de bois, le tout fourni par l'organisme de bourse de la fac de Dexter. Quelques étudiants lisaient *Le Guide de l'étudiant*, ou un des innombrables petits fasci-cules empilés sur des tables tout le long des rives du lac. Tous les sujets concernant chacun des départements et des centres d'intérêt proposés étaient traités : le groupe des féministes, le groupe des lesbiennes, des bisexuels et des homosexuels ; le groupe des campeurs, le club d'échecs, les écolos de Dexter, les républicains de Dexter, les démo-crates de Dexter, le club de danse, le club de théâ-tre, le club de frisbee, les végétariens de Dexter, le cercle des amateurs de tricot. Certains étudiants de dernière année avaient l'âge légal pour boire de la bière dans des gobelets en plastique, dans un périmètre de sécurité délimité par une grande pan-carte annonçant « Prière de montrer sa carte d'identité ». Et cela, sous la surveillance d'un membre du service de sécurité. Le Pr Darren Rosen se tenait à l'écart de la foule. Elle buvait de la bière avec un groupe d'étudiants en master de littérature et de poésie, qui avaient l'air de manquer de sommeil, et portaient malgré la chaleur accablante des cardigans en laine tricotés à la main.

Nick aperçut Shipley presque immédiatement. Elle se trouvait devant la table des étudiants démocrates de Dexter et s'apprêtait à signer un document avec l'aide du rouquin qu'ils avaient rencontré dans sa ferme.

— Démocrate, indépendant, ou sans opinion ? Mes parents sont tous les deux républicains.

Shipley réfléchissait à voix haute. Elle n'était pas certaine des opinions politiques de son frère. Vraisemblablement, il ne devait pas voter.

— Rien du tout, lui conseilla Adam, qui avait envie de toucher ses cheveux.

Ses parents à lui l'avaient amené à Augusta le 10 avril pour voter, le jour de ses 16 ans. Ils étaient tous deux inscrits au parti démocrate, disons un peu à gauche, mais ils lui avaient dit de ne s'inscrire à aucun parti, à moins d'être certain du candidat qu'il allait faire élire. Et comment pouvait-il savoir pour qui il allait voter, puisqu'il ne prenait jamais la peine de lire le journal ou d'écouter les débats des politologues à la radio ? Ses parents étaient tous les deux fans de Jerry Brown et l'avaient soutenu pendant les élections primaires du Maine. Ils avaient offert des brownies aux assistants qui récoltaient des fonds pour sa campagne et assisté à tous les meetings, mais ça ne les avait pas dérangés de voir que Clinton avait obtenu l'investiture.

— Clinton est un orateur extraordinaire, répétait sa mère. Et puis, il n'a pas fait son service militaire, il s'est bien débrouillé. Et surtout, disait-elle avec des trémolos dans la voix, il a de si belles mains !

Tom s'aperçut avec un petit pincement au cœur qu'il n'aimait pas du tout voir Shipley et Adam si proches l'un de l'autre, en particulier si près de la table surmontée par le portrait souriant de Bill Clinton. Ses parents à lui étaient tous les deux des démocrates-caviar, ce qu'il trouvait parfaitement hypocrite. Son père était devenu très riche sous le gouvernement Reagan, et Bush avait quasiment gagné la guerre du Golfe, alors ils méritaient quand même un peu de gratitude.

— Je suis content de te revoir, mec ! (Tom lui donna une bonne bourrade dans le dos.) Alors, on s'apprête à voter ?

Shipley n'avait plus tellement envie de parler des élections. Ses connaissances en politique commençaient et se terminaient avec la guerre du Golfe, qui avait été une Bérézina. George Bush était vieux et ennuyeux, Ross Perot vieux et cinglé. Et Bill Clinton, relativement jeune, était encore bel homme, jouait du saxophone, et ça n'avait pas l'air de le déranger de voir sa fille et sa femme aussi mal coiffées.

Elle avait suivi Adam jusqu'à la table pour éviter de penser à l'inscription qu'elle avait trouvée sur l'ardoise accrochée à la porte de sa chambre : « Les clés sont sur la roue. » Elle avait traversé la route pour aller vérifier et la voiture était bel et bien là, exactement à l'endroit où elle l'avait laissée.

Le type assis derrière la table des démocrates lui tendit une feuille de papier blanc, lui expliquant les consignes déjà imprimées sur le tract.

— Je suis désolé, mademoiselle. Vous n'avez pas le droit de vous inscrire à l'adresse d'une boîte postale universitaire. Vous devez vous inscrire dans l'État de votre domicile, et vous pouvez voter par procuration en cas d'absence ou si vous voulez voter à n'importe quel moment avant l'élection.

— Merci.

Shipley prit la feuille de papier et la fourra dans son sac.

— Vous ne devinerez jamais ce qui m'est arrivé aujourd'hui, dit-elle en se précipitant vers Tom et les autres. D'abord, je n'ai pas trouvé ma voiture, et puis je suis tombée sur le Pr Rosen en allant à la boutique de la station-service en bas de la côte.

— Je l'ai prise en stop, déclara Adam d'un air important.

Nick cherchait quelque chose d'intéressant à raconter.

— J'ai trouvé un job en AV.

Tom remonta son short.

— Et ça veut dire quoi, AV ? Avec les vierges ?

Nick le foudroya du regard.

— Non. C'est le département de l'audiovisuel. Je vais m'occuper des rétroprojecteurs, de la prise de son, de la projection de films dans l'auditorium, je vais même faire l'éclairage pour les pièces de théâtre.

— Qu'est-ce qu'il y a de mal à être vierge ? demanda Shipley en rougissant.

Les trois garçons la fixèrent en essayant maladroitement de cacher leur excitation. Alors comme ça, Shipley était encore vierge ?

Tom parla le premier.

— Dites, vous savez ce que signifie cette lumière bleue tout en haut de la tour où se trouve la chapelle ? J'ai entendu dire, enfin d'après la légende qu'on raconte, que si quelqu'un termine ses études à Dexter en réussissant à garder sa virginité, alors cette lumière s'éteint. Mais rassurez-vous, ça ne s'est encore jamais produit. (Il prit le bras de Nick.)

Mon vieux, t'en fais pas, on va t'aider à résoudre ton problème.

Shipley sourit.

— Moi aussi, j'espère !

— Tu peux compter sur nous, dit Tom en souriant.

Adam faisait semblant de s'intéresser à la musique. Nick gardait les yeux fixés sur ses chaussures.

Les yeux d'Eliza étaient des revolvers. Écouter Shipley allumer tous les mecs qu'elle rencontrait la rendait plus folle encore que de la voir suspendre ses jeans sur des cintres. Eliza avait perdu sa virginité à quatorze ans – un âge déjà bien avancé – avec son voisin Fabrizio. Il avait seize ans. Maigre comme un clou, maladroit, il ne parlait pas un mot d'anglais et venait d'arriver de sa ville de Gênes. Finalement, Fabrizio avait engrossé Candace, une des ouvrières qui travaillaient dans la boîte de sauces pour pâtes que dirigeait son père. Ils s'étaient mariés, avaient eu deux petites jumelles et étaient maintenant tous obèses.

En ce qui concerne les élections, Eliza se foutait pas mal de ce que les démocrates pensaient de Bill Clinton, car c'était Ross Perot son chouchou. C'était un enfoiré qui allait foutre la révolution dans tout le système. C'était pas donné à tout le monde d'être à la bonne place au bon moment. En fait, ce matin-là, elle était tombée sur un type qui, chose intéressante, avait l'air complètement à côté de la plaque. Elle était dans la chambre toute seule, en train d'étudier les photos d'un chimpanzé souriant dans son livre de psychologie, lorsque la porte de sa chambre s'était mise à faire des bruits bizarres, comme si elle avait été agitée de secousses et de tremblements. Elle crut d'abord il s'agissait de petites secousses sismiques, comme il y en a souvent dans le Maine. Mais rien ne bougeait, en dehors de la porte. Elle pensa alors que c'étaient Sea Bass et Damascus qui attaquaient l'ouverture d'un nouveau tonnelet de bière dans la chambre à côté. Elle se leva et ouvrit la porte.

Le type était debout devant elle, avec à la main un stylo feutre pour tableau effaçable. Malgré la chaleur de cette fin d'été, il portait un anorak noir, sale et déchiré sur le devant, un survêtement Dexter marron sale et des bottes de chantier maculées de taches. Ses cheveux longs d'un blond pisseux étaient emmêlés, sa barbe constellée de brins d'herbe et autres débris non identifiés.

— Qu'est-ce que vous faites là ? demanda-t-elle.

— Je laisse un petit mot à Shipley, lui dit-il sur un ton désagréable.

— Allez vous faire voir, dit-elle en claquant la porte.

— L'orchestre va commencer, observa Eliza en bâillant. Si on allait chercher de quoi manger ?

Adam suivit le groupe, qui se dirigeait vers les stands où tout le monde faisait déjà la queue. Quand Shipley et lui s'étaient arrangés pour se retrouver au barbecue, il avait espéré que les autres les laisseraient tranquille. Mais après tout, c'est bien ce qu'il voulait, se faire des amis, une nouvelle vie ? Sa sœur l'avait pratiquement foutu à la porte. « Casse-toi d'ici, avait-elle dit. Et ne reviens surtout pas avant d'avoir un truc un peu juteux à me raconter. »

L'orchestre des Grannies était en train de jouer *Sugar Magnolias*. Des nuages de fumée de charbon de bois obscurcissaient l'air chaud. Un cercle de filles, des clochettes aux chevilles, dansait lascivement. Leurs cheveux flottaient, leurs regards flottaient et leurs poignets aussi. Le Pr Rosen était allongé sur l'herbe et quelqu'un lui lisait les lignes de la main. Apparemment, elle avait la cote avec les étudiants plus âgés. Deux première année qui avaient l'air d'avoir treize ans avaient balancé leurs tongs et trempaient leurs pieds dans l'eau en se tenant par les épaules, se balançant au rythme de la musique. En arrière-plan, derrière le lac et tout ce chaos enfumé, les beaux bâtiments de brique de Dexter arboraient une attitude impavidement rigide.

Shipley essayait d'intégrer toutes les informations qui lui arrivaient en vrac, mais il y en avait beaucoup trop. Dexter comptait 1 900 étudiants, c'était une petite université dans une petite ville, et pourtant elle trouvait que c'était beaucoup plus impressionnant que le lycée.

Elle chuchota à l'oreille de sa voisine de chambre :

— Sea Bass et Damascus sont venus nous apporter de la bière.

— Sans blague, j'en reviens pas, va falloir les décorer !

Eliza n'avait pas l'air impressionné. Elle détestait voir les mecs jouer les lèche-cul devant les filles. Elle avait l'intention de faire de Shipley une féministe.

— Ils sont polis, c'est tout, commenta Shipley. C'est leur mère qui le leur a appris.

— Mais tu ne vois vraiment rien ? insista Eliza. Plus ils ont l'air d'être à notre botte, plus ils nous affaiblissent. C'est comme ça qu'ils finissent par nous avoir !

Shipley ne savait pas quoi lui répondre. Elle savait ouvrir une porte toute seule, évidemment, mais c'était franchement sympa quand un type le faisait pour vous.

Ils remplirent tous leurs assiettes : deux cheese-burgers complets avec tout ce qu'il fallait dessus,

96

un épi de maïs et un gros tas de frites pour Tom. De son côté, Nick se fabriqua un délicieux plat végétarien, en empilant sur son pain de mie des frites, des tomates, du fromage, de la laitue, des cornichons, de la moutarde et du ketchup. Eliza opta pour un hot-dog de 35 centimètres, ce qui pour Shipley signifiait qu'elle n'allait manger ce truc que parce qu'il avait la forme d'un pénis en érection. Shipley choisit un cheese-burger au fromage bleu avec de la tomate. Et Adam prit un hot-dog avec du ketchup, juste pour vérifier si ça avait le goût des testicules de rats, comme le prétendait sa mère.

Le chanteur du groupe avait des cheveux blonds laineux tressés, le regard bleu électrisé et une voix rauque très haut perchée, pour chanter :

« Elle est tellement belle, elle a tout ce que je pourrais espérer…

Elle prend le volant quand je vois double,

Paye la contravention quand trop vite je roule… »

Tom se tenait à la droite de Shipley et engloutissait sa nourriture à toute vitesse. Shipley se félicitait d'avoir pris le temps de se brosser les cheveux et d'enfiler sa jolie robe d'été blanche qui venait de la Martinique. Elle adorait l'odeur de savon et de propre que dégageait Tom. Il sentait toujours si bon, et il était si grand qu'elle se sentait vraiment en sécurité auprès de lui. Depuis qu'il était arrivé au barbecue, elle avait cessé de prêter attention à Adam qui se tenait de l'autre côté et mastiquait son hot-dog en silence. Nick était à court d'herbe. Il dégustait son assiette de condiments d'un air dégagé, comme s'il se foutait de voir que l'attention de Shipley était déjà monopolisée. Si Shipley devait en choisir un parmi eux trois, Nick préférait que son adversaire soit Adam ; mais il voyait bien, rien qu'à la manière dont elle le regardait à travers ses longs cils, qu'elle trouvait Tom à son goût. Il n'arrivait pas à comprendre comment elle pouvait être attirée par un type qui descendait toute une pizza au chorizo après le dîner, juste avant d'aller se coucher, et rotait pendant l'hymne national.

— Ça craint, cette musique, commenta Eliza juste pour elle-même.

— Moi, je l'adore, répliqua Shipley d'un air de défi.

— Ça ne m'étonne pas de toi, dit Eliza.

— Qui veut de la mousse ?

C'étaient Sea Bass et Damascus qui arrivaient tout en dansant et leur apportaient des gobelets en plastique remplis de bière. Les boucles brunes emmêlées de Damascus étaient retenues par un bandana jaune. Son gros ventre était difficilement contenu par la ceinture de son jean, et Sea Bass avait changé quelque chose au niveau de ses pattes : leur contour, de l'oreille jusqu'aux narines, était plus géométrique. On aurait dit que ses pommettes étaient zébrées de coups de rasoir.

— Tu m'épouses ? demanda Sea Bass en tendant une bière à Shipley.

— Désolé, mais elle a déjà donné sa parole.

Tom attrapa un gobelet, qu'il descendit d'un trait. Il lui avait fallu toute la semaine pour voir ce que tout le monde avait remarqué dès le premier jour : Shipley était la plus belle fille du campus. Et ce n'était pas comme s'ils avaient eu besoin de perdre un temps fou à faire connaissance. Ils venaient pratiquement de la même ville. Ils étaient même allés chez le même dentiste, le Dr Green, à Armonk. *Pas un de ces bouffons n'a la moindre chance de la choper avant moi*, pensa Tom. C'était seulement une question de jours avant qu'elle lui fasse la danse du ventre en faisant sortir de la fumée de patchouli de son nombril, les seins à l'air et les pieds nus sur l'herbe. Il laissa tomber son assiette vide sur le sol et glissa son bras autour de la taille de Shipley, marquant ainsi son territoire avant qu'un autre ait eu le temps de le faire.

— Tom ? demanda Shipley, qu'est-ce que tu fais ?

Tom l'attira vers lui. Ça lui plaisait qu'elle soit petite, et c'était trop bon de sentir sa taille sous le tissu fin de la robe.

Il lui ôta l'assiette des mains et la fit tomber sur l'herbe. Le fait que Damascus, Sea Bass, Nick, Adam, Eliza et plus de la moitié du campus soient tous en train de le regarder en crevant de jalousie faisait monter sa testostérone.

— Je t'embrasse, annonça-t-il avant de l'embrasser.

Shipley avait déjà été embrassée plusieurs fois au cours de soirées et de petits jeux d'enfants, quand elle était à l'école primaire, mais en grandissant, et pour contrebalancer le côté très délinquant de son frère, elle avait adopté une attitude parfaitement correcte et n'était plus jamais sortie avec un garçon. Tom avait une odeur virile, tellement virile ! Quand il l'embrassa, elle se sentit comme une star de cinéma, sauf que c'était meilleur qu'un film parce que c'était pour de vrai. C'était sa première semaine à la fac, et elle s'était déjà trouvé un petit ami.

— Regardez comme ils sont mignons, tous les deux, commenta Eliza d'un air de dégoût. J'ai entendu cet après-midi, pendant que je faisais la queue au bureau de recrutement, qu'il y a un nombre insensé d'étudiants à Dexter qui finissent par se marier entre eux. Quelque chose comme 60 pour cent. J'imagine qu'il n'y a pas grand-chose d'autre à faire ici, à part tomber amoureux.

Elle ramassa les assiettes sales sur le sol et s'éloigna pour aller les jeter dans la poubelle.

Adam buvait sa bière et ne lui trouvait aucun goût. Il n'aurait jamais dû venir. Et il n'avait aucune chance de coucher avec une fille. Non pas qu'il n'en eût pas envie. Il voulait juste parler avec Shipley, et peut-être lui tenir la main.

— C'est juste un nuage gris, je ne sais pas qui l'a déposé ici...

Nick chantait en même temps que le groupe, à tue-tête, pour faire comme s'il n'avait pas remarqué que Shipley et Tom s'embrassaient toujours.

— Moi, je peux t'affirmer que je ne vais certainement pas t'épouser maintenant, dit Eliza en retournant à la résidence.

Les Grannies terminèrent la chanson et posèrent leurs instruments. Nick vit un des musiciens échanger de l'argent avec un autre étudiant. Trouver de l'herbe devenait crucial, s'il allait devoir regarder Shipley et Tom s'embrasser dans le lit à côté du sien pendant le restant de l'année. S'il avait aussi un projet important à réaliser, c'était de construire sa yourte dans les bois. Il aurait besoin d'un endroit où se réfugier, une retraite zen. Il aurait peut-être même une équivalence en fin d'année, s'il arrivait à la construire.

— Bienvenue à Dexter !

Darius Booth, le premier président de la fac – qui était né à Home – prit le micro dans ses mains frêles et salua la foule. Il avait quatre-vingt-deux ans. Après avoir commencé comme concierge à l'école, il avait gravi tous les échelons de la hiérarchie. Enfin, il avait fait la couverture du *New York Times* le jour de l'inauguration. Le magazine *Times* avait toujours sous le coude ce genre d'histoire qui se passe dans les petites villes, et que l'on case pendant l'été, quand l'actualité est en berne et que les journalistes sont en vacances au bord de la mer, du côté de Cape Cod. M. Booth était adoré du personnel administratif et des profs, parce qu'il était entièrement dévoué à Dexter et que c'était un patron droit et consciencieux. Pour les étudiants, c'était un personnage tout à fait ennuyeux.

— Pour la plupart d'entre vous, c'est le troisième ou même le quatrième barbecue auquel vous participez, mais pour nos étudiants de première année, cette soirée est très spéciale. Aussi, pour les encourager, je vous suggère de chanter tous ensemble *Bravo Dexter, bravo*. Vous voulez bien ? Il va falloir qu'ils apprennent à chanter notre hymne à un moment ou un autre. Je vais vous donner un indice, chers étudiants, dit-il avec son accent typique du Maine. La musique ressemble un peu à *O Little Town of Bethlehem*.

Les Grannies reprirent consciencieusement leurs instruments et jouèrent l'hymne archiringard de la fac. S'il suffisait de brosser le vieux patron dans le sens du poil, il leur foutrait peut-être la paix au cas où ils se feraient pécho en dealant de la drogue ou en la subtilisant dans le laboratoire de chimie.

« Sur cette colline, dans la fraîcheur de l'hiver,
La divine Dexter…
Des flocons autour de nos têtes s'éparpillent,
Des arbres enveloppés de sa gloire scintillent.
Des hommes et des femmes pleins de courage
De leur propre histoire écrivent le partage.
Bravo ! Dexter, bravo ! »

Tout le monde était tellement occupé à apprendre la chanson ou à parodier les paroles que personne ne remarqua la magnifique grande jeune fille brune qui longeait la pelouse de l'autre côté du lac. C'était Tragedy, qui avait l'air de s'être égarée quelque part entre Rio et Bangkok. Elle portait un haut de Bikini jaune, une minijupe blanche super sexy et marchait pieds nus. Elle était venue espionner Adam et la blonde du Connecticut, pour voir s'ils avaient démarré une idylle, et fut très déçue de voir que c'était Tom qui avait conclu l'affaire. Adam lui fit un signe de la main pour lui demander d'attendre. Il quitta le groupe des étudiants de première année, occupés à chanter, à danser et à s'embrasser, fit le tour du lac, content d'avoir réussi à parler à Shipley pendant quelques instants. Peut-être qu'elle penserait à lui au mois de novembre, quand ce serait le moment des élections ?

7

Et ainsi fut fait. Tom dépucela Shipley cette nuit-là. C'était un vendredi soir, et les couloirs et les murs du bâtiment Root tanguaient dans les vibrations de la musique et de l'insouciance générale. La chambre de Tom et Nick se trouvait au sous-sol, près du réfectoire, et l'air était perpétuellement imprégné d'une odeur de curry. Au rez-de-chaussée, deux des fenêtres donnaient sur la forêt. Nick avait décoré les murs blancs de son côté de la chambre avec du tissu indien bon marché, le même truc de hippie qui avait servi à tailler les costumes des musiciens, et les fenêtres qui se trouvaient le plus près de son lit étaient garnies de bougies, d'encens et de brûle-parfums. Du côté de Tom, les murs de la chambre étaient restés intacts. Sous le lit, il y avait une pile de socquettes sales roulées en boule. Le lit était déjà fait, avec des draps en flanelle que sa mère lui avait fait envoyer directement d'un grand magasin. Il n'y avait pas de draps sur le lit de Nick, juste un sac de couchage en Nylon posé directement sur le matelas, et un oreiller recouvert d'une simple taie de coton blanc.

— Je n'ai jamais fait ça auparavant, murmura Shipley, tandis que Tom lui ôtait sa robe.

— Ne t'inquiète pas, dit Tom, j'ai ce qu'il faut.

Certaines filles auraient pu paniquer. Elles auraient pu voir Tom comme un don Juan insatiable couchant à droite et à gauche, toujours affamé, jamais satisfait. D'autres auraient pu envisager le scénario cliché de la fille séduite et abandonnée. Mais Shipley n'était pas comme les autres filles.

Elle se déshabilla et se glissa sous les couvertures, pendant que Tom allumait une des bougies de Nick et mettait en route sa cassette favorite de l'orchestre de Steve Miller. Puis il ôta ses vêtements, les jeta par terre et prit un préservatif dans sa trousse de toilette. Shipley souleva les couvertures pour l'accueillir dans le lit.

— Je savais que tu serais l'homme de la situation, rit-elle nerveusement, tandis que Tom la prenait dans ses bras et entreprenait l'opération de dépucelage express.

Comme c'est le cas avec tous les rites de passage, c'était déjà fini au moment où ça commençait. C'était excitant, pas vraiment élégant et, disons-le, carrément énorme.

Après cela, ils s'endormirent dans les bras l'un de l'autre. Ils dormaient encore, lorsque Nick se faufila dans la chambre à 1 heure du matin, les yeux complètement exorbités à force d'avoir lu tout ce qui pouvait exister en matière de documentation sur les yourtes à la bibliothèque, heureux de pouvoir se réfugier dans la chaleur douillette de son sac de couchage...

Le mois d'octobre était arrivé. L'air était brumeux et les feuillages arboraient toutes les couleurs des incendies. La faculté de Dexter n'avait jamais été aussi belle, et elle aurait pu remporter la palme au concours de la plus charmante université du pays. Jusqu'à présent, personne ne s'était défenestré après avoir pris trop d'acide, personne n'avait percuté un arbre en conduisant à tombeau ouvert, et aucun professeur n'avait abusé sexuellement d'un étudiant. Le président de l'université n'avait pas fait de crise cardiaque, il n'y avait pas non plus eu d'arrestation pour ivrognerie ou désordre sur la voie publique ou dans le café du village. Personne n'avait détérioré la pelouse. La Mercedes noire avec les plaques d'immatriculation du Connecticut disparaissait de temps à autre sur le parking, mais elle revenait régulièrement avec le réservoir à essence vide. Bref, pas un pet de travers.

Presque toutes les nuits, Shipley dormait dans la chambre de Tom et de Nick. Elle avait même apporté quelques vêtements dans le placard de Tom, pour éviter les quolibets des gens qu'elle rencontrait en retournant dans sa chambre le matin. Il n'y avait d'ailleurs rien de honteux entre elle et Tom. C'était comme s'ils étaient déjà pratiquement mariés.

Nick avait presque fini sa yourte. Il avait fait des recherches sur la meilleure façon de s'y prendre pour la construire. Pour cela, il avait dû choisir quel genre de yourte lui semblait la plus appropriée : la yourte khirgize, avec le toit en forme de dôme, celle à deux toits qui lui semblait bien trop compliquée pour ce qu'il voulait en faire, ou la yourte mongole qui était soutenue par des grands mâts, avec une vraie porte. Il avait trouvé sur le Web des centaines de documents et de forums et s'était bien éclaté en décryptant les innombrables explications. L'un des fabricants de yourtes avait réussi à le convaincre par l'évocation des vertus poétiques de l'habitat khirgize.

— Lorsque les nuits sont claires, vous pouvez dormir à l'intérieur de la yourte et observer les étoiles à ciel ouvert. Par mauvais temps, il y a beaucoup de place, vous et vos amis pouvez être confortablement assis à écouter l'orage autour d'un poêle à bois. Vers l'extérieur, la yourte irradie un halo de bienvenue…

Elle n'avait pas besoin d'être trop grande. Juste assez pour permettre de s'allonger et de recevoir un ou deux visiteurs. Et comme elle était vraiment petite, ce serait plus facile de la mettre en place. Mais il n'était pas charpentier. La structure la plus complexe qu'il ait jamais fabriquée était un petit avion de modélisme en balsa.

Finalement, il découvrit un fabricant dans le Colorado qui vendait des yourtes antiques avec les mâts à la bonne taille, les trous pour les vis déjà percés, et une grande toile imperméable compacte pour les côtés et le toit, qui se fixait avec du Velcro ; c'était facile à ouvrir et fermer. Le fabricant prétendait qu'il fallait seulement six heures pour assembler le tout. Nick se commanda le kit le plus petit et le moins cher. Il utilisa le numéro de carte de crédit de sa maman, promettant de la rembourser grâce à son job d'assistant en audiovisuel. Trois jours plus tard, un colis géant arrivait par Federal Express.

Il avait emprunté un escabeau et des outils au type de la maintenance, trouvé l'endroit parfait au bord de la forêt, derrière le bâtiment qui longe la route, et avait suivi les instructions très simples du montage en kit. Six jours plus tard, c'était encore un beau bordel, il avait les mains couvertes de sparadrap et des contusions de toutes les couleurs à cause du marteau qu'il ne maîtrisait pas encore complètement. Mais il avait bien l'intention d'en venir à bout. Quand ce serait terminé, il pourrait enfin dormir là-bas, au lieu d'être obligé de lire jusqu'à pas d'heure à la bibliothèque ou de regarder la télé dans la salle de permanence, en attendant que Shipley et Tom aient terminé leurs galipettes et se soient endormis.

Cette nuit-là était justement une de leurs nuits intensément câlines. Nick entendait l'orchestre de Steve Miller jouer *Fly Like an Eagle* en boucle, ce qui signifiait que Tom et Shipley étaient encore nus comme des vers. Grover, Liam et Wills, qui faisaient partie des Grannies, se faisaient cuire un truc au curry dans la grande cuisine collective du bâtiment Root. Dans ce bâtiment, et contrairement aux autres résidences de Dexter, les étudiants pouvaient choisir leur menu et se faire la cuisine eux-mêmes. Les étudiants qui, comme ceux du groupe, étaient végétariens, adoraient l'endroit.

Wills salua Nick :

— Alors, ça va, mec ?

Nick avait rencontré les Grannies en personne quelques semaines auparavant, quand il avait raté l'heure du dîner dans le grand réfectoire et s'était réfugié dans la cuisine de Root, pour y manger un bol de céréales. La plupart des aliments qui se trouvaient dans la cuisine appartenaient aux Grannies, ils étaient très généreux. Ils étaient aussi très généreux avec leur provision d'herbe. Ils lui avaient cédé un petit sac pour 20 dollars, ce qui était beaucoup moins cher qu'en ville. Nick venait de terminer un joint dehors, juste derrière sa yourte en chantier. Maintenant, il crevait de faim.

— Une petite mousse ?

Wills ouvrit le frigo, prit une canette de bière et la tendit à Nick. Ce soir, il portait une chemise rouge fatiguée imprimée de petits chats noirs batifolant, et un poncho en laine rouge et noire. Ses dreadlocks blond platine, emmêlées en paquets, dansaient sur ses épaules pendant qu'il touillait l'énorme plâtrée de curry mijotant sur la plaque électrique.

Nick ouvrit la bière et pointa le curry du doigt.

— Dites, les gars ça vous dérange si j'en prends un peu ?

Wills fit la grimace. Ses yeux étaient injectés de sang ; il articula de façon théâtrale :

— Oh, ben on vient juste d'ajouter une énorme aubergine. C'est pas encore cuit. En plus, il faut qu'on rajoute un tas de légumes pour donner du goût. Tu veux venir avec nous, faire un petit plongeon ?

— Un plongeon ?

Nick leur demanda s'il avait bien entendu. Les nuits étaient déjà fraîches, et la côte se trouvait à au moins une heure de là.

Grover rajusta son pantalon à bretelles bleu et blanc et sa veste de conducteur de trains puis se colla une chique de tabac à mâcher dans la joue. Nick avait entendu dire que Grover venait de la ville de Bethesda, dans le Maryland, une banlieue très chic de Washington DC, mais il s'habillait comme quelqu'un qui aurait vécu dans le Sud le plus pouilleux, à l'époque de la Grande Dépression.

— Un plongeon dans les poubelles, expliqua Grover. On va faire les poubelles derrière la boutique du supermarché. T'imagines même pas tout ce qu'ils balancent dans les bennes. La semaine dernière, j'ai trouvé un ananas impeccable, le meilleur ananas que j'aie jamais mangé.

Grover passa la main sur son crâne rasé. La plupart du temps, il portait un bandana rouge, mais ce soir il partait en commando.

— Viens avec nous, tu verras. La meilleure bouffe que t'aies jamais eue, complètement gratos. Et au magasin ils s'en foutent, parce que de toute façon ils la jettent.

Nick fronça les sourcils. Il aimait bien l'idée de manger gratuitement, mais est-ce que ça valait bien la peine de se donner tant de mal, toute la question était là. Si pour le point de vue philosophique il fallait creuser dans les grosses bennes pour récupérer de la nourriture, on pouvait toujours essayer. Après tout, l'inscription à Dexter lui coûtait un max. Les Grannies pouvaient ainsi se permettre de partager leurs provisions. Et puis, c'est certainement ce qu'aurait fait Laird Castle, s'il avait été encore là.

— Allons-y !

Liam agita son trousseau de clés. Son bonnet de laine orange et gris était tellement enfoncé sur son crâne qu'on ne voyait pas ses yeux sombres. Nick changea la position de son propre chapeau pour faire genre.

Quelques instants plus tard, ils étaient assis à l'arrière de la Saab rouge, et Liam écoutait Fish chanter *Proud Mary*. L'air était glacé et il faisait nuit noire, et pendant qu'ils descendaient vers la ville Nick crut voir tomber un flocon de neige.

Il se demanda si Shipley et Tom avaient fini de faire l'amour. Le fait de la voir dans le lit de Tom le déprimait. D'abord, le fait que Shipley lui ait préféré ce beauf rouquin lui avait fichu un coup et il se remettait en question. Tom mangeait de la viande trois fois par jour, il était complètement matérialiste, ronflait et pétait comme un dégueulasse pendant son sommeil ; et puis il payait un gros supplément pour faire laver son linge au pressing, au lieu de laver ses propres socquettes et ses sous-vêtements à la lingerie automatique du sous-sol réservée aux étudiants. Et surtout, il avait la prétention de réussir à ses examens en économie politique, alors qu'il n'arrivait à se concentrer que pour le cours d'arts plastiques. Tom, de plus, refusait de s'adresser à Nick directement, sauf pour lui dire « À plus ». Tom était un gros con.

Nous sommes tous unis et connectés. Nick se rappela cette vérité. Je suis toi, tu es moi. Ton bonheur est mon bonheur. Ton malheur est mon malheur. Si Tom est un con, alors moi je suis un con. Heureusement, les qualités de Tom finiraient par se révéler avec le temps.

Le supermarché arborait un immense néon orange et avait l'air d'être le seul endroit ouvert en ville. Malgré cela, le parking était presque vide.

— Chuuuut ! Soyez très, très prudent.

Wills chuchotait, tandis qu'ils sortaient discrètement de la voiture.

Liam souffla en tripotant le chapeau de Nick :

— Dis donc, t'as appris à tricoter, tu l'as fait toi-même ?

Ils arrivaient près des bennes.

— Non, répondit Nick.

Il se demanda si les Grannies étaient aussi inoffensifs qu'ils en avaient l'air, ou bien s'ils se déguisaient le jour en gentils babas pour se transformer en serial killers dès que la nuit tombait. Est-ce qu'ils avaient l'intention de l'amener ici pour lui bourrer la face de bananes pourries, afin qu'il ne puisse pas crier pendant qu'à tour de rôle ils le scalperaient, lui arracheraient les ongles des doigts de pied ou pire encore ? Il rabattit les pattes de son bonnet sur ses oreilles, comme s'il allait disparaître dessous.

Les bennes étaient toutes noires et immenses et puaient le chou-fleur pourri. Les Grannies étaient des experts. Ils avaient une méthode infaillible. D'abord, Grover se mettait à genoux. Ensuite, Liam grimpait sur le dos de Grover. Puis Wills grimpait sur le dos du précédent, genre les frères Dalton en vadrouille avant de se faire attraper par Lucky Luke.

— Allez, grouille ! dit-il à Nick. Tu descends le premier. Il faut une première à tout, et il faut que tu fasses l'expérience de ton premier plongeon dans les poubelles, c'est une virginité que tu vas perdre.

Nick grimpa sur cette échelle humaine, en faisant attention de répartir son poids de façon équitable. Quand il arriva sur les épaules de Wills, il jeta un coup d'œil dans la noirceur de la benne. Wills l'encouragea :

— Allez, vas-y, plonge !

L'odeur douceâtre et nauséabonde de fruits pourris était tellement forte que Nick pouvait à peine respirer. Il ferma les yeux et, se servant du dos de Will comme plongeoir, fit un saut périlleux dans les profondeurs.

— Boulet de canon ! cria Wills quand Nick atterrit dans les poubelles.

Son dos heurta quelque chose de dur et il roula sur le côté ; la douleur irradiait sa colonne vertébrale jusqu'au coccyx. Avant qu'il ait eu le temps de se repérer, une lumière crue lui arriva droit dans les yeux. Merde ! C'était le vigile du supermarché qui les avait déjà serrés ? Nick cligna des yeux dans la lumière de la torche électrique. Un type à tête de fou furieux dirigea le faisceau lumineux sur un gros livre, dont la couverture représentait un volcan en éruption.

— Salut ! dit Nick prudemment. (Il éternua.) Désolé de vous avoir dérangé.

Le type aux yeux bleu pâle lui répondit :

— La cellule est une unité de vie qui cherche à survivre, et seulement à survivre.

On était dimanche. Ça faisait plus d'une heure que Patrick lisait ce livre à l'intérieur de la benne, en attendant que le pain et les viennoiseries périmées soient balancés dans les poubelles ;

c'était son rituel du dimanche soir dans ce magasin. Ils avaient du pain français, du pain complet toscan, des pains aux raisins et des bagels juifs. Parfois aussi des beignets et des gaufres. Il remplissait le coffre de la Mercedes, et ça lui faisait toute la semaine. Il ne voulait surtout pas partager son butin avec une bande de crétins défoncés de Dexter.

En tremblant, Nick avança d'un pas hésitant sur le tas de détritus. Un pamplemousse éclata sous la semelle de ses mocassins et l'odeur acide du fruit trop mûr le prit à la gorge. Il se rapprocha du cercle de lumière pour essayer de voir un peu mieux à quoi ressemblait le type. C'était peut-être un autre mec comme lui qui, sans l'aide de ses Daltons ou de ses Grannies à lui, s'était retrouvé ici complètement paumé. Il continua d'avancer et éternua de nouveau.

— On était juste venus chercher quelques légumes un peu goûteux pour notre plat au curry, dit-il au mec.

Il se sentait complètement stupide.

— Hé !

La lumière de la torche électrique se dirigea de nouveau sur lui.

— Foutez-moi le camp d'ici ! (La voix de l'étranger était caverneuse et agressive.) Foutez-moi la paix !

— OK, OK ! Désolé.

Honteux et terrifié, Nick rebroussa chemin et appela les Grannies.

— Dites, les gars, vous pouvez m'aider ? Je veux m'en aller, je veux sortir d'ici.

Il n'avait aucun regret pour les pamplemousses, même en parfait état. Cadeau. Il faisait des sauts et s'agrippait désespérément à la cloison interne de la benne, pour essayer de remonter avant de retomber dans le jus immonde.

— Tu as trouvé quelque chose de bon ? lui demanda Wills, en lui tendant le bras à l'intérieur de la benne.

Il aperçut la lumière de la torche électrique, toujours pointée sur la nuque effrayée de Nick.

— Nom de Dieu ! Viens ici, mon vieux !

Wills tapa dans ses mains pour faire réagir Nick.

— Qu'est-ce que tu fous ? C'est qui, lui ?

Nick agrippa les mains de Wills qui le souleva hors de la benne. Les deux autres Grannies étaient toujours dans la position des Dalton en cours d'évasion, mais entre les gesticulations de l'un et le surpoids de l'autre, ils s'écroulèrent tous les quatre sur le trottoir.

Grover poussa une gueulante en se tortillant sur le sol.

— Aïe, aïe ! tu m'as cassé le cou !

Les trois autres garçons étaient recroquevillés sur l'asphalte gelé. Ils avaient le souffle court et la grande enseigne en néon du magasin clignotait au-dessus de leurs têtes.

Nick gémissait :

— J'ai le cou cassé !

Liam éclata de rire.

— Hé mec, t'es pas mort, d'accord ? Si ton cou était cassé, tu serais mort.

— Putain ! murmura Nick en frottant ses mains endolories. Bon, on peut partir, maintenant ? Parce qu'il y a un type vachement bizarre, là-dedans.

Il se redressa et se dirigea vers la voiture, prêt à courir, mais ne voulant pas avoir l'air d'une mauviette.

— Il y a quelqu'un, là-dedans ? Sans déconner ? s'exclama Grover.

Il prit ses jambes à son cou et courut vers la voiture.

— Merde, pourquoi tu m'as rien dit ?

Liam essaya de le rattraper.

— Ouais, dit Wills en arrivant à la hauteur de Nick. On ira plonger une autre fois. On pourrait peut-être essayer un autre local à poubelles, comme celui qui se trouve derrière le magasin de produits bio à Camden.

— Vous pourriez aussi aller tout simplement au magasin et acheter vos trucs comme tout le monde, fit remarquer Nick. Un chou-fleur, ça coûte rien, non ?

— Ben, c'est pas la question, lui rappela Wills. (Il baissa la voix.) Et d'après vous, c'était qui, le type avec la lampe de poche ?

Nick ouvrit la porte de la Saab et se faufila sur le siège arrière, près de Grover.

— J'en sais rien. C'était personne.

Nick retourna sur son chantier, en laissant les Grannies finir leur curry sans lui. Il aurait aimé les inviter, mais le toit n'était pas encore couvert et les Grannies faisaient beaucoup de bruit. Il avait réussi à convaincre le bureau du syndicat des étudiants et le président de l'association de la vie étudiante de lui donner la permission de construire sa yourte sous prétexte que c'était pour des raisons spirituelles, et pas pour faire la fête.

En théorie, la yourte aurait dû être posée à même le sol, mais il avait un peu triché. Il avait fabriqué un plancher avec du contreplaqué et des gros morceaux de mâchefer, qu'il avait récupérés sur un tas derrière le bâtiment de la maintenance. Il espérait que ce drainage improvisé empêcherait la boue de remonter dès les premières pluies de printemps. On racontait que le campus de Dexter avait été construit à l'endroit même d'un ancien élevage de dindes, et qu'au moment de la saison des pluies, en mars-avril, l'odeur des fientes de volatiles remontait. Et c'était insupportable. En tout cas, pour le moment, cette yourte sentait le bois fraîchement coupé.

Il l'admirait par la fenêtre de sa chambre, elle ressemblait à une petite tente de cirque. Elle faisait bien deux mètres cinquante de haut, et il avait installé la bâche en toile cirée. Le toit en dôme s'ouvrait pour laisser passer l'air et la fumée d'un poêle à bois, ou tout simplement pour que l'on puisse admirer le ciel. Il fallait y faire très attention au feu. Il avait lu le mode d'emploi, et la plupart des consignes étaient précédées du mot « Attention ! » écrit en rouge. S'il ne faisait pas attention à la ventilation, tout l'édifice pouvait s'effondrer en quelques minutes, car il était quasiment monté sur des allumettes.

Eliza était venue faire un tour sur le parquet en planches. Tout en jetant un coup d'œil sur son livre de recommandations et de méditation zen quotidienne, elle le regarda et demanda :

— Tu crois vraiment à ces conneries ?

Depuis que Shipley avait déménagé dans la chambre de Tom, Eliza essayait de profiter de sa chambre en célibataire. Quand elle étudiait, assise au bureau sous la fenêtre, elle balançait des cocottes en papier sur le lit avec les jolis draps Ralph Lauren de Shipley. Quel dommage d'avoir d'aussi beaux draps et de ne jamais dormir dedans ! Parfois, dans ses fantasmes, elle imaginait que le barbu qui se promenait dans le parc allait revenir, soit pour devenir son ami, soit pour la poignarder dans son sommeil. Sa propre solitude était devenue oppressante, et ce type-là semblait avoir l'habitude de vivre tout seul. Il pourrait peut-être lui donner quelques tuyaux. À sa grande surprise, elle s'apercevait qu'elle s'était sentie beaucoup moins seule au lycée que maintenant à la fac. Au moins, quand elle était au lycée, elle pouvait se dire que si elle était si mal dans sa peau, c'était à cause de ses parents. Mais quand on était à la fac, le seul truc à faire pour ne pas se sentir isolé était de tomber amoureux. L'important, c'était d'avoir quelqu'un qui vous tienne par la main quand vous alliez en cours, et quelqu'un pour s'asseoir à table avec vous à la cafétéria. Quelqu'un pour s'allonger avec vous sur la pelouse, pour faire des bisous, pour se serrer l'un contre l'autre comme des sardines sur un petit lit d'étudiant. Si vous n'aviez personne, si vous n'étiez pas amoureux, vous vous sentiez comme un con.

Ce qu'Eliza et tant d'autres de ses camarades découvraient, c'était que vivre sur le campus d'une petite université perdue au milieu des bois pouvait être aussi flippant que se retrouver exilé au beau milieu du pôle Nord. Eliza se sentait comme emprisonnée dans une de ces petites boules d'eau avec de la neige en plastique qui tombe quand on la secoue. Dans le carcan de la vie étudiante – entre les cours, les conférences, la bibliothèque et les devoirs, les cours passionnants de certains profs avec qui on pouvait avoir un rendez-vous en privé de temps à autre, un assez bon film au ciné-club ou une pièce de théâtre, ou encore une bonne défonce le samedi soir au shit ou à l'alcool, et le dimanche passé à roupiller toute la journée –, bref, la meilleure façon d'ouvrir une brèche, c'était encore de tomber amoureux et de passer le plus de temps possible au lit. Sinon, la solitude devenait franchement insupportable, surtout dès que l'hiver arrivait.

— Ce n'est pas une histoire de croyances. (Nick s'assit à côté d'elle et prit le livre de méditation zen dans la main.) C'est comme apprendre à jouer d'un instrument. Je n'y arrive pas encore très bien, mais je mets en pratique ces vérités toutes simples. Elles finiront par faire partie de mon existence quotidienne, et c'est comme ça que je deviendrai zen.

Eliza leva les yeux au ciel.

Nick sortit son sac d'herbe et son papier à rouler de sa poche. Il éternua cinq fois de suite et se roula un autre joint. Il avait encore faim, mais il partirait encore plus vite dans la défonce avec l'estomac vide.

— Alors, qu'est-ce que tu en penses ? (Il éternua encore une fois et fit un geste vers les murs en toile de sa yourte.) Ça te plaît ?

Eliza était allongée sur le dos, les mains derrière la tête et contemplait le toit à moitié terminé de la yourte. Elle rabattit le capuchon de sa veste militaire en laine pour empêcher les araignées de grimper dans ses cheveux.

— Tu as besoin d'un truc pour qu'on puisse s'asseoir, genre futon, ou au moins quelques coussins. Et ça serait sympa d'avoir une plaque de cuisson ou une petite gazinière et une glacière pour la bouffe. Je ne sais pas pour toi, mais je sens que mon métabolisme n'aimerait pas du tout avoir froid comme ça tout le temps. Ça donne envie de se coller une perfusion de Nutella liquide dans le rectum en goutte-à-goutte, comme une coloscopie à l'envers, histoire de supporter ce blizzard.

Nick lécha la colle du papier à rouler et tapota les deux extrémités du pétard.

— Dès que j'aurai complètement fini ce toit, j'apporterai mon sac de couchage.

Il alluma son joint et le tendit à Eliza, mais elle se défila.

— Est-ce que je t'ai déjà parlé du siège des toilettes chez mes parents ? lui demanda-t-elle, quand elle réalisa que la yourte n'avait pas de W-C.

Elle n'attendit pas la réponse de Nick. Depuis que Shipley et Tom s'étaient mis en ménage, il avait commencé la construction comme un castor obstiné, et leur petit groupe, formé pendant le voyage d'orientation, s'était entièrement dispersé. Nick ne savait pas plus de choses sur elle que ce qu'il en avait appris pendant la première semaine de cours.

— Ma mère fait une fixation sur les princesses de Walt Disney. Chaque fois qu'il y a des soldes dans les supermarchés ou dans les magasins de jouets, elle achète tout ce qui ressemble de près ou de loin aux petites princesses. Notre maison tout entière est un sanctuaire dédié à Disney. Le siège des toilettes, chez nous, est jaune avec des fleurs bleues, et quand tu soulèves le couvercle, tu entends la chanson de Blanche-Neige, tu sais, *Siffler en travaillant*. Mes parents ont un bureau au-dessus du garage. Ils ont une petite agence immobilière en Pennsylvanie, dans une très jolie région, là où aucune personne sensée ne voudrait vivre. Quand j'étais petite, avant d'aller à l'école, tu vois, ils me collaient devant un film de Disney et ils filaient au garage. Quand le film était terminé, j'allais taper à la fenêtre et l'un d'eux sortait en me donnant une barre de céréales ou une sucette, et ils me collaient devant une autre vidéo. Moi, je m'en foutais. À la crèche, je voyais des gamins abusés et battus. J'avais toujours un peu peur du siège des toilettes, malgré tout. Parfois, j'allais faire pipi dans la baignoire pour ne pas entendre cette foutue musique.

Nick continua de fumer son joint, ne sachant pas quoi dire. Il essayait de se rappeler ce que le type dans la benne à ordures lui avait dit au sujet des cellules qui n'ont qu'une envie, c'est de survivre. Puis il essaya de penser à une méditation zen pour alléger l'atmosphère, mais son esprit était vide.

— J'ai essayé de me foutre en l'air une fois, quand j'avais environ onze ans... Non, treize ans, je crois.

Eliza continuait à dérouler son monologue déprimant.

— Je me sentais trop seule, alors un jour j'ai pris un tube d'aspirine et du rince-bouche, et je me suis assise dans la cuisine. J'ai ouvert le gaz du four. Ma mère est sortie du garage pour venir chercher un pull, et elle a foncé à l'hôpital pour qu'on me fasse un lavage d'estomac. Je n'en serais pas morte, probablement, mais j'aurais gardé la couleur du rince-bouche sur la tronche pendant environ un mois. En tout cas, dès que j'ai commencé à coucher, je me suis sentie mieux, même si ça fait un bout de temps que ça m'est pas arrivé.

Elle lui lança un regard lourd de sens.

— Mais j'ai un porte-bonheur, c'est ma patte de lapin.

Nick se demanda s'il devait la prendre dans ses bras. Elle avait l'air d'en avoir besoin.

— C'est la merde, la vie, et après on meurt, dit-il, regrettant immédiatement d'avoir dit ça. Dis-moi, est-ce que tu as entendu parler de cette énorme météorite ?

La veille, une météorite géante était tombée du ciel dans la région de New York, et avait écrasé un gros 4 x 4 Chevrolet.

— Tu peux m'embrasser, si tu veux.

Eliza se redressa sur un coude, attendant quelque chose.

— Hein ?

— Ou bien on pourrait faire l'amour, dit-elle le regard plein d'espoir.

Il tira sur son joint, gardant la fumée jusqu'à ce que son visage devienne rouge et que ses poumons soient près d'exploser. Eliza lui plaisait beaucoup.

Il ne voulait pas lui faire de la peine. Mais il n'avait pas envie d'embrasser qui que ce soit à ce moment précis, sauf si c'était Shipley qui entrait et le faisait tomber par terre pour lui enlever ses vêtements et lui demander de l'embrasser.

— Je me garde pour quelqu'un, si tu vois ce que je veux dire, dit-il en expirant longuement.

Eliza le fixa à travers les nuages de fumée. Ses yeux étaient remplis de larmes, tout rouges et elle ne voyait plus rien. Elle repoussa la lampe qui se balançait au-dessus de lui et se leva pour partir.

— Ouais, moi aussi, comme tout le monde, non ?

8

À la fac vous pouvez faire pratiquement tout ce que vous voulez. Vous pouvez, si vous en avez envie, manger des Pépito pour le petit déjeuner, ne pas vous brosser les cheveux, porter les mêmes jeans pendant un mois sans les laver, dormir toute la journée, sécher les cours et rester debout toute la nuit. Vous pouvez ne pas vous laver les dents. Vous pouvez faire tous les trucs qui feraient flipper votre mère, genre sauter en parachute ou collectionner des champignons toxiques. Mais la liberté absolue est un concept terrifiant. Sans une quelconque autorité bienveillante, c'est le règne du chaos. Vous avez besoin de savoir que quelqu'un fait attention à vous, et que vous serez punis ou du moins réprimandés pour avoir dérapé. C'est là qu'interviennent les tuteurs et les profs principaux.

Chaque professeur exerce en même temps le rôle de conseiller, chacun dans sa spécialité. Certains invitent leurs étudiants à dîner avec leur famille. D'autres les emmènent faire un minigolf ou manger une glace le vendredi soir. D'autres encore les emmènent dans des festivals de musique folk, parce que ça remplace l'acide, tout le monde le sait. Le Pr Rosen préférait rencontrer ses étudiants à l'ancienne dans son bureau.

La séance de Shipley avec son prof était prévue juste après celle d'Eliza. Shipley s'assit sur le banc qui se trouvait devant le bureau du Pr Rosen, et écouta les éclats de rire qui en sortaient. Le couloir était étroit et sans fenêtres. Le seul décor était constitué de prospectus, de feuilles de présence et autres documents que le personnel administratif et enseignant collait sur la porte des bureaux. Un portrait de Shakespeare. Un flyer signalant la projection du film *Halloween* dans le bâtiment du syndicat des étudiants. Une invitation à la soirée Découpage de citrouilles chez un professeur indiquait : « Achetez votre citrouille, nous fournissons les couteaux ! ».

Les trois filles rencontrées pendant le voyage d'orientation sortirent du bureau voisin de celui du Pr Rosen, vêtues de leurs sweat-shirts roses à capuche de la fac de Dexter. Elli, Nina et Bree. À moins que ce ne soit Briana, Kelly et Lee ? Elles avaient trouvé une chambre pour trois, dans le bâtiment réservé uniquement aux femmes sur le campus, et avaient reconstitué récemment le club des majorettes de Dexter pour remplacer l'équipe qui avait disparu à la fin des années 1970.

Bras dessus bras dessous, les filles marquèrent une pause devant Shipley en souriant à belles dents.

— Ma pauvre ! s'exclama l'une d'elles en baissant le ton, nous notre conseiller, c'est Lucas ! Il est génial.

Le professeur Lucas Weaver était un de ces jeunes et beaux professeurs de littérature qui jouent avec le cœur des étudiantes, portent les cheveux juste assez longs sur les yeux pour avoir un regard de velours et leur demandent de l'appeler par son prénom ; en lisant à haute voix le monologue sexy de Molly Bloom à la fin d'*Ulysse*, de

122

James Joyce ; le genre de mec qui place sur son bureau une photo de lui en gros plan, en train d'embrasser sa femme en phase terminale de longue maladie. Comment un homme aussi charmant et sensible peut-il se retrouver prisonnier d'un mariage sans amour avec une invalide ? Lucas, comme on l'appelait, était encore plus craquant que la moyenne des jeunes et beaux professeurs, grâce à son adorable accent du Tennessee et à sa façon de marcher et danser le *moonwalk* quand il entrait en cours.

— Ah, mon Dieu il est tellement mignon ! s'exclama une des filles en sweat-shirt rose. Il est comme Bill Clinton, en plus jeune et plus mince, avec des cheveux beaucoup plus beaux.

— Il nous invite tous dans la chapelle vendredi soir pour Halloween, renchérit la troisième fille. On va se déguiser pour l'occasion.

— Les garçons de la classe vont se déguiser en Ghostbusters, et nous on sera les fantômes sexy, expliqua la première fille.

— Ouaouh !

Shipley écoutait à moitié, car elle examinait un papier punaisé sur la porte du Pr Rosen. C'était la feuille d'inscription pour la pièce en un acte d'Edward Albee, *Zoo Story*.

Le Pr Rosen faisait la mise en scène. Le papier indiquait que c'était réservé uniquement aux étudiants de première année, et que ça donnait des points supplémentaires au rattrapage des examens. Une seule signature était griffonnée à l'encre verte sur la feuille : Adam Gatz.

— Est-ce que tu vas te déguiser ? lui demanda une des filles. La soirée va avoir lieu dans le bâtiment du syndicat des étudiants, dans le décor d'une maison hantée, tu vois le genre ?

Shipley sursauta. Elle réalisa qu'en restant cloîtrée dans sa chambre avec Tom, elle passait à côté de quantité de soirées et de rencontres qui pouvaient être sympathiques. Est-ce qu'Adam traînait dans ces soirées-là ? Elle ne lui avait pas reparlé depuis la soirée barbecue. Si elle n'avait pas été avec Tom depuis ce jour-là, elle aurait pu le voir danser à la fête des Vendanges en octobre ou à la fête du Cidre. Il avait peut-être déjà une petite copine depuis, la reine de la semaine du Cidre ?

Eliza sortit du bureau du Pr Rosen.

— Le professeur va vous recevoir maintenant, annonça-t-elle d'un ton ridiculement pompeux.

— Alors, les filles, on prépare une soirée pyjama ? plaisanta-t-elle. Soyez sympas, ne m'invitez surtout pas ! ajouta-t-elle en les regardant droit dans les yeux.

— À plus tard, dit l'une d'elles à Shipley avant de rejoindre les deux autres dans le couloir.

Eliza leva les yeux au ciel, navrée. Elle haïssait ces filles et leurs sweat-shirts roses, au point qu'elle n'avait jamais essayé de se souvenir de leurs prénoms. Elle sentait que les trois filles le lui rendaient bien. C'est certain, si le bureau du logement des étudiants avait accordé à Shipley une place dans la même chambre que ces trois-là, elle serait devenue exactement comme ces dindes, avec le même sweat-shirt rose, à crier les mêmes refrains débiles en levant la jambe en rythme pendant les matchs de rugby. Même si Shipley et Eliza n'étaient pas amies, le simple fait de partager la même chambre avait ouvert de nouveaux horizons à Shipley : un univers où le rose était effrayant et où l'ironie était la règle. Shipley se leva et attendit qu'Eliza arrive à sa hauteur.

— Elle est de très mauvaise humeur, avertit Eliza, ce qui était un mensonge : le Pr Rosen était toujours de la même humeur, garce et condescendante.

Shipley fronça les sourcils.

— Pourtant vous aviez l'air de bien vous amuser.

Eliza leva les yeux au ciel, agacée. Shipley était tellement crédule !

— Elle a vraiment un grain, dit-elle en partant.

Shipley ouvrit la porte et entra dans le bureau minuscule et encombré, se demandant pourquoi Eliza trouvait que leur professeur avait un grain.

Le Pr Rosen était assise à son bureau, en train de feuilleter un carnet d'adresses en piteux état.

— Ah, Shipley, dit-elle en la dévisageant. (Elle lui indiqua d'un geste le petit banc de bois à côté du bureau. Un caquelon à fondue orange hérissé de fourchettes traînait derrière la chaise. Il y avait un tricycle rouge dans un coin et une tête d'élan en carton bouilli accrochée au mur. Sur la table, on pouvait voir une photo du Pr Rosen en train d'embrasser quelqu'un qui était déguisé en pharaon égyptien.) Excusez le désordre. Asseyez-vous !

Shipley croisa les jambes et joignit les mains. *C'est l'occasion ou jamais de se faire bien voir*, pensa-t-elle. Elle attendit patiemment que le professeur ait terminé de ranger ses dossiers et se souvienne de sa présence. Cette dernière sortit une feuille de papier et le lut devant Shipley en remuant les lèvres en silence.

C'était le poème que Shipley avait écrit en classe la semaine précédente. La consigne était de rédiger un petit poème au sujet d'un membre de votre famille, et au départ elle était très ennuyée. Elle trouvait le sujet beaucoup trop personnel. Pourquoi on ne leur demandait pas d'écrire des trucs sur les changements de saison, ou sur les oies et les canards migrateurs, ou sur leurs paires de bottes favorites ?

— Je n'avais pas fait le lien jusqu'à ce que je lise ceci, dit le Pr Rosen. Je me souviens de votre frère, il n'est venu qu'une fois en cours.

Shipley acquiesça. La dernière chose dont elle avait envie, c'était de parler de Patrick. Mais d'abord, elle n'aurait jamais dû écrire un poème sur lui.

— Comment va-t-il, à propos ?

Le Pr Rosen avait l'air sincèrement préoccupée.

Shipley ne savait pas quoi dire. Elle n'avait pas vu Patrick depuis 1988.

— Il va bien, dit-elle.

Le Pr Rosen fronça les sourcils.

— Vraiment ?

Shipley haussa les épaules.

— On ne se voit plus vraiment.

Elle chercha une meilleure position sur le banc de bois inconfortable. L'entretien ne se passait pas du tout comme elle l'avait prévu.

Le Pr Rosen se replongea dans le poème.

— C'est excellent, admit-elle. Ce poème montre votre curiosité à son égard. J'aime beaucoup cette dichotomie que vous décrivez. On peut être élevé avec quelqu'un que l'on croit bien connaître, et qui finalement nous devient complètement étranger.

Shipley approuva sincèrement. Elle n'avait absolument pas pensé à ça quand elle avait écrit le poème, mais ce que le Pr Rosen disait montrait qu'elle avait de la sagesse et de l'intuition.

Le Pr Rosen prit un stylo à bille rouge dans une tasse ébréchée sur son bureau et inscrivit un énorme A sur le devoir. Puis elle prit le papier et le rangea dans un classeur.

— Vous pourriez envisager d'aller dans une université spécialisée l'année prochaine, comme East Anglia par exemple. Ils ont un programme très intéressant en poésie.

Shipley écarquilla les yeux, stupéfaite.

— C'est en Angleterre. Nous avons un programme Erasmus qui nous permet de faire des échanges d'étudiants.

— Je n'y avais jamais pensé, à vrai dire, dit Shipley. L'année prochaine ? (Elle replaça posément ses cheveux derrière ses oreilles.) Non, vraiment pas.

Le Pr Rosen tapotait la couverture de son vieil agenda d'un air distrait. Une collection de petits prismes en cristal était accrochée à la fenêtre. Le soleil sortit tout à coup des nuages, et une ribambelle de petits arcs-en-ciel inonda la pièce encombrée de bric-à-brac. *Est-ce que l'entretien est terminé ?* se demanda Shipley. *Est-ce qu'on en a fini ?*

Le Pr Rosen pinça les lèvres.

— Je n'ai pas beaucoup aimé le petit tour que vous nous avez joué pendant le voyage d'orientation, mais j'ai l'impression que vous avez la tête sur les épaules, après tout. Vous venez en cours. Vous étudiez. Vous écrivez très joliment.

Shipley se demanda où était la grosse ficelle, il y en avait sûrement une.

— Pendant que je vous ai sous la main, j'en profite pour vous poser ma question. Est-ce que par hasard vous feriez du baby-sitting ? La jeune fille qui vient d'habitude vient d'attraper la mononucléose, et nous avons des billets pour aller voir une pièce de théâtre dimanche soir à Augusta. Et j'ai envie d'aller dîner après le spectacle.

La prof se pencha en avant sur sa chaise ; elle portait des pantalons en velours côtelé vert olive et la ceinture, visiblement, serrait beaucoup trop sa taille, faisant ressortir ses hanches larges.

— J'ai posé la question à Eliza, et elle m'a dit, je cite : « C'est pas mon truc d'être sympa avec les mômes. » (Elle secoua la tête.) Quel personnage ! Mais au moins elle est parfaitement honnête.

Elle sourit à Shipley. Elle avait les dents longues et irrégulières.

— Ne me dites pas que vous non plus vous n'aimez pas les enfants. Notre petit bonhomme n'a que six mois. C'est un amour.

Shipley lui rendit son sourire. Elle imaginait la maison du Pr Rosen, une maison en brique banale, avec un mari informaticien, banal et carré lui aussi, et leur bébé, un machin avec trois poils tout droits sur le crâne et un sourire édenté, la version miniature du Pr Rosen. Dans son lycée, beaucoup de filles de l'académie Greenwich faisaient du baby-sitting, mais on ne le lui avait jamais demandé, à elle. Le bébé allait certainement dormir toute la soirée. Elle pourrait manger des beignets et regarder *Pretty Woman* sur la Free Box.

— Si vous me le demandez, je veux bien le faire, dit-elle.

Le Pr Rosen claqua le bureau du plat de la main.

— Bien. Nous sommes dans le bâtiment des professeurs. Arrivez sur le coup de 6 heures. Il y a toutes les chances pour que je ne sois pas là, parce que je serai en train de faire répéter ma pièce en un acte. En tout cas, si j'arrive à trouver quelqu'un pour jouer l'autre rôle.

Elle pencha la tête, et ses yeux bruns s'agrandirent.

— Hé, pourquoi pas ce beau garçon costaud qui a l'air d'être votre petit ami ? Comment s'appelle-t-il, Tom ? Il est suffisamment baraqué pour faire peur à la majorité des gens. Quand il s'énerve, je veux dire.

— Tom ?

Visiblement, la pièce avait quelque chose à voir avec le zoo. Elle essaya d'imaginer Tom et Adam gambadant sur la scène en collant noir, le visage peint comme les clowns et mimant des tigres, des gorilles ou des boas constrictors. Elle se faufilerait sur la scène dans un costume de chat noir et se lécherait la patte de façon très aguichante pendant qu'ils se battraient pour elle. Et le vainqueur des deux bêtes serait celui qui resterait debout à la fin du combat.

Tom n'avait pas le physique d'un théâtreux, mais le Pr Rosen commençait tout juste à être sympa avec elle, et Shipley voulait lui faire plaisir en lui donnant tout ce qu'elle pouvait. De plus, les notes de Tom étaient épouvantables. Si ça pouvait lui donner quelques points de plus...

— Bien sûr, pourquoi pas ? Il va adorer ça.

— Dites-lui que je commence les répétitions dès demain, si on peut. (Le Pr Rosen tira sur les lobes de ses oreilles et regarda sa montre.) Le spectacle sera donné à la fin du trimestre, et le temps presse.

Shipley se leva pour sortir, mais le Pr Rosen leva la main.

— Pas si vite. Nous sommes supposées parler de vos cours et de vos choix dans les matières principales. Est-ce que vous vous ennuyez de vos parents, est-ce que vous êtes contente, bref, la routine ?

Shipley restait debout. Elle haussa les épaules.

— Jusque-là, tout va bien, j'adore ça.

Le Pr Rosen sourit.

— Vous ne me croirez peut-être pas, mais c'est tellement rare que j'entende ça !

Parfait ! Shipley ne savait pas comment elle s'y était prise, mais elle et le Pr Rosen étaient pratiquement devenues les meilleures amies du monde. Quand elle sortit du bureau, elle ajouta le nom de Tom sur la feuille d'inscription, essayant d'ignorer les petites décharges d'électricité que ses doigts ressentaient en touchant la signature à l'encre verte au nom d'Adam.

9

Novembre était un mois bizarre. Parfois, il faisait chaud comme en été. Parfois il pleuvait. D'autres jours, le vent arrachait les feuilles des arbres et les éparpillait furieusement sur tout le campus. Les jardiniers travaillaient autour de l'horloge pour que les pelouses soient impeccables et qu'aucune feuille ne traîne sur le sol. Pendant le week-end, on brûlait les feuilles et l'air était opaque à cause de la fumée grise. Le chauffage central était allumé dans les dortoirs, et du chocolat chaud était servi dans le réfectoire. Les étudiants étaient un peu tendus. La moitié du trimestre était presque passée, et après ça c'étaient les vacances. Bien entendu, les festivités commençaient par Thanksgiving, mais tous ceux qui habitaient plus loin que New York restaient à la fac, pour le buffet spécial et la dinde au réfectoire.

C'était à cette période que les étudiants commençaient à prendre conscience de leurs résultats scolaires. Tom avait complètement foiré le cours d'art. En économie, il était nul. En littérature, c'était pire. En géologie, il fallait apprendre des choses par cœur, et la mémoire, c'était pas son truc. Et il risquait fort de ne pas faire l'affaire dans la pièce en un acte du Pr Rosen ; cela voulait dire qu'il ne pourrait pas avoir de points en plus.

Aujourd'hui, il avait décidé de se lancer et de faire quelque chose de nouveau.

— C'est comme ça, tu vois, expliquait Wills.

Il attacha ses dreadlocks blond platine en chignon sur le dessus de sa tête, pour les empêcher de balayer les comprimés d'ecstasy qu'il était en train de compter sur la table de la cuisine du bâtiment Root.

— Tu prends de l'ecsta tous les deux jours. Les autres jours, tu fumes du shit et tu te fais cuire des grosses plâtrées de bouffe bio, et tu te gaves. Les jours d'ecsta, tu ne manges que du chewing-gum – des paquets –, et tu vas courir dehors comme un dératé. Ou bien, si tu n'as pas d'ecsta, tu vas piquer de l'éther au labo de chimie. Ça ne dure pas longtemps et ça pue, mais mon pote, il faut essayer ça au moins une fois. Entre la course à pied et la bouffe diététique, ton corps est en forme, et pour résumer, le roi n'est pas ton cousin, comme disait mon arrière-grand-mère.

Chaque petite pilule rose avait la forme d'une amande avec un œil imprimé dessus. Tom regardait Liam trier les pilules en petites piles bien alignées, quatre pour chacun des Grannies et quatre pour lui. Il avait accepté d'acheter de l'ecstasy à condition que les Grannies essayent avec lui, au cas où il péterait les plombs.

Dès qu'il rentrerait chez lui à Bedford, Tom arrêterait la drogue. D'abord, parce qu'il voulait faire du sport, mais aussi parce qu'il n'était pas sûr de la façon dont il réagirait. L'alcool, c'était OK. Ses parents en buvaient, tout le monde en buvait. Son père était même plutôt cool avec lui, quand il venait le chercher après les matchs de rugby à 3 heures du matin, complètement déchiré avec du vomi sur la chemise. Jusqu'à présent, il avait toujours eu envie de goûter à la dope, et maintenant qu'il était à la fac, pourquoi pas ? Il voulait surtout se détendre.

— Cherche au fond de toi, laisse-toi aller ! Essaie de perdre les pédales à fond, complètement ! lui avait crié le Pr Rosen pendant la première répétition, puis elle et ce type complètement zen, Adam, étaient restés là à le regarder en attendant qu'il pète les plombs.

Mais tout ce qu'il avait trouvé pour jouer le mec déjanté, c'était parler plus fort, s'essuyer le nez sans arrêt, tout en s'excusant d'être un acteur aussi minable et incapable de retenir une ligne de texte.

— Tu ne seras jamais capable de créer quoi que ce soit de vraiment personnel tant que tu ne laisseras pas tomber tes inhibitions, lui murmurait le prof d'arts plastiques, M. Zanes.

Le prof était un vieil excentrique à barbe grise, qui marchait dans la salle de cours pieds nus en chuchotant, et qui passait son temps à bouffer des sucettes. « C'est pour ma laryngite », disait-il. Apparemment, ses œuvres avaient eu du succès en Europe dans les années 1980, mais la seule preuve de son talent d'artiste était l'amoncellement ahurissant de papier de sucettes dans le coin du studio.

Bien entendu, il était quasi impossible à Tom d'oublier ses inhibitions, quand l'objet de chaque cours était Eliza complètement à poil dans toute sa splendeur. Eliza assise, appuyée sur une main, le poing vengeur. Eliza de profil. Eliza allongée à plat ventre et sur les seins, sa frange noire lui balayant le visage. Chaque fois que Tom levait les yeux, elle lui murmurait : « Suce mes tétons », ou bien « Jus de pine » ou encore « Fais-moi jouir », tout en lui faisant un doigt d'honneur. Pour se venger, Tom avait dessiné une tranche de pastèque éclatée au lieu de ses jolis petits seins blancs. Du coup, il avait eu un D+ en portrait, alors qu'il aurait pu avoir facilement un A. Quant à la pièce, c'était un foutu désastre. La drogue était son seul et dernier espoir.

— Tu sais que dans cette dope, y a rien que du naturel ? C'est fait avec de l'huile de racines de sassafras, dit Wills. Jusque-là, on trouvait de l'huile de sassafras dans le savon et dans les sodas, et tout un tas de trucs légaux, jusqu'à ce que la répression des fraudes mette son nez là-dedans dans les années 1960, et depuis c'est interdit. J'avais envie de commander un gros plant de sassafras par courrier, pour faire pousser et fabriquer ma propre ecstasy, mais là je me suis dit, est-ce que j'ai vraiment envie que le FBI s'arrête devant mon dortoir et vienne me serrer ? Est-ce que j'ai envie que ces gros porcs fouillent dans mon sphincter ? Sans moi, mon pote…

Tom hocha la tête. Cette petite leçon d'histoire était intéressante et tout ça, mais il n'en avait rien à foutre. Grover était assis près de lui à la table, il avait un rasoir électrique à la main. Il le mit en route et le passa sur sa tête déjà complètement rasée, pour retirer les quelques duvets minuscules qui avaient poussé depuis la veille. Les fenêtres de la cuisine donnaient sur la pelouse impeccable. Dehors, un groupe de filles d'allure sportive jouaient au Frisbee.

— Tu n'as qu'à la mettre sur ta langue, tu la fais glisser vers l'arrière et tu l'avales.

Grover lui expliqua la technique en pressant une pilule entre le pouce et l'index.

Liam fit mieux. Il sortit sa langue comme un lézard en attendant que Wills y dépose une pilule. Sa langue disparut à l'intérieur de sa bouche. Toc !

— C'est un peu sec dans la descente, mais très vite tu vas sentir l'effet et tu verras comme on n'en a plus rien à foutre de rien.

Tom toucha un des comprimés du bout du doigt. Ça ressemblait à de l'aspirine pour bébé.

— Sentir l'effet ? Ça donne quoi ?

Les Grannies éclatèrent de rire. Wills se pencha sur la table et aspira un des comprimés comme si sa bouche était un tuyau d'aspirateur.

— Tu vas te sentir comme un dieu, comme si tu étais une bite géante sur pattes, lui dit-il pour l'inciter à le suivre.

Tom aimait à penser que c'était comme ça qu'il se sentait tout le temps, de toute façon, mais peut-être que le fait d'en rajouter allait lui permettre de faire ce que le Pr Rosen et M. Zanes attendaient de lui quand ils le poussaient à « creuser plus profondément ». Il posa une petite pilule rose sur sa langue. C'était amer et franchement dégueulasse, comme s'il croquait une miette de merde d'écureuil collée sous sa chaussure. Il l'avala. Si cette saloperie réussissait à le faire décoller, il serait franchement surpris.

— C'est tout ? demanda-t-il.

Il n'allait quand même pas rester assis dans la cuisine du réfectoire à attendre que les Grannies se mettent à triper comme des malades.

Wills repoussa sa chaise et se leva, sa tunique indienne en drapé lui descendait jusqu'aux chevilles.

— Maintenant, les mecs, on va faire un très long voyage.

Il tendit la main et tapota l'épaule de Tom.

— Et quand on reviendra, tu seras plus le même homme.

Les mains dans les poches de leurs manteaux, l'air innocent, le groupe de garçons en plein trip pour des contrées inconnues traversa la pelouse et se dirigea vers le petit chemin de sept ou huit kilomètres qui fait le tour du campus de Dexter, entre la brique des bâtiments et le lierre des buissons.

M. Darius Booth, le frêle président de l'université, avait l'habitude de se lever aux aurores pour aller faire son jogging à 5 h 45, en compagnie de ses trois terrifiants bergers allemands. Tom était bien placé pour le savoir, parce qu'il s'était déjà réveillé à cette heure-là et qu'il était allé faire du jogging lui aussi. Il pensait que ça allait le maintenir en forme, mais le seul bénéfice qu'il en avait tiré, ce fut une crampe atroce et des brûlures d'estomac qui lui gâchèrent la journée. Il était venu à Dexter avec l'intention de faire partie de l'équipe de rugby. Après tout, il faisait partie de l'équipe de Bedford depuis ses douze ans. Mais il n'était pas pour autant un fondu du genre à passer les week-ends à se taper tous les matchs en extérieur et à sacrifier à tous les rituels de fraternité bidon des équipes masculines. Les week-ends étaient faits pour faire l'amour avec Shipley, dormir le plus longtemps possible avec Shipley et faire plaisir à Shipley, dans l'ordre que vous voulez. De plus, il avait entendu dire que l'équipe de rugby bizutait les petits nouveaux en les obligeant à bouffer des crackers salés tartinés avec le sperme des membres les plus âgés de l'équipe. Pas vraiment appétissant. Du coup, il avait raté les premières séances d'entraînement sans le dire à son père, qui avait été capitaine de l'équipe à son époque en dernière année à Dexter, et qui avait dû bâfrer des gamelles de sperme quand il était nouveau.

Tom n'avait pas encore réalisé à quel point cette journée d'automne était magnifique. Les feuilles dorées et pourpres avec des teintes roses fuchsia prenaient toutes les couleurs de l'incendie, dans la lumière du soleil couchant qui descendait derrière la colline, dessinant comme un jaune d'œuf géant derrière le campus. Tandis qu'ils marchaient, Tom remarqua que les poils de ses mains devenaient jaune cuivré. Wills se planta directement devant lui, sa longue tunique peinte à la main virevoltant autour de lui, et ses longs cheveux blond platine flottant comme de l'or liquide dans la lumière de cette fin d'après-midi

« Trop bon », fit observer Tom en montrant sa main à Liam. Grover se mit à danser. Les orteils de ses pieds nus sales étaient couverts de vernis à ongles argent. Il se mit à jouer une gigue irlandaise très joyeuse sur l'harmonica accroché à son cou par une ficelle, tout en se frappant le torse pour imiter les bardes celtes quand ils marquent le tempo avec tout ce qui leur tombe sous la main. Grover adorait faire du bruit : normal, c'était lui le percussionniste des Grannies.

Un type qui faisait du jogging arriva derrière eux en courant ; ses longs cheveux bruns étaient attachés en queue-de-cheval et il avait les joues décavées. Sa chemise marron de l'équipe de basket de Dexter flottait sur ses épaules décharnées et il agitait ses bras et ses jambes de Biafrais en rythme. Il portait également un de ces pauvres shorts fournis par la fac de Dexter, doublé d'un slip en tricot, qu'aucun adulte n'accepterait de mettre. Il était chaussé de baskets asiatiques sans socquettes. Le truc, c'est que le mec n'avait pas l'air complètement fini... Comme s'il rétrécissait en courant... Quand ils se retrouvèrent côte à côte, le coureur se tourna pour regarder Tom dans les yeux. Son regard n'était ni accusateur ni menaçant, mais il pénétra l'âme de Tom comme s'il allait se fondre complètement dans son esprit. Si Tom n'avait pas été sous ecsta, il aurait flippé complètement. Une odeur chimique très forte flottait dans l'air.

— Ce type ne bouffe que des pommes granny-smith, expliqua Liam à voix basse tandis que le coureur s'éloignait. T'as déjà remarqué que les pommes sont brillantes dans les épiceries parce qu'ils les enrobent ? Eh bien, le mec, il enlève la cire des pommes avec la lime de son coupe-ongles, parce qu'il ne veut pas absorber de calories supplémentaires.

— C'est un pur grave, ajouta Wills en tête du peloton, la voix pleine d'admiration. Lui, il carbure aux pommes et à l'éther, et basta !

— On devrait aller jusqu'au lac et faire un plongeon ! cria Grover joyeusement, en soufflant dans son harmonica plusieurs fois pour mieux faire passer le message.

Il s'arrêta et sortit un chewing-gum extramentholé de la poche avant de sa salopette.

— C'est super mentholé, dit-il en distribuant des morceaux à chacun des garçons.

Ils continuèrent à marcher. Tom prit le chewing-gum et le fourra dans sa bouche. Le goût était incroyablement froid. Sa mâchoire frissonna au premier contact.

— Allez, les mecs ! Qui vient nager ? répéta Grover, s'écartant de la route.

— Je suis pas prêt à aller me mouiller, murmura Liam en agrippant très fort la main de Tom. Aller me mouiller… répéta-t-il, en souriant d'un air crétin.

— Moi non plus, renchérit Tom en mâchant furieusement son chewing-gum. (Ils marchaient de plus en plus vite, maintenant. Il le sentait dans ses jambes. Il avait de drôles de sensations, il se sentait vraiment stupéfiant.) Là, ce que je ferais bien tout de suite, ce serait peindre quelque chose, continua-t-il.

Il accéléra le mouvement, se léchant les lèvres. Après tout, il n'avait pas besoin de peindre ce qu'on lui demandait de faire pendant les cours. Il pouvait peindre les feuilles s'il en avait envie. Il pouvait même peindre le ciel !

— Je crève de chaud, mec ! cria Wills à Grover, qui sautait et dansait devant eux comme un kangourou. Une petite baignade nous ferait du bien.

Il y avait une pancarte verte sur la route, juste devant eux : « Vous entrez dans le canton de Home. 9 847 habitants. »

— Moi, j'adore cet endroit, déclara Liam en frottant l'oreille de son bonnet contre la grosse épaule de Tom.

Un mini van Dodge blanc passa près d'eux, et ralentit pour éviter de faucher les bras et les jambes de Grover. Tom fit un bras d'honneur au chauffeur, qui lui en fit un en retour. C'était le Pr Rosen.

La camionnette s'arrêta. Il y avait un autocollant sur le pare-chocs, qui disait *Sona si latine*. Le Pr Rosen sortit la tête de la portière :

— Hé Tom, vous voulez que je vous ramène pour la répétition ?

Tom avait complètement oublié la répétition ; il repoussa la main de Liam et se dirigea vers la camionnette.

— Hé, qu'est-ce que tu fais, mon vieux ? demanda Wills.

— Allez, venez ! leur cria Tom. Elle va nous ramener là où on veut aller.

Les garçons le suivirent jusqu'à la camionnette. Tom ouvrit la porte arrière. Un souffle d'air chaud leur frappa le visage.

— Elle est restée garée au soleil toute la journée, expliqua le Pr Rosen tandis qu'il se glissait sur le siège derrière elle.

Il n'avait jamais remarqué jusqu'ici à quel point les cheveux de la prof étaient magnifiques au soleil, d'un brun cuivré, avec des boucles d'or tirant sur le blond vénitien. Ses cheveux étaient plus foncés que ceux de Shipley, mais juste aussi sublimes.

Tom se souvint des cheveux de Shipley, c'était ce qui l'avait poussé à faire de la peinture au départ. Il avait envie de peindre Shipley, pas le ciel ni les feuilles, et certainement pas Eliza. Shipley était sa déesse d'or, son éblouissement. Sa femme, son amour, sa muse !

Les autres garçons se glissèrent dans la camionnette derrière lui.

— On est allés faire une balade, raconta Liam au Pr Rosen, en lançant un clin d'œil de connivence à ses potes.

Il n'était pas question qu'il raconte à la prof dans quel état ils étaient à cause de l'ecsta.

— Hé, dites m'dame, c'est quoi l'autocollant sur le pare-chocs ? demanda Wills d'un air joyeux. Est-ce que c'est une citation de Chaucer, ou de quelqu'un comme ça ?

— Ça veut dire : « Klaxonnez si vous parlez latin ! », répliqua le Pr Rosen en regardant dans le rétroviseur. Dites, Tom, vous vous sentez bien ?

— Ouais, mais là, ben faut que je peigne quelque chose, gémit-il en se frottant les mains l'une contre l'autre et en mastiquant comme un damné.

— Ben là, faut qu'on aille nager, nous aussi, rajouta Wills en se moquant du ton impérieux de Tom.

— Brrrr, confirma Liam en se frottant le bras. Hé mec, il faut que tu sentes ça ! (Il présenta son bras à Tom.) Tiens, touche-moi là.

Tom rencontra le regard du Pr Rosen dans le rétroviseur. Elle avait de très jolis yeux noisette et sa peau avait la couleur du lait. Du lait ! Il aurait pu en boire une bouteille d'un litre, de trois litres même. Le lait était si blanc et si pur et si froid, et il avait tellement soif tout à coup !

— Pourquoi vous ne gardez pas cette énergie créatrice pour notre répétition ? suggéra le Pr Rosen. Et un peu plus tard, vous pourrez toujours vous mettre à peindre.

— D'accord, mais j'ai super soif ! (Tom tira la langue et se mit à faire le petit chien.) Vous croyez qu'on pourrait trouver du lait quelque part ?

Le Pr Rosen sourit. Ses efforts avaient porté leurs fruits, et visiblement Tom avait bien répété. Il était déjà prêt pour le rôle, complètement déjanté rien qu'en montant dans sa voiture.

— Pas de problème, on va vous en trouver, du lait.

Adam était en avance. Il était assis les jambes croisées, sur le sol du petit studio faiblement éclairé. Il était en train de lire la pièce, au second étage du syndicat des étudiants.

Zoo Story n'avait rien à voir avec un zoo, et il ne se passait pas grand-chose jusqu'à la fin. C'était juste l'histoire de deux types solitaires qui tombent par hasard l'un sur l'autre à Central Park. Peter, le rôle que jouait Adam, était un homme d'affaires quelconque, venu s'asseoir sur un banc après le travail pour regarder le monde passer. Jerry, le rôle tenu par Tom, était celui d'un connard plutôt effrayant qui allait agresser Peter verbalement et finir par se bousiller la vie. Le rôle de Peter était finalement moins important, car c'était Jerry qui parlait tout le temps, avec en plus un monologue gigantesque sur un chien noir plein de bave et de rage, bref, un tunnel de six pages. Comment Tom allait s'en sortir, Adam n'en avait aucune idée.

Le Pr Rosen était carrément passionnée par la pièce. Elle disait qu'il s'agissait de la solitude, du sentiment d'isolement que nous ressentons tous, et des divers procédés que nous utilisons pour entrer en contact les uns avec les autres pour trouver du sens à notre existence, ce qui est fondamentalement absurde puisque nous allons tous mourir de toute façon. C'était quand même très déprimant, cette affaire, mais elle prétendait que c'était exaltant. Adam cherchait aussi une raison de passer davantage de temps sur le campus, quand le Pr Rosen l'avait abordé à la librairie. Elle lui avait réitéré sa demande de faire l'acteur, et il avait accepté.

Il se demanda où elle avait bien pu trouver une ressemblance entre Peter et lui. Quand il se regardait dans le miroir, il ne voyait rien de particulier d'écrit sur son visage, pas le moindre soupçon de ressemblance, à part les taches de rousseur et une peau mal rasée. Pourquoi ne l'avait-elle pas choisi pour le rôle de Jerry le lunatique, la grenade dégoupillée qui terrorisait Peter ? Jerry était viril et vivant, tandis que Peter était un personnage fade, une sorte de robot sans intérêt. Cependant, il aimait bien le challenge d'avoir à monter sur scène, et finalement c'était plutôt sympa de jouer quelqu'un d'autre que soi-même pour une fois, même si le personnage qu'il interprétait était un type aussi solitaire et malchanceux que lui.

Tom et le Pr Rosen arrivèrent en même temps. Tom était en train de téter un bidon en plastique plein de lait. Le lait continuait à dégouliner après qu'il avait arrêté de boire. Est-ce que ça plairait à Shipley de le voir dans cet état ? se demanda Adam, interloqué.

— Très bien, les garçons, commença le Pr Rosen. Vous êtes au courant pour l'élection de mardi ?

Les garçons hochèrent la tête en signe d'approbation.

— Parfait, parfait. (Le professeur ouvrit son texte.) Écoutez, j'ai un rendez-vous ce soir, alors on va se dépêcher. Il ne nous reste plus que huit semaines avant le spectacle. J'aimerais beaucoup que vous lisiez ici la pièce en entier, de la première à la dernière ligne. Ainsi, vous sentirez mieux la façon dont la tension monte au cours de la pièce. Mettez-vous dans l'ambiance et laissez les mots arriver naturellement sur votre langue. Je parie que vous savez déjà pratiquement par cœur tout votre texte.

Adam fit la moue. La seule et unique fois où il se rappelait une ambiance forte, c'était quand il était assis sur le divan chez lui à la maison, en train de tripoter les pieds de Shipley et en se demandant ce que ça lui ferait de toucher tout le reste.

Tom se gargarisa avec quelques décilitres de lait qu'il avala, et il ouvrit son texte à son tour.

— Je suis allé au zoom, baragouina-t-il.

— C'est zoo, et non pas zoom, corrigea le Pr Rosen. Il est question très souvent de zoo dans *Zoo Story*.

Tom se passa la main dans les cheveux et répéta d'un air menaçant :

— Je suis allé au zoo. Je dis, je suis allé au zoo. (Il fit claquer ses doigts.) Hé, monsieur, je suis allé au zoo !

Adam quitta la lecture du script et lui jeta un regard. Après tout, Tom était peut-être le bon choix pour le rôle. Il était peut-être un acteur un peu plus fin qu'il ne l'avait pensé au départ.

— Vous avez de la chance, marmonna-t-il

Tom avait l'air paumé.

— Est-ce que je me suis trompé de page ?

— Restez fidèle au texte, conseilla le Pr Rosen.

Adam s'éclaircit la gorge et envoya sa réplique.

— Excusez-moi, c'est à moi que vous parlez ?

Tom grinça des dents.

— Je voudrais encore du lait.

Le Pr Rosen soupira et lui tendit la bouteille de lait.

— Finissez donc cette bouteille, et recommençons au début, s'il vous plaît.

Tom renversa la tête et engloutit le reste du lait. Il fit claquer ses lèvres et les essuya du revers de la main.

— Je suis allé au zoo, commença-t-il, d'un ton encore plus rauque et inquiétant qu'auparavant.

Le Pr Rosen applaudit des deux mains. Ses boucles d'oreilles en jade sautillaient dans tous les sens.

— Oui ! s'écria-t-elle d'un air très excité. Oui !

— Heu, hum...

Adam toussa poliment dans sa main. À la fin de la pièce, il allait poignarder Tom dans le ventre avec un couteau en plastique. C'était le truc le plus satisfaisant qui lui venait à l'esprit.

— C'est à moi que vous parlez ?

10

Pourquoi faire ce boulot puisqu'elle n'avait pas besoin d'argent ? Shipley n'était pas sûre de pouvoir répondre à cette question. Est-ce qu'elle en était capable ? La plupart des étudiants à Dexter avaient un petit job. Et elle avait besoin de faire quelque chose pour elle, en dehors de Tom. Elle ne lui avait même pas dit où elle allait. « Du baby-sitting ? » Elle l'entendait déjà se moquer d'elle en essayant de lui cacher ses vêtements pour qu'elle ne puisse pas se rhabiller. « Rien à péter. »

Elle tremblait de froid en se dirigeant vers sa voiture, elle aurait aimé avoir un manteau. Elle ne devait arriver chez le Pr Rosen qu'à 6 heures, mais comme c'était la première fois qu'elle faisait du baby-sitting, elle pensa que ça pourrait être une bonne idée d'arriver plus tôt et de faire connaissance avec le bébé avant que les parents s'en aillent.

La voiture était garée à sa place habituelle, avec les clés sur la roue. La même personne qui l'avait empruntée la première semaine de cours n'avait pas cessé de la voler, mais le voleur la ramenait à chaque fois le réservoir vide. Le père de Shipley lui avait appris à acheter de l'essence chaque fois qu'il ne restait plus qu'un quart de réservoir plein. Alors, elle continuait à faire comme toujours, et à chaque fois la voiture disparaissait à nouveau.

Bien entendu, elle aurait pu monter les clés dans sa chambre au lieu de les laisser sur la roue, mais elle avait trop peur de les perdre, ce qui l'obligerait à téléphoner chez ses parents. Elle avait attendu tellement d'années pour avoir une voiture… Et tellement d'années pour quitter la maison…

Parfois, l'étranger laissait des petits mots : « Cette voiture a besoin d'un lavage, et de liquide pour les essuie-glaces ! Désolé, j'ai fumé toutes les cigarettes. Le pneu avant gauche est un peu dégonflé. » Ou il laissait un petit cadeau : une très jolie feuille rose, un paquet de chewing-gums aux fruits, un magazine, une barre de céréales. Elle faisait comme si l'étranger était son ex-mari. Et qu'elle l'avait abandonné pour suivre Tom. Ni l'un ni l'autre ne souhaitait abandonner la voiture à son ex-conjoint, et ils en avaient obtenu la garde partagée au moment du divorce. Quand il roulait, il écoutait sa musique à elle et finissait ses vieilles tasses de café froid. Chaque petit mot gribouillé ou petit cadeau laissé à son intention était comme un signe, sa façon à lui de lui dire qu'il n'aurait jamais dû la laisser partir.

Aujourd'hui, le petit mot sur le siège avant disait : « J'ai besoin d'une paire de chaussettes de laine, d'un blouson ou d'un pull en laine épaisse, d'une paire de gants chauds et d'un bonnet de laine. Grande taille. » La voiture avait une odeur de brioche à la cannelle. Elle mit le contact. Le réservoir était tellement à sec que la lumière rouge clignotait non-stop.

La maison du Pr Rosen n'était qu'à un kilomètre environ de la ferme où ils étaient allés la première nuit, lors de leur voyage d'orientation. Elle ressemblait d'ailleurs à la maison d'Adam, mais en moins pittoresque. De la mauvaise herbe poussait un peu partout sous les marches du porche défoncé, et la moustiquaire faisait un angle bizarre avec le cadre de la porte d'entrée. Pas d'animaux, seulement une petite barrière en bois entourant un carré de potager, déjà retourné et labouré pour l'hiver. Un épouvantail assez terrifiant portait deux boutons rouges à la place des yeux, et une sorte de perruque en paille rouge. Il était habillé d'une robe ballon en drap blanc, d'une cape faite en sac poubelle et d'un chapeau de sorcière noir.

Shipley gravit les marches et ouvrit la porte de la moustiquaire. La porte juste derrière était entrouverte. Elle frappa tout doucement et entra. La table de la cuisine était jonchée des restes de dîner du bébé. On y reconnaissait des petits pois écrasés et du riz brun. Une musique suave avec des violons romantiques sortait de la radio portative. Le bébé babillait dans une autre pièce. Elle eut soudain envie de partir en courant, la gorge nouée par la panique

— Il y a quelqu'un ? demanda-t-elle.

Une femme, qui n'était pas le Pr Rosen, entra dans la cuisine avec un gros bébé potelé blotti contre son épaule. Il avait la peau bronzée et des yeux noirs, des cheveux très épais, noirs aussi, et portait une grenouillère bleu pâle en éponge velours. Quant à la femme, elle avait les yeux bleus, des taches de rousseur et des cheveux blonds frisés. Elle portait une robe, de toutes les couleurs, faite au crochet, sur des bottines à franges en daim comme en fabriquent les Indiens.

— Shipley, Dieu merci !

— J'avais l'intention de venir plus tôt, mais j'ai dû m'arrêter pour remettre de l'essence, expliqua-t-elle.

— Ne vous en faites pas.

La femme posa son pot de confiture plein de vin.

— Darren est sur le campus en train de faire répéter sa pièce. Moi, je m'appelle Blanche, on m'appelle également le Pr Blanche. J'enseigne la littérature à Dexter.

Elle portait le bébé bien droit devant elle et le tendit tout simplement à Shipley.

— Et voici Beetle. Beetle, Shipley. Shipley, Beetle.

Blanche fronça les sourcils en regardant Shipley tenir Beetle sous le bras, comme elle devait le faire avec ses poupées quand elle était petite. Les yeux noirs et brillants de Beetle la dévisagèrent. Son visage rond n'exprimait pas le contentement. Il se mit à gémir et à hoqueter, en agitant furieusement ses petits pieds et ses menottes.

— Hum, il préfère quand on le tient tout droit, vous savez, avec la tête par-dessus votre épaule quand vous marchez, pour pouvoir regarder autour de lui, suggéra Blanche.

Shipley le fit passer sur son épaule. Ça ne ressemblait pas du tout à une poupée. C'était comme si on portait un chiot sans poils, avec un pyjama ou un sac de sable chaud et humide qui respirait.

Blanche se tenait derrière elle et parlait à Beetle.

— Tu vois, c'est une très gentille jeune fille ! C'est qui, le gros bébé à sa môman ? C'est qui, la grosse machine à faire des pets ? C'est qui, le gros roudoudou ? lui dit-elle en chantonnant.

Shipley le balançait de haut en bas, espérant qu'il n'allait pas lui péter dessus. Blanche fit le tour pour faire face à Shipley.

— Nous serons parties pour quelques heures seulement. Voici le numéro de téléphone du restaurant. Il a déjà eu son bain et son dîner. La seule chose qu'il vous reste à faire, c'est de bien vous amuser avec lui pendant une heure environ, puis de lui changer son pyjama, lui donner un biberon et le mettre au lit. Le biberon est dans le frigo, la tétine a la forme d'un téton. Mais il ne le finira certainement pas, je suppose, parce qu'il a dîné comme un petit morfal.

Blanche appuya son nez contre les joues flasques du bébé et respira son odeur comme un parfum des plus délicieux, un parfum dont elle ne pourrait pas se lasser.

— Faites comme chez vous, et profitez bien du petit bonhomme.

Shipley avait envie de demander ce qui pouvait faire plaisir à Beetle, ce qu'il fallait lui mettre comme vêtements pour le coucher, puisqu'il avait déjà une grenouillère. C'était bien l'uniforme d'un bébé, en principe ? Elle aurait aimé demander s'il portait encore des couches, s'il marchait déjà et comment on s'y prenait pour le faire dormir. Mais elle ne voulait pas avoir l'air nulle. Beetle rota et elle sentit quelque chose de chaud et humide qui glissait sur sa peau, sous le tissu de son sweat-shirt.

— Hou ! la la !

Blanche tendit une vieille lavette à vaisselle toute tachée à Shipley. Visiblement, cette famille n'utilisait pas de serviettes en papier ni de Sopalin et recyclait tout, y compris les pots de confiture. C'était aussi une famille dans laquelle les femmes habitaient ensemble et adoptaient des bébés mexicains, basanés en tout cas, et leur donnaient des prénoms ahurissants mais parfaitement anglophones, comme Beetle. Avec tout ça, impossible pour Shipley de se sentir à l'aise et de faire comme si elle était chez elle. On était à des galaxies de Greenwich.

— Juste pour que vous le sachiez, c'est du lait maternisé que vous avez sur l'épaule, pas du lait maternel. On n'a pas le droit d'allaiter un bébé, quand on l'adopte, expliqua Blanche. Nous reviendrons entre 11 heures et minuit.

Elle rattacha les sarments de vigne qui tombaient de la treille, donna un dernier baiser à Beetle sur son petit front, et franchit la porte avec ses bottines à franges.

— Vous pouvez prendre tout ce que vous voulez dans le frigo, si vous avez faim !

Shipley se dit que c'était beaucoup de travail pour seulement 40 dollars, surtout après une heure de jeux avec le bébé. Pour faire joujou avec Beetle, elle avait décidé de le mettre debout sur ses petits pieds pour qu'il puisse marcher, et elle le regardait s'écrouler sur le tapis comme un Culbuto. Il ne lui était pas venu à l'idée que le bébé était encore trop petit pour marcher. Évidemment, Beetle s'était mis à pleurer, et depuis il n'avait pas arrêté de brailler. Elle l'avait baladé d'une pièce à l'autre en ouvrant les tiroirs des commodes, des placards, s'était amusée à lire les titres des livres, à vérifier le contenu du frigo, bref à fourrer son nez un peu partout. Elle avait appris ainsi que le Pr Rosen et sa compagne, Blanche, adoraient manger des trucs comme le tahini et le quinoa. Elle apprit également qu'au lieu d'utiliser du détergent normal pour laver tout ce qu'on doit laver dans une maison (la vaisselle, les vêtements, les cheveux), elles utilisaient un détergent biodégradable, et qu'au lieu d'utiliser du paracétamol ou de l'Advil comme tout le monde, elles avaient une armoire à pharmacie bourrée de remèdes homéopathiques en granules, en doses et en flacons à pompe qui portaient des noms comme *Nux Vomica, Belladonna, Ribes nigra* et *Cypripedium Pubescens*. Elle découvrit aussi qu'elles utilisaient des tampons hygiéniques en coton pur non traité. Il n'y avait pas de café dans la maison, pas de télévision, mais l'arrière-cuisine était remplie de caisses de bouteilles de vin. Leurs auteurs favoris semblaient être Virginia Woolf, Shakespeare et Jeannette Winterson. Un drapeau à l'effigie de Clinton-Gore était accroché devant la fenêtre du salon. Les deux gros chats l'ignorèrent superbement toute la soirée. La maison était confortable, remplie de plantes d'appartement, de coussins, de couvertures et de meubles chinés dans les brocantes ou à l'Armée du Salut. L'impression générale était tellement étrange que Shipley n'arrivait tout simplement pas à s'asseoir calmement dans cette maison.

Comment peut-on en arriver à vivre de cette manière ? se demandait-elle en arpentant les planchers de bois poussiéreux, trimballant le bébé qui braillait dans ses bras. Est-ce que ces femmes avaient été élevées dans des maisons comme celle-ci ? Est-ce qu'elles avaient toujours mangé du quinoa ? Avaient-elles toujours préféré les femmes aux hommes ? Et sinon, quand est-ce qu'elles avaient dérapé ? À quel moment avaient-elles décidé qu'elles voulaient être des mamans ensemble, en élevant un petit garçon sans caféine, sans télévision, sans viande et sans eau de Javel ? Qu'est-ce qui les avait poussées à préférer le couple Clinton-Gore à celui de Bush-Quayle ou à Ross Perot ? Était-ce quelque chose qu'elles avaient appris à l'université ?

Elle se demandait ce qui se passerait dans sa tête lorsqu'elle aurait fréquenté des gens comme ça pendant quatre ans. Elle risquait de changer un tant soit peu, à moins qu'elle ne soit complètement tourneboulée ? Arrêterait-elle de se raser les jambes et d'utiliser du déodorant ? Est-ce qu'elle allait boycotter le cuir et refuser de manger de la viande ? Est-ce qu'elle allait moudre son propre blé complet, devenir grosse et se laisser pousser la moustache ?

Beetle continuait à brailler comme un malade. Finalement, elle le coucha sur le dos dans son berceau. Son visage n'était plus mat, mais tout rouge, ses couches sentaient mauvais et elles avaient triplé de volume. Mais comment changer un bébé dans un tel état d'hystérie ? À force de hurler comme ça, logiquement, il allait se fatiguer et finirait par s'endormir tôt ou tard.

Rien à faire, le bébé continuait de pleurer. Shipley le dévisagea. Elle passa le bras dans le berceau et appuya son doigt sur le bras spongieux du bébé.

— Chuut ! Tu te tais, maintenant, murmura-t-elle en lui tirant la langue, comme si c'était un petit jeu qu'ils étaient en train de jouer.

Beetle la fixa de ses billes noires écarquillées et exprima encore plus énergiquement son impuissance totale, son manque absolu de contrôle de la situation. Elle quitta la pièce en espérant qu'il allait finir par s'endormir à force de pleurer.

Elle descendit au rez-de-chaussée, alluma une cigarette, puis prit la bouteille de blanc ouverte dans le frigo et se versa un verre de vin. Elle fuma au-dessus de l'évier, tout en avalant le vin entre deux bouffées de cigarettes. Au premier étage, les cris du bébé allaient crescendo.

Un vieil annuaire de téléphone traînait sur le comptoir de la cuisine. Shipley l'ouvrit sans réfléchir à la lettre G, comme Gatz.

— Allô ? Est-ce que par hasard vous seriez la famille Gatz qui a deux adolescents, un garçon qui s'appelle Adam qui a les cheveux roux, et une jolie jeune fille avec de longs cheveux noirs et un nom étrange dont je ne me souviens plus, quelque chose comme Philo-Sophie ? demanda-t-elle d'un ton désespéré.

— Est-ce que c'est pour un sondage ? lui répondit la femme à l'autre bout du fil.

— Non, je voulais juste... Est-ce qu'Adam est là ?

Adam et elle se rencontraient rarement sur le campus et ne se parlaient jamais. Shipley n'était pas certaine de comprendre pourquoi, mais depuis qu'elle s'était mise en ménage avec Tom, elle évitait Adam.

— Adam est à l'université, il répète sa pièce.

— Et est-ce que sa sœur...

— Tragedy !

La femme appela en criant loin du téléphone.

— C'est de la part de qui ?... Quelqu'un qui s'appelle Chipie ?

Le téléphone heurta alors quelque chose de dur, et Tragedy prit la parole.

— Allô ?

— Tragedy ? Je ne sais pas si tu te souviens de moi, c'est Shipley.

— Bien sûr que je me souviens de toi, lui répondit Tragedy. Dis, tu as une idée de ce que c'est que de vivre avec Adam, en ce moment ? Il parle à peine, ne mange plus rien et ne regarde plus personne. C'est devenu un vrai fantôme.

— Je suis désolée, je ne savais pas, dit Shipley, se demandant ce que ça pouvait bien avoir à faire avec elle. Mais s'il te plaît, j'ai juste besoin de quelqu'un pour... (Elle expliqua la situation, et le ton de sa voix vira soudain à l'hystérie, des larmes roulaient sur ses joues...) Il n'arrête pas de pleurer, et je ne sais pas quoi faire !

— D'accord, mon Dieu, calme-toi ! dit Tragedy d'un ton impatient. Écoute, respire profondément, fais-toi une tisane de camomille ou de verveine, je serai là dans une minute.

11

Dans les auto-écoles, on vous apprend que la plupart des accidents se produisent sur les routes juste à côté de chez le conducteur, celles qu'il connaît très bien. Vous vous laissez aller, et vous baissez la garde. C'est là que vous êtes le plus vulnérable. Adam y pensait chaque fois qu'il rentrait de la fac. Il ne roulait que sur des routes qu'il connaissait par cœur, par conséquent il était le parfait client pour un accident.

— Adam !

Ellen Gatz traversait la cour pour aller dans la grange, au moment où Adam arrivait en voiture à la maison.

— Ta sœur est au téléphone avec une amie à vous deux qui s'appelle Chipie, ou peut-être Shun Lee !

Adam se précipita dans la maison au moment où Tragedy raccrochait.

— Shipley est en train de faire du baby-sitting chez des gens en bas de la côte et le gamin n'arrête pas de crier, expliqua-t-elle. Quelle idée à la con d'appeler ici ! En tout cas je lui ai dit que j'allais descendre et lui donner un coup de main.

— Je vais te conduire. (Adam se précipita vers la porte.) Allez, grouille !

La route était dans le brouillard complet. Mais Adam connaissait la route par cœur. Heureusement, parce qu'il n'arrivait pas à penser à autre chose qu'à Shipley. Il n'avait pas arrêté de penser à autre chose depuis des semaines et des semaines.

— Salut, les accueillit-elle à la porte, les joues gonflées et les yeux bordés de rose à force d'avoir pleuré. Adam, tu es venu aussi ?

— Oui.

Adam lui répondit de façon mécanique. À l'intérieur de la maison, on entendait un cri de sirène ou d'alarme perçant, désespéré, entrecoupé de séries de hoquets, de prises d'air et de gémissements. On aurait pu croire que le bébé était soumis à la torture.

— Je suis venu pour donner un coup de main, dit-il avec entrain.

Shipley s'écarta pour les laisser passer, comme si elle venait de se rappeler que ce n'était pas son bébé ni sa maison.

— Bon, si vous voulez bien entrer…

La cuisine sentait la cigarette. Une bouteille de vin blanc à moitié vide était ouverte sur le comptoir de la cuisine. Tragedy n'attendit pas qu'on lui fasse faire le tour du propriétaire, elle fonça directement au premier étage dans la chambre de Beetle, laissant Adam et Shipley hypnotisés l'un par l'autre dans la cuisine.

— C'était comment, la répète ? demanda Shipley.

Maintenant qu'il était debout devant elle, elle comprenait pourquoi elle l'avait évité jusqu'ici.

— Bien, dit Adam. Mieux que la dernière fois. Je pense vraiment que ça va être pas mal.

— Formidable !

Elle jeta un coup d'œil vers l'escalier.

— On pourrait peut-être monter et voir comment ça se passe là-haut ? reprit-elle.

— D'accord, accepta Adam, navré de couper court à ce moment d'intimité, mais bien décidé à continuer l'aventure.

Il la suivit dans l'escalier, admirant la ligne impeccable de son postérieur. Pas un faux pli, rien à jeter, rien à ajouter. *Elle est probablement encore plus belle toute nue*, pensa-t-il en apnée et en apesanteur.

Shipley essayait de monter les marches de la manière la moins provocante possible. Si seulement elle avait porté son jean préféré, celui qui lui faisait des jambes longues et élancées et une taille de rêve. Elle retenait sa respiration, espérant qu'on voyait une différence de derrière.

Ils atteignirent le palier complètement essoufflés. La chambre de Beetle était juste en face.

— Il est tout mouillé, expliqua Tragedy en attrapant le bébé dans son berceau de façon experte. (Elle le berça, et son corps d'amazone se balançait avec une grâce toute maternelle.) Tu es trop mignon, toi, et tu as les fesses toutes trempées, n'est-ce pas, trésor ? T'en fais pas, je vais t'arranger ça. Voilà. Moi aussi, j'ai été un p'tit bout comme toi et je me souviens que j'avais horreur de ça.

Shipley et Adam restaient debout sans parler sur le seuil de la porte, tandis qu'elle allongeait Beetle sur le tapis, enlevait les jambes de son pyjama. Ses couches étaient jaunes et dégoulinantes.

— Regardez-moi tout ce pipi ! chantonnait Tragedy tout en enlevant la couche et en la remplaçant par une couche propre.

Beetle s'était arrêté de pleurer. Il souriait béatement, en montrant ses gencives sans dents à sa nouvelle tata adorée.

— Regardez-moi ce petit braillard. On dirait un petit asticot. Un joli petit asticot.

— Merci beaucoup de vous être déplacés, dit Shipley.

Le passage était étroit devant la porte. Adam et elle se touchaient pratiquement.

— C'est difficile d'imaginer qu'on en arrive un jour à s'extasier devant un p'tit machin aussi précieux que ce p'tit bouchon, hein ?

Tragedy glissa Beetle dans une grenouillère propre, qui avait un tigre à rayures jaunes et marron, avec quatre petits points en guise de griffes à l'extrémité de chacune des petites pattes ; elle remonta la fermeture Éclair.

— Et voilà, mon canard.

Elle lui fit un bisou sur le bout du nez, le prit dans ses bras et le fit voler au-dessus de sa tête comme un petit avion.

— Un jour, moi, j'en aurai au moins une douzaine, des comme ça. Ma petite équipe, ma meute à moi. Des bébés et des animaux partout.

Shipley et Adam la regardaient s'agiter, tout en se concentrant sur les quelques centimètres d'espace électromagnétique qui les séparaient.

— Dites donc, est-ce que vous pourriez me faire du café ou un truc du genre pendant que j'essaie de l'endormir ? demanda Tragedy. Est-ce qu'il a un biberon à prendre ?

— Oh ! j'ai oublié le biberon...

Shipley se précipita en bas et revint avec le biberon qui était resté dans le frigidaire.

— Voilà ce qu'on doit lui donner.

Tragedy prit le biberon et le posa contre sa poitrine.

— Ah ! Les miens sont plus gros.

Elle s'assit sur la chaise à bascule dans un coin et installa Beetle sur ses genoux pour qu'il puisse boire. Elle le regarda pendant un certain temps et se tourna pour voir ce qu'Adam et Shipley pouvaient bien faire debout, immobiles sur le seuil de la porte.

— Est-ce que ça vous gênerait d'aller voir ailleurs si j'y suis ?

Adam sortit et descendit l'escalier.

— Vous êtes sûre que vous voulez qu'on parte ? demanda Shipley, qui paniquait à l'idée de le suivre.

— Absolument.

À la cuisine, Adam ouvrait et fermait toutes les portes de placards. Shipley se dirigea vers l'évier et fit couler de l'eau pour faire partir la cendre de cigarette dans le siphon.

— Ils n'ont pas de café, lui dit-elle. J'ai vérifié.

Il ouvrit la porte du réfrigérateur.

— Tu as soif ? demanda-t-il.

— Non.

— Moi non plus, dit-il en le refermant.

Dehors, il faisait nuit. La maison était tranquille et seul le vent de novembre faisait un bruit de fond délicat. Shipley jeta un coup d'œil à la radio, se demandant si elle pouvait l'allumer.

— Est-ce que tu as vu l'épouvantail ? demanda-t-elle.

— Non. Oui, je l'ai déjà vu avant, dit Adam. Flippant.

Ils se regardèrent pendant un moment. Les cheveux d'Adam étaient d'un beau roux auburn, plus foncé que dans son souvenir. Et ses taches de rousseur se voyaient beaucoup moins. Il paraissait plus mince, et plus grand aussi.

— Ta sœur est devenue folle quand j'ai téléphoné. Elle a dit que tu n'étais pas bien en ce moment, genre en colère. (Elle s'adossa au comptoir de la cuisine.) Est-ce que tu vas mieux ?

Adam regardait ses lèvres bouger, il était perdu dans la contemplation de ce mouvement qui lui était dédié. Dans ses fantasmes les plus fous, les lèvres de Shipley ne parlaient pas beaucoup, elles lui faisaient des baisers. Il n'était pas préparé à parler.

— J'étais déçu, admit-il en pressant son dos contre le frigo. Parce que je croyais que nous étions amis.

C'était peut-être le mélange du vin et des cigarettes qui lui montait à la tête, mais tout à coup Shipley se rappela la scène de cinéma qu'elle s'était faite pendant qu'elle préparait ses bagages pour l'université : une rencontre qui se passait dans la laverie automatique des étudiants. Ça ressemblait énormément à ce qu'elle était en train de vivre.

Sa mère, qui portait tout le linge au nettoyage à sec, à l'exception de ses sous-vêtements, avait insisté pour apprendre à Shipley comment se servir de la machine à laver et du sèche-linge.

— Il n'y aura pas de pressing à l'université, et je te déconseille de porter ton linge au service de nettoyage, car ils vont te le rétrécir. Il y aura certainement une laverie automatique dans ta résidence. (Et tout en lui confiant le manuel d'entretien d'une bonne ménagère, elle lui fit cette recommandation.) Le meilleur moment pour laver tes vêtements, c'est le matin de bonne heure, ou très tard le soir. Dans la journée, il y a tellement de gens qui viennent laver leurs affaires que ton linge va faire des faux plis en attendant qu'un sèche-linge se libère.

Laver ses propres vêtements avait quelque chose de romantique dans l'esprit de Shipley, et des mots comme « essorage en douceur » ou « garder la cuve pleine » lui faisaient penser à un bel étranger qui entrerait par inadvertance dans la laverie pendant qu'elle pliait ses vêtements.

« Laissez-moi vous aider », dirait-il en ramassant son plus joli soutien-gorge à dentelle. Il continuerait à plier ses slips et ses soutiens-gorge jusqu'à ce que, incapable de maîtriser son désir, il les déchire et les fasse tomber un par un dans le tambour d'une machine à laver. Puis il enlèverait ses propres vêtements et la prendrait sauvagement à califourchon sur le dessus des machines à laver chaudes et trépidantes ; là, dans la vapeur des mécaniques surchauffées, ils suivraient le rythme lent ou rapide des programmes éco, longue durée, délicat et couleur. Ce serait leur secret, ces chevauchées fantastiques la nuit dans la laverie, dans le bruit tellement assourdissant des machines à laver qu'ils n'arriveraient même pas à échanger leurs prénoms.

Le réfrigérateur bourdonnait. Shipley sourit timidement à Adam, comme s'il lisait la partie de son journal qu'elle lui avait consacré. Il était le bel étranger dans la lingerie. Il fit un pas dans sa direction, puis un deuxième.

— Je vais t'embrasser, murmura-t-elle en le prenant par le cou.

Et c'est ce qu'elle fit, en lui claquant la tête contre la porte du congélateur comme le faisait la femme dévoyée et sans complexe de ses rêves éveillés.

Ils s'embrassèrent dans la cuisine pendant longtemps. Adam essayait de rester calme et de garder ses mains sur la taille de Shipley, mais elle glissa les siennes sous son T-shirt, ce qui lui fit battre le cœur tellement fort que sa poitrine faillit exploser, et là il ne répondit plus de rien.

— Est-ce que je peux descendre sans risque d'interrompre quelque chose ? murmura Tragedy du haut de l'escalier.

Adam écarta ses lèvres de celles de Shipley.

— Non ! Continue de jouer avec le bébé.

Quelques instants plus tard, les lumières d'une voiture balayèrent les fenêtres de la cuisine. Le Pr Rosen et sa compagne étaient de retour

— Elles sont là ! s'écria Tragedy.

— Merde ! (Shipley s'essuya la bouche sur sa manche et recoiffa ses cheveux derrière ses oreilles.) C'est bon. Je leur dirai que vous êtes venus pour travailler avec moi sur les devoirs, dit-elle rapidement. Elles n'y verront aucun inconvénient.

Elle reboucha le vin et le remit dans le frigo.

Tragedy descendit, le biberon vide à la main.

— Ça y est, il s'est enfin endormi.

Beetle... Shipley l'avait complètement oublié. Adam se tenait là, les mains dans les poches, souriant.

— Bonsoir, bonsoir. Je vois que vous avez de la compagnie.

Blanche ouvrit la porte de la cuisine, ses joues rougies par le vin et l'air froid.

— Comment ça s'est passé ? demanda le Pr Rosen en entrant dans la cuisine. Oh, bonsoir Adam.

Elle retira ses boucles d'oreilles en jade et les jeta sur le comptoir. Ses joues à elle étaient rouges aussi.

— Est-ce que tout va bien ?

Shipley affirma effrontément, même si Adam n'avait pas de cours de géologie :

— On a des trucs à voir ensemble en géologie.

— Et vous, qui pouvez-vous bien être ?

Blanche sourit à Tragedy.

— La sœur d'Adam.

Elle passa devant elle et sortit sur le porche.

— Allez, viens, Adam, les moutons nous attendent.

Shipley resta dans la cuisine, les oreilles branchées sur le bruit que faisaient Adam et Tragedy en repartant dans leur voiture. Blanche monta à l'étage pour voir comment allait Beetle, pendant que le Pr Rosen cherchait de l'argent dans son porte-monnaie pour payer Shipley. Elle tendit quelques billets à Shipley et renifla autour d'elle.

— Vous sentez cette fumée ?

Shipley fronça le nez et secoua la tête. C'était une très mauvaise menteuse.

— Darren m'a lu votre poème dans la voiture, lui lança Blanche en descendant l'escalier. C'est excellent. Vous devriez le proposer au journal *Muse*. (C'était la feuille de chou littéraire biannuelle de Dexter.) C'est plus ou moins moi qui contrôle la chose, alors je peux vous dire dès maintenant que ce poème sera publié.

— Merci.

Shipley fourra l'argent dans la poche de son blouson.

Savoir que le Pr Rosen avait partagé la lecture du poème avec Blanche aurait pu la perturber, si son esprit n'avait pas été complètement obnubilé par l'image de la tête d'Adam quand elle l'avait plaqué à la hussarde contre la porte du congélateur. Qui aurait pu dire qu'elle était capable d'un truc pareil ? Elle pensa au pied géant qu'elle avait pris en l'embrassant dans la cuisine du Pr Rosen. *Il n'y a vraiment que l'illicite qui m'excite*, pensa-t-elle. Elle se dit qu'elle allait passer directement chez lui pour qu'ils puissent reprendre là où ils s'étaient arrêtés.

— Et votre petit ami, ce Tom ? Wouaouh, comment il m'a décoiffée à la répétition aujourd'hui, continua le Pr Rosen.

Elle ouvrit une porte de placard et sortit deux verres à vin.

Shipley réagit à la mention du nom de Tom. Qu'est-ce qu'elle faisait à embrasser un autre type dans la cuisine du Pr Rosen, quand elle avait déjà un petit ami tout à fait convenable ? Dans un de ses fantasmes récents, Tom conduisait sa Porsche gris tourterelle décapotable et la garait dans le garage à deux places de leur résidence d'été, juste à côté de sa Porsche rouge à elle, avant de lui faire l'amour sur la plage pendant que les vagues s'écrasaient sur le sable derrière eux. Elle voyait davantage Adam derrière une tondeuse à gazon que dans une Porsche. Et Tom lui appartenait. Il devait probablement l'attendre dans sa chambre, sans caleçon, mais avec ses chaussettes, emmitouflé dans ses draps en flanelle, le nez sur son livre d'économie.

Blanche ouvrit le frigo et repéra la bouteille de vin à moitié vide.

— Je peux vous offrir quelque chose ? demanda-t-elle à Shipley.

— Non, merci. (Shipley prit son sac sur le comptoir de la cuisine. Il valait mieux partir avant que quelqu'un ne remarque la trace du tapis sur le front de Beetle, ou les mégots dans la poubelle.) Je dois partir.

— N'oubliez pas de voter mardi ! lui cria le Pr Rosen.

Tom n'était pas sous les couvertures. Il commençait tout juste une nouvelle peinture. Il avait rapporté une toile neuve du bâtiment des arts plastiques et était occupé à mélanger des couleurs abricot et taupe pour trouver la bonne teinte, celle qui correspondrait à la couleur de sa peau. Son pouls était rapide. Il grinça des dents et déchira sa chemise. Il voulait faire son autoportrait. Mais il voulait le faire en direct sur lui-même ! Il choisit un nouveau pinceau et posa une goutte de peinture noire sur la palette. Il voulait se peindre et se voyait comme une de ces statues grecques, avec des tablettes de chocolat comme Hercule.

— Qu'est-ce que tu fais ?

Shipley ouvrit la porte et le regarda, tandis qu'il faisait le tracé de ses tétons d'adonis.

Tom jeta son pinceau à terre.

— Toi ! Enfin, te voici ! Oh, je te trouve tellement belle ! C'est pas possible, ce que tu es belle !

— Non, je ne suis pas belle, protesta-t-elle.

— Viens par ici, lui dit Tom. Enlève tes vêtements pour que je puisse te peindre.

Shipley alla fouiller dans les peintures terminées qui se trouvaient sur son bureau ; c'était un assortiment des parties du corps d'Eliza, hypertrophiées de façon gore à différents stades de nudité. Elle joua avec la fermeture Éclair de son sweat-shirt de l'académie de Greenwich.

— Pourquoi ne fais-tu pas simplement mon portrait avec la fenêtre comme décor ? Ça pourrait être cool.

Tom alla vers elle et baissa la fermeture Éclair. Il repoussa ses cheveux pour mettre son cou en valeur.

— J'ai envie de te peindre toute nue, dit-il en l'embrassant dans le cou.

Shipley se cabra. Il y avait quelque chose de différent chez Tom. Son corps tout entier était couvert d'une sueur froide désagréable et sa voix était devenue rauque, dure.

— Tu vas bien ?

— J'ai pris de l'ecsta avec les Grannies et j'ai frappé quelques balles sur le terrain d'entraînement. J'ai assuré !

Tom lui ôta son sweat-shirt et déboutonna son jean.

— Je veux te peindre ici maintenant, lui dit-il d'un ton pressant. Toute nue.

Shipley n'était pas du genre exhibitionniste, elle ne portait même pas de jean serré. Quand elle allait

sur les plages en Martinique, toutes les filles reti-
raient le haut de leur maillot de bain. Elles étaient
allongées sur le sable et bronzaient dans le calme
absolu. Mais quand Shipley essaya de faire la même
chose, elle eut l'impression de rôtir. Ses tétons
étaient devenus minuscules comme des raisins secs.
Elle avait remis son haut de maillot de bain, couru
dans l'eau en faisant beaucoup de remous dans les
vagues pour cacher sa gêne.

— Laisse-moi quand même mon T-shirt ! dit-
elle, en s'asseyant à son bureau.

Le T-shirt était blanc et fin. Ses sous-vêtements
également. Elle était bien assez nue comme ça

— Non.

Tom se tenait debout à un ou deux mètres, sa
palette en plastique blanc à la main. Les muscles
de son torse nu ressortaient sous leurs peintures
de guerre. Il lécha la pointe de son pinceau.

— Allez, viens, quoi !

— Toi, viens, plaisanta-t-elle.

Il se rapprocha et souleva son T-shirt.

— C'est pas comme si je ne t'avais jamais vue
toute nue.

— Très bien.

Elle ôta le T-shirt et le balança sur le lit, puis
elle enleva son slip et croisa les jambes, en plaçant
ses mains l'une par-dessus l'autre sur son genou.

— Trop raide, protesta Tom. Reste assise nor-
malement, comme si personne ne te regardait.

Elle décroisa les jambes et laissa ses genoux
légèrement entrouverts. L'air frais violait l'espace
entre ses cuisses. Elle pressa ses genoux l'un contre
l'autre et croisa ses bras sur sa poitrine

— Je ne peux pas faire ça. Je suis fatiguée. J'ai
du vomi de bébé partout. J'ai besoin de me brosser
les dents.

164

Elle jeta un regard autour de la pièce, elle n'aimait pas le décevoir. Elle voulait être une bonne petite amie pour lui et avait déjà été un peu loin ce soir, sans qu'il le sache.

— Et si je posais un éventail sur mon visage, tu sais, comme une geisha japonaise ? Ou bien si je lisais un livre ?

Ça lui donnerait quelque chose à faire et elle se sentirait certainement moins gênée.

Tom laissa tomber sa palette et se mit à genoux, en rampant et en fouinant partout sous les lits. Shipley recroisa ses jambes et commença à tirer sur la peau de ses cuticules. Quelqu'un siffla dans le couloir. Elle eut tout à coup la chair de poule sur toute la surface de ses cuisses.

— D'accord, et pourquoi pas ce truc-là ?

Tom agitait un sac en papier rouge récupéré dans les sacs à provisions empilés du côté du lit de Nick. Il attrapa une paire de ciseaux et s'amusa à découper deux trous pour les yeux, et un petit trou rond pour la bouche. Shipley pensa aussitôt à l'épouvantail du Pr Rosen, en plus sinistre.

— Je ne sais pas.

Elle posa le masque improvisé sur sa tête. Ses yeux étaient trop rapprochés et les trous ne correspondaient pas aux parties du visage. Le trou pour la bouche était très petit.

— Ne regarde pas, dit-elle en écartant les genoux.

Ses cuisses lui avaient toujours paru trop grosses, même si elle était très mince. Avec ce sac sur la tête, elle se sentait carrément ridicule. Tom regardait ses jambes, pas son joli visage. Et il les voyait telles qu'elles étaient, de la cuisse de dinde bien compacte.

Même ses petits seins ne lui plaisaient pas. Elle le comprit à ce moment-là. C'était justement ça, le problème. Elle n'était plus elle-même, seulement

une forme féminine. Après tout, si c'était ça, l'art…
Mais était-il nécessaire de porter un sac de chez
Carrefour ? Un sac de chez Vuitton aurait quand
même été plus chic !

— Reste assise.

Il vint vers elle et pressa ses épaules contre le
dossier de la chaise.

— Je me sens stupide, murmura-t-elle, se
demandant comment elle avait atterri dans cette
position.

— Chut ! Tu es très belle. Et de plus, personne
ne saura que c'est toi. (Tom la rassura.) Je veux
seulement prendre quelques Polaroids, et puis ce
sera terminé.

Il avait acheté un vieux Polaroid vintage dans
un vide-greniers. Il en était très fier.

Elle ferma les yeux, espérant que ça l'aiderait.
Il actionna le flash, et elle reçut une explosion de
lumière blanche derrière ses paupières.

— Encore une petite.

Le plancher craquait sous ses pas, tandis qu'il
marchait.

Elle aurait dû aller directement chez Adam,
comprit-elle. À cette heure-là, elle pourrait être en
train de l'embrasser. Elle toucha le sac et tira
dessus. Il se déchira en deux.

— Je ne veux plus faire ça, jamais…

Tom ne la regardait même pas. Il bidouillait
avec son appareil photo. Shipley était tellement
belle, c'était bizarre comme son corps paraissait
fade sans la tête. Mais peut-être pourrait-il faire
une série avec la somme des morceaux, en mettant
la tête en dernier. Il pourrait en faire une équation,
comme en sciences économiques, le tout, tête comprise, étant la seule commodité viable. La beauté,
c'est pas seulement une paire de jolis tétons, un
beau petit cul ou bien des pieds élégants. La

166

beauté, c'est un tout. Il pourrait faire flotter les morceaux sur un gros coquillage en la faisant sortir des vagues, comme Aphrodite. Les cours de portrait organisaient une journée portes ouvertes le mois suivant. Jusqu'ici, il n'avait pas peint un seul truc qu'il ait eu envie d'exposer. Là, il tenait quelque chose.

— D'accord, tu as raison, c'est fini. Ouah, ça va être énorme, dit-il, soudain inspiré.

Shipley renfila son jean en vitesse, pressée de retourner dans sa chambre ; elle voulait prendre une douche chaude et s'allonger dans ses magnifiques draps propres.

— Miam, dit Tom en ramassant son sweat-shirt oublié et en le sniffant avec ardeur.

Elle le lui arracha des mains.

— Il faut que j'aille faire ma lessive, dit-elle, et elle ouvrit la porte.

Les réverbères qui éclairaient les allées entre les résidences étaient à la fois rassurants et terrifiants. Au-delà du bâtiment, elle crut voir une Mercedes noire qui se garait sur le parking lentement, en arrivant de la ville, avec un étranger au volant. Le vent vif lui lacérait les joues, tandis qu'elle traversait la pelouse en courant. Si c'était ça, le temps au mois de novembre dans le Maine, qu'est-ce que ça serait en décembre ?

12

Mardi était le jour des élections. Les étudiants les plus sérieux rentraient chez leurs parents pour voter, quand ils n'avaient pas déjà envoyé leurs procurations. Les moins consciencieux prétendaient avoir déjà voté, en commençant par poser la question aux autres pour savoir si eux l'avaient fait. Et les étudiants de dernière année (qui avaient choisi depuis trois ans de résider dans le Maine, en squattant d'anciennes fermes en ruine portant des noms comme Strawberry Fields ou Gilligan's Island) préféraient voter au bureau de leur lycée qui restait leur première expérience locale authentique.

Il y avait de la tension dans l'air, ce jour-là ; les professeurs avaient raccourci les cours ou bien les avaient carrément annulés. Les étudiants traînaient sur les pelouses, comme s'ils attendaient une sorte de directive venue d'en haut. La bibliothèque était vide. Quand on apprit que William Jefferson Clinton avait gagné, la nouvelle se répandit entre les radios et les télévisions. Un sentiment d'euphorie éclata, et même les étudiants qui ne buvaient jamais pendant la semaine allèrent s'installer près du tonneau de bière et célébrèrent l'aube d'une ère nouvelle. Ceux dont les parents républicains avaient voté démocrate faisaient vraiment la tête. C'était leur tour de tenir le manche et d'être

168

au pouvoir. Sea Bass et Damascus installèrent même des haut-parleurs dans la chambre de leur résidence, sur les fenêtres qui donnaient à l'extérieur et ils passèrent Queen, *We Are the Champions*, en boucle, à fond les gamelles.

Lorsque Thanksgiving arriva, chacun avait quelque chose de bien à dire en action de grâces. M. Booth avait apporté une dinde vivante pour le repas de fête de la fac, afin de provoquer Ethelyn Gaines, l'ancienne directrice du service de l'intendance, dont il était amoureux.

— Vous n'avez pas fait ça !, s'écria Ethelyn en chassant la dinde de la cuisine, à travers le réfectoire, la faisant sortir par la porte du fond, son hachoir à la main.

Les végétariens étaient ravis de voir la dinde s'échapper.

À Thanksgiving, on remercie pour ce que ce que l'on a apprécié le plus au cours de l'année ou de la soirée. Les Grannies étaient très contents de pouvoir remercier pour la parabole satellite de Grover. Ils étaient rassemblés dans sa maison du Maryland pour regarder la rediffusion de leur émission de télé préférée, *Playboy After Dark*. Les Grateful Dead jouaient trois de leurs chansons préférées et discutaient avec Hugh Hefner au cours d'une soirée glamour au manoir Playboy en 1969. Hefner était une réplique exacte de James Bond – cool et suave, dans son habit de soirée. Jerry Garcia ressemblait beaucoup à Juan Valdez, avec ses cheveux longs et son poncho en laine. Et Jerry était tellement jeune ! Stupéfiant.

Le Pr Rosen remerciait pour la soupe de lentilles faite par Progresso. Elle avait essayé de concocter la recette de la dinde en croûte mais avait complètement foiré et elle n'avait plus du tout envie de faire la cuisine. Pour cette dinde en croûte, il fallait faire une sorte de pâte liquide en mélangeant sept livres de farine complète avec des litres d'eau ; puis vous faisiez couler cette pâte sur votre dinde préalablement enroulée dans une étamine, et vous faisiez bouillir le tout pendant trois heures.

Shipley avait décidé d'aller voir ses parents pour Thanksgiving. Elle avait besoin de temps pour réfléchir, du temps sans Adam et sans Tom, mais elle ne pouvait pas affronter l'idée d'aller toute seule chez ses parents. Aussi, à la dernière minute, elle avait demandé à Eliza de venir avec elle. « Juste pour ne pas s'endormir au volant et se retrouver dans un fossé. »

Avec Eliza, elle n'avait aucune chance de s'endormir au volant. Ses questions incessantes faisaient office d'alarme. Est-ce que tu te rases sous les bras tous les jours ? Est-ce que tu es allergique ? Combien as-tu de plombages dans la bouche ? Est-ce que ça te tente, toi, la chirurgie esthétique ? Et comment ça se fait que tu dormes dans notre chambre, maintenant ? Est-ce que c'est fini entre Tom et toi ?

Eliza avait accepté de venir pour des raisons purement anthropologiques. Elle avait besoin de voir par elle-même la planète où l'on suspendait les jeans sur des cintres, où on repassait les sous-vêtements – la planète d'où venait sa copine de chambre.

Elles avaient quitté Dexter à 6 heures du matin le jour de Thanksgiving et elles étaient arrivées chez les parents de Shipley à 2 heures de l'après-midi. La ville de Greenwich était propre et charmante. La maison des Gilbert était grande, blanche et de style colonial, avec des volets verts et une porte rouge, construite sur une butte avec une belle allée sinueuse sur le devant. Les haies étaient par-

faitement taillées et deux grands pots de chrysan-
thèmes jaunes encadraient les marches de l'entrée.

Shipley coupa le moteur et se regarda dans le
miroir qui se trouvait au-dessus du volant. Elle
retira ses boucles d'oreilles en argent et les jeta
dans son sac à main. Puis elle se fit une queue-
de-cheval avec un élastique et vaporisa quelques
gouttes de menthol sur sa langue. Finalement, elle
glissa son pull à col roulé blanc dans la ceinture
de ses jeans.

— Qu'est-ce que tu fabriques ? demanda Eliza
Shipley ouvrit la portière de la voiture et sortit.

— Tu sais comment sont les mamans.

Mme Gilbert les accueillit avec un verre de chardonnay à la main. Elle était mince et blonde et
portait des vêtements de soie et cachemire dans les
tons champagne et beige. Elle avait l'air de ne rien
consommer en dehors de ce vin blanc, à l'exception
peut-être d'un after-eight ou deux à la menthe. Elle
ouvrit les bras et pressa les deux filles sur son torse
squelettique.

— J'ai mis Eliza dans la chambre jaune, dit-elle
en les faisant entrer dans la maison.

Les canapés, sur lesquels étaient jetés des
coussins imprimés de petits ananas dorés, étaient
recouverts d'une tapisserie vert et or avec des
rayures crème style Régence. Les parquets cirés
étaient en bois sombre, et les bouquets de fleurs
parfaitement arrangés dans de superbes vases en
cristal. C'était un décor idéal pour un film d'horreur. Tout était assorti, même les boutons de sonnette. Même la chambre de Shipley, avec son petit
lit à baldaquin et son papier peint rose, avait cet
air sinistre du trop beau pour être vrai.

— Vous avez engagé un décorateur, ou bien
vous avez fait ça toute seule ? demanda poliment
Eliza à Mme Gilbert.

Mme Gilbert fit danser son vin dans le verre.

— J'ai travaillé en collaboration étroite avec le décorateur. Je me suis dit que finalement, maintenant que les enfants étaient partis, je pourrais prendre des cours pour devenir décoratrice, moi aussi.

— Stupéfiant, dit Eliza.

Le mobilier de la maison avait été acheté en coordonné chez Sears. Le meuble de télévision en bois de cerisier verni était assorti à la table à café en cerisier verni qui était assortie à la table de la salle à manger en cerisier verni, table qu'ils n'avaient jamais utilisée. Les rideaux et les tapis, le canapé et les fauteuils, tout était assorti et coordonné. Chez Eliza, rien n'était assorti, et les meubles venaient de n'importe où, mais certainement pas du même magasin.

Elles descendirent avec Mme Gilbert dans la cuisine.

— Quel frigo ! s'exclama Eliza, on pourrait y mettre un poney...

Shipley essayait de deviner ce qui se passait dans l'œil gauche de sa mère, et cet examen révélait sa répulsion devant la veste de l'armée américaine et les baskets Converse rouges d'Eliza. Mais, finalement, sa mère semblait plutôt contente que Shipley soit venue avec une amie. Elle avait même préparé à manger longtemps à l'avance. Le plan de travail avec la grande planche à découper était encombré de boîtes Tupperware et de sacs de légumes.

— Je n'ai plus qu'à mettre le dîner à réchauffer et préparer une salade, dit Mme Gilbert. Pourquoi ne vas-tu pas faire un tour dans le coin avec Eliza pendant une heure ou deux ? Allez donc vous promener ou faire du shopping. Nous dînerons quand vous serez revenues.

172

Eliza n'en revenait pas du culot de Mme Gilbert, qui n'avait pas pris de gants pour se débarrasser d'elles. Même sa propre mère serait restée assise à la table de la cuisine, elle aurait fumé ses clopes en faisant semblant de s'intéresser à la conversation, pendant qu'Eliza lui aurait raconté en long, en large et en travers l'histoire du serpent à sonnette pendant la colo en plein air, ou comment le maître nageur du lycée s'était fait virer parce que c'était un pervers.

Shipley aurait pu conduire les yeux fermés jusqu'aux grands magasins Darien Sports. C'était là son lieu de prédilection pour le shopping. Trois étages de père Noël permanent avec toutes les marques dont elle raffolait : Lacoste, Lily Pulitzer, Ralph Lauren, Patagonia ou CB pour ses maillots de bains, ses chaussures de sport, de ville, ses patins à glace, ses raquettes de tennis et ses clubs de golf.

Eliza la suivait, pendant que Shipley sélectionnait un bonnet de ski en laine chaude, des gants doublés, un pull de laine épaisse à col roulé et des chaussettes de haute montagne pour l'étranger qui lui volait sa voiture régulièrement.

— Est-ce que c'est pour Tom ? demanda Eliza.

— Heu-eu…, mentit Shipley.

Elle alla fouiller dans le rayon de pyjamas pour femmes et trouva un caleçon long blanc en Thermolactyl, puis pour elle-même un luxueux peignoir de bains gris en cachemire.

Une vendeuse vint prendre la pile de vêtements entassés dans les bras de Shipley.

— Je vais les poser à la caisse pour vous, mademoiselle. (Elle jeta un coup d'œil à Eliza par-dessus ses lunettes.) Je peux prendre quelque chose pour vous ?

Eliza se renfrogna.

— Non, merci. J'ai tout ce qu'il me faut.

Shipley n'avait pas remarqué jusque-là qu'Eliza ne faisait pas de shopping. Elle repéra une paire de cache-oreilles en lapin magenta sur un mannequin.

— Dis, tu as vu ça ? C'est tout à fait pour toi.

Eliza retira les cache-oreilles de la tête du mannequin et les mit sur ses oreilles. C'était comme porter des écouteurs, mais en beaucoup plus doux. Elle se regarda dans le miroir. Ils étaient stupéfiants. Elle les retira et regarda le prix sur l'étiquette : 224,95 dollars.

— Je crois que je ne vais pas les prendre, dit-elle en les replaçant sur le mannequin.

— Pas question. (Shipley attrapa les cache-oreilles et les mit sous son bras.) Ne t'en fais pas. Ma famille a un compte ici, avoua-t-elle. Quand je viens, je prends tout ce que je veux et je n'ai qu'à signer. Prends tout ce que tu veux. Vraiment. Mes parents s'en fichent.

Eliza hésita. Elle s'était préparée à haïr Shipley pour toujours, mais depuis le début de cette journée elle s'était radoucie. Elle croyait que Shipley aurait été plus capricieuse, plus enfant gâtée. Évidemment, sa maison était une vitrine de luxe, mais il n'y avait personne dedans pour s'occuper d'elle, même pas un labrador bien élevé. Shipley l'avait invitée à passer Thanksgiving chez elle parce que, visiblement, elle n'avait pas envie d'être seule chez ses parents. Et elle avait complètement raison pour les cache-oreilles. Shipley la connaissait peut-être mieux qu'elle ne l'aurait pensé.

— Tu ne peux pas m'acheter, insista-t-elle mollement. Je ne suis pas à vendre.

— Oh, tais-toi ! (Shipley prit le bras d'Eliza et la conduisit vers le rayon des jeans.) Regarde.

Toute une étagère de jeans noirs. Vas-y. Fais-toi plaisir !

Elles essayèrent douze paires de jeans en se partageant la même petite cabine d'essayage. Eliza décida de prendre deux jeans qui lui allaient particulièrement bien, et qu'elle allait s'approprier en les déchirant à sa manière. Puis elle craqua pour une petite gazinière de camping pour Nick, un haut de sport bien isolé pour protéger ses tétons gelés du froid de l'hiver du Maine, deux pulls à col roulé noir, six genouillères en laine noire et un long manteau qui lui descendait jusqu'aux chevilles, et qui ressemblait à un sac de couchage. Elle se voyait raccordant la fermeture Éclair de son manteau avec celle du sac de couchage de Nick pour en faire un double, dans lequel ils auraient bien chaud en faisant l'amour dans sa yourte.

Le total dépassait les 2 000 dollars. Shipley signa le reçu avant qu'Eliza puisse le voir.

— Et voilà, on s'est bien amusées, non ? lui demanda-t-elle pendant qu'elles portaient leurs paquets dans la voiture.

C'était un Thanksgiving particulièrement froid pour la saison, et Eliza sortit du magasin avec son gros manteau sur le dos.

— C'était stupéfiant.

Shipley avait une penderie pleine de vêtements à la maison, aussi n'avait-elle pas pris de bagages pour le voyage. Eliza avait jeté son sac de voyage sur le siège arrière. Et pour la première fois depuis qu'elle était arrivée à la fac, Shipley ouvrit le coffre de la Mercedes pour y mettre tous leurs achats.

— Merde alors, dit Eliza.

Le coffre de la voiture était plein de nourriture : tous les restes de ce qu'on peut trouver dans une boulangerie étaient entassés là, avec un vieux bidon d'eau, des fruits écrasés, du fromage moisi et des paquets de tortillas chips en miettes.

— C'est quoi, ce bordel ? demanda Eliza. Tu as un problème avec la bouffe, genre anorexie ?

Shipley referma le coffre. L'étranger devait habiter dans sa voiture et utiliser le coffre comme garde-manger. Elle ouvrit une des portes arrière et jeta les sacs sur le siège.

— Ce n'est pas à moi. Ça appartient à quelqu'un d'autre.

— Comment ça, quelqu'un d'autre ? insista Eliza. Qui ?

— Je ne sais pas, dit Shipley. C'est quelqu'un qui utilise ma voiture quand je ne m'en sers pas, et je me laisse faire.

Toute la semaine, Shipley avait laissé la voiture sur le parking de Dexter avec le réservoir vide, pour être certaine de la retrouver le matin de Thanksgiving. Elle se sentait un peu coupable d'avoir fait ça, et encore plus coupable d'avoir repris la voiture sans explication, mais les vêtements chauds allaient certainement compenser, heureusement.

Eliza la regarda fixement.

— Tu laisses ce « quelqu'un » conduire ta voiture, et tu ne sais pas qui c'est ?

— Tout à fait.

Shipley se rendit compte en disant cela à voix haute que ça n'avait aucun sens. Elle ouvrit la portière du conducteur et monta.

— Allez, viens ! dit-elle. Prends la carte qui est dans la boîte à gants. Je cherche la route Oliver à Bedford.

Tom n'était pas rentré chez lui pour Thanksgiving. Depuis que Shipley avait posé pour lui avec le sac Carrefour sur la tête, il s'était terré dans sa chambre et il avait peint Shipley. Il l'avait laissée tranquille. Elle aurait pu saisir l'occasion pour sauter dans les bras d'Adam, mais Tom était son premier vrai petit ami, et elle l'aimait vraiment ! Elle aimait tout de lui, à part ces horribles peintures d'Eliza, mais elle n'aimait pas non plus le voir couvert de sueur, et à cause de l'ecsta il était devenu grossier et surexcité. Adam, lui, était beau de façon maladroite, avec ses taches de rousseur, ses manières posées et polies, et au fond c'était un provincial – et pour tout arranger, un grand timide. Il n'avait même pas cherché à la revoir depuis leurs baisers dans la cuisine du Pr Rosen. Elle ne l'avait pas revu, même pas une fois, et cette désertion la perturbait. Est-ce que c'était juste une passade ? Est-ce qu'il croyait qu'il pouvait l'utiliser pour satisfaire une urgence, une excitation égoïste, et passer à autre chose ? Ou bien il la voulait vraiment – mais comment espérait-il la conquérir, quand il n'était même pas capable de se battre pour elle ? Tom lui avait fait un vrai numéro de séduction dès le début. Avec lui, il n'y avait eu aucune ambiguïté. Elle s'en voulait de l'avoir un peu trompé. Ils étaient parfaits l'un pour l'autre. Mais juste pour en être certaine, elle avait besoin de savoir où chacun se situait.

Eliza se débrouillait très bien avec la carte. Elles prirent la direction du parc Merritt au sud de Darien, en sortant à Greenwich par la route Round Hill qui mène à Bedford Banksville, et enfin à Oliver, une route de campagne avec seulement quelques grandes propriétés. Le numéro 149 se trouvait tout au bout, une grande bâtisse coloniale grise, avec une large véranda sur le devant, une porte rose et une immense pelouse verte ponctuée de monticules de feuilles mortes. Un très vieil arbre élégant ombrageait la propriété. Un massif de fleurs faisait le tour de la maison ; le mois de novembre ne laissait voir que quelques vestiges endormis de rhododendrons, hydrangeas, lilas, muguet, iris et pivoines. À côté de la maison, un terrain de tennis était protégé par une clôture, et derrière s'étendait une piscine recouverte d'une grande bâche verte. Une Jeep Cherokee noire qui devait avoir quelques années de plus que celle de Tom était garée devant le garage à deux places.

Shipley avança la voiture autour du cul-de-sac, là où la route se terminait et fit de nouveau le tour de la maison. Indiana Jones, le vieux chien berger arthritique des Ferguson, surgit devant la porte d'entrée, les regarda avec curiosité et se recoucha. Un couple d'âge moyen et un jeune homme qui devait être leur fils mangeaient de la tarte, assis sur de grandes chaises en bois blanc Adirondacks sur la véranda.

— Est-ce que c'est la maison de Tom ? demanda Eliza, le nez collé contre la vitre de la portière. Tu crois que ce sont ses parents ?

— Oui, dit Shipley, respirant à peine.

La maison était beaucoup plus grande et plus authentique que la sienne. Elle imagina que dans cette famille ils devaient jouer tous ensemble en faisant des doubles au tennis, et que le père de Tom avait probablement appris aux garçons à nager. La mère de Tom était sans doute passionnée de fleurs et tout le monde s'y mettait pour ratisser les feuilles. La mère de Shipley employait un service de jardinage qui embauchait des travailleurs mexicains émigrés. Chez ses parents, on ne faisait jamais rien ensemble, à part aller en vacances à la mer dans les îles Caraïbes une fois par an ; et même là-bas, ils avaient des petits bungalows séparés et des cabines de plage pour chacun en fonction de leur tolérance au soleil, et lisaient des livres.

Eliza baissa la vitre de sa portière et les salua en agitant les bras.

— Qu'est-ce que tu fais ? s'écria Shipley.

Comble de l'horreur, toute la famille se leva et descendit les marches de la véranda, chacun avec son assiette de tarte à la main. Pendant qu'ils approchaient, Shipley reconnut les traits de Tom chez chacun des membres de la famille. Il avait les yeux bleus de sa mère, ses cheveux bruns épais, son menton têtu, mais il était bâti comme son père. Son père marchait même comme lui, en traînant les pieds comme s'il n'avait jamais réussi à pousser aussi vite que ses pieds. Le frère aîné de Tom, Matt, était blond et costaud, mais il avait les mêmes yeux bleus et le même menton.

— Qu'est-ce qu'on leur dit ? murmura Shipley.

Eliza ne manquait jamais de mots.

— Salut tout le monde. Nous sommes des amies de Tom. Il nous a demandé de passer chez vous pour l'excuser de ne pas pouvoir être venu fêter Thanksgiving avec vous.

— Comme c'est gentil de sa part de nous envoyer des messagères, répondit Mme Ferguson. Est-ce que ça vous dirait de manger une part de tarte aux noix de pécan ? C'est une recette de ma grand-mère. (Elle mit ses mains autour de la bouche et baissa la voix d'un air faussement confidentiel.) Complètement alcoolisée, la tarte.

Eliza éclata de rire et jeta un regard à Shipley, dont le visage et le cou étaient tout rouges.

— Désolée, mais nous n'allons pas pouvoir rester. Nous sommes déjà en retard pour notre propre Thanksgiving.

— Nous allons fêter ça chez elle à Greenwich. Je vous présente la petite amie de Tom, à propos. Voici Shipley.

— Bonjour, croassa Shipley.

Matt éclata de rire.

— Alors, c'est vous, Shipley. J'ai beaucoup entendu parler de vous. Comme tout le monde, ici. Apparemment, vous êtes l'amour de sa vie. Et il va vous épouser un jour ou l'autre.

— Eh bien, on verra, déclara Shipley en s'agrippant au volant pour se calmer.

M. Ferguson se pencha vers la voiture et passa la tête par la portière d'Eliza. Il sentait le linge fraîchement lavé, avec un soupçon de bourbon et de noix caramélisée.

— Vous êtes sûres que vous ne voulez pas un petit peu de tarte ?

Shipley appuya sur l'accélérateur. Visiblement elle était en train de mourir d'embarras.

— Merci infiniment, mais nous sommes toutes les deux allergiques aux noix, expliqua Eliza.

Le front de M. Ferguson se plissa de rides profondes, tout à coup.

— Est-ce que Tom va bien ? Il ne nous a même pas téléphoné, aujourd'hui.

Eliza aurait pu lui dire ce qu'elle pensait vraiment de Tom, mais ce n'était pas une langue de vipère. Pas vraiment.

— Tom va bien, dit-elle, il est complètement à fond dans son cours d'arts plastiques. Et il joue dans une pièce de théâtre.

M. Ferguson hocha la tête.

— Il nous a parlé de ça. Vous savez quand on pourra le voir ? On songe à faire le voyage, pour la circonstance.

— C'est le week-end prochain. Samedi soir. Vous devriez venir ! Et la journée portes ouvertes du studio où l'on expose les portraits a lieu le même week-end. Je suis en quelque sorte la star de l'expo. (Eliza lui fit un clin d'œil.) Vous comprendrez ce que je vous raconte quand vous le verrez. En tout cas, on ne lui dira rien. Au cas où vous auriez envie de lui faire la surprise.

M. Ferguson sourit.

— Excellente idée.

Il s'éloigna de la voiture et mit ses mains dans les poches de son pantalon kaki.

— Merci d'être passées nous voir.

— Dites à Tom qu'il a raté une dinde dont je peux dire honnêtement que c'était une tuerie, dit Matt.

— Joyeux Thanksgiving ! s'écria Mme Ferguson en leur faisant de grands signes de la main, tandis que Shipley appuyait sur l'accélérateur pour s'en aller.

Shipley ne dit pas un mot pendant le trajet de retour. Les parents de Tom étaient charmants et leur maison était idyllique. C'était exactement comme elle l'avait rêvé. Tom était le petit ami parfait. De retour à Dexter, elle allait faire tout ce qu'il fallait pour rattraper ce qu'elle avait failli détruire. Elle signifierait de façon très claire à Adam que le fait de l'embrasser avait été une erreur, qu'ils pourraient rester amis, mais que cela ne devait plus jamais se produire. Elle essaierait d'être plus compréhensive en appréciant davantage les talents artistiques de Tom. Les artistes qui prenaient de la drogue avaient des comportements étranges, parfois. Cela faisait partie du cheminement de l'artiste. Et puis, il ne s'agissait que d'une première expérience pour Tom. Très vite, il allait s'apercevoir que l'art et l'ecstasy n'étaient pas vraiment son truc. Au plus profond d'elle-même, il était toujours son Tom à elle. Et bien davantage, maintenant qu'elle avait rencontré ses parents. Elle s'imaginait planifiant l'arrangement floral pour leur mariage, avec Mme Ferguson, dans sa cuisine ensoleillée. Elle pouvait entendre le frère de Tom faire son discours de garçon d'honneur avec un humour décapant : « Ça faisait à peine une journée que Tom était à l'université qu'il m'a téléphoné pour me dire qu'il venait de rencontrer la fille qu'il allait épouser. Bien entendu, je ne l'ai pas cru, surtout après avoir rencontré la fille. Elle était beaucoup trop jolie pour lui. »

Le dîner était déjà servi très élégamment, sur la table de la salle à manger. Mme Gilbert était assise à l'une des extrémités, un verre de vin à la main.

— Ce n'est pas moi qui ai fait tout ça, en réalité, admit-elle. Je l'ai pris chez Fauchon. Tout ce qu'ils ont est tellement frais !

Eliza prit un siège, son nouveau manteau était fermé jusqu'au menton. Elle se servit un gros morceau de blanc de dinde avec de la farce d'orange sanguine et de pignons de pin. Il n'y avait que trois couverts.

— Attends, dit Shipley en s'asseyant sur sa chaise. Où est papa ?

Elle n'avait pas vu son père depuis son arrivée, mais cela n'avait rien d'inhabituel. M. Gilbert ne faisait son apparition qu'au moment du dîner.

Mme Gilbert prit une gorgée de vin. Puis une autre. Elle avait l'air de vouloir disparaître dans le verre.

— Ton père n'habite plus ici.

Eliza regrettait d'être présente au moment de cette scène, mais c'était quand même bien excitant. Elle attendit que la bombe explose. Elle s'attendait à tout, genre voir Shipley grimper sur la tringle à rideau, les cheveux dressés sur la tête, dans ses sous-vêtements bien repassés et ses jeans amidonnés sans faux plis.

Shipley retira la peau de sa dinde prétranchée et en mangea un morceau. Son père n'était pas du genre à partir avec sa secrétaire. Il travaillait dur et lisait beaucoup, il faisait du ski et courait dans les marathons. Il adorait les vieux films.

— Qu'est-ce qui s'est passé ? demanda-t-elle.

Elle n'était pas très surprise.

— J'avais envie de te le dire, mais tu ne téléphones jamais, expliqua Mme Gilbert. Quand tu es partie à l'université, nous nous sommes aperçus que nous n'avions plus rien à nous dire. Ça faisait déjà un moment que nous le sentions, en tout cas moi je le savais. Ton père a suggéré que nous allions faire une thérapie conjugale, mais je ne voyais vraiment pas pourquoi. Il loue un appartement en ville près de son bureau et s'est acheté un bungalow de surf à Hawaï. J'imagine qu'il l'a eu pour une bouchée de pain, car les prix ont dégringolé après l'ouragan.

— Hawaï ? répéta Shipley.

Elle était encore en train de digérer l'information. Ainsi, ses parents n'étaient plus ensemble. Le père de Tom, lui, ne quitterait jamais sa femme. Ils étaient encore amoureux, même après toutes ces années. Mme Gilbert se servit un autre verre de vin.

— Oui, Hawaï. Il a dit qu'il t'enverrait un billet pour que tu y ailles avec lui à Noël. Il a dit aussi qu'il y avait même un endroit là-bas où on pouvait faire du ski. Un volcan, j'imagine.

Shipley coupa une autre petite aiguillette de dinde.

— Patrick adorerait ça.

— Eh bien probablement, répondit sa mère en haussant les épaules.

Eliza continuait à s'empiffrer. Elle était désolée pour la mère de Shipley mais restait scotchée sur sa chaise.

Shipley tendit la main pour attraper la bouteille de vin et se servit un verre. Puis elle se leva et alla chercher un paquet de cigarettes dans son sac ; dans le couloir, elle en alluma une avant de venir se rasseoir.

— Je ne savais pas que tu fumais, lui dit sa mère. Je ne savais même pas que tu aimais le vin. (Elle regarda la fumée faire des dessins dans l'air.) Je devrais peut-être me mettre à fumer.

Shipley fourra le paquet de cigarettes dans sa poche arrière, ennuyée que sa mère ne soit pas plus catastrophée que ça.

Eliza s'attendait à ce que l'une d'entre elles hausse le ton, lance des accusations, demande une explication, mais rien de tout cela ne se produisit. Le silence était intolérable. Elle ne pouvait pas s'empêcher de se demander ce que pouvait bien faire la mère de Shipley toute la journée, seule dans cette grande maison. Elle repassait ses sous-vête-ments ? Ou bien elle se gavait de films pornos ou jouait à la Nintendo comme une ado accro ? Elle s'était peut-être mise à la coke. À moins qu'elle ne prenne des cours de russe. Ou bien alors elle avait une collection ahurissante de joujoux d'amour, genre petits canards vibreurs à tête chercheuse et masseuse, avec douche incorporée. Et elle organi-sait des orgies ou des soirées coquines à thèmes, bref, tout ce qui pouvait exister pour les ménagères de Greenwich.

— Savez-vous ce que fait ma famille, générale-ment, à Thanksgiving ? demanda-t-elle. Maman prépare deux parfums différents de gelée aux fruits avec des mini Mars écrasés dedans, et papa fait des croquettes à la dinde avec de la chapelure et du ketchup, parce que chez nous on n'aime pas vraiment les grosses dindes entières avec la peau et les os qui dépassent de partout. Et moi, je fais un truc qu'on adore : je mets des boules de glace à la vanille dans des grands verres de Coca. Nous, c'est juste ça, ce qu'on aime manger. Une année, on a mangé des tacos…

Sa voix se brisa. Sa maman lui avait dit qu'ils ne fêteraient pas Thanksgiving si elle n'était pas avec eux. Ils étaient donc partis dans un casino, pour assister à un spectacle et jouer aux machines à sous.

— Vous voulez un peu de vin ? offrit Mme Gilbert en lui tendant la bouteille.

Elle avait l'air un peu partie.

— Non, merci. Mais si vous voulez, je peux faire réchauffer les pommes de terre avec du beurre, peut-être ? demanda Eliza. Elles sont un peu froides.

Shipley passa le reste du repas à bâiller, l'esprit préoccupé par Tom. Est-ce qu'il s'ennuyait d'elle ? Est-ce qu'en ce moment précis il peignait ? Finalement, elle ne regrettait pas de s'être déshabillée pour lui, même si elle n'aimait pas l'épisode du sac Carrefour sur la tête.

— Et si on regardait un film pour finir la soirée, par exemple *La Mélodie du bonheur ?* propose la mère de Shipley. Ça passe à la télé ce soir. Shipley et son père regardaient ce film tous les ans, expliqua-t-elle à Eliza. Je me rends compte que je ne l'ai jamais vu.

— Désolée maman. (Shipley bâilla encore et repoussa sa chaise.) Je tombe de sommeil.

Eliza la suivit au premier étage. En passant dans le couloir, elle remarqua quelque chose qui lui coupa le sifflet.

— Attends une seconde ! Viens voir ici…

Shipley soupira et revint sur ses pas.

— Quoi ?

— C'est qui, lui ?

Eliza désigna une photographie encadrée sur le mur.

C'était toute la famille, ils étaient là tous les quatre sur la plage de Sainte-Croix pendant les vacances de printemps, quelques années auparavant. Patrick portait un coupe-vent noir épais, malgré la température tropicale. Il avait le visage tout rouge et des traces de barbe blonde. Ses longs cheveux blonds hirsutes flottaient au vent.

— Oh, lui, c'est Patrick, mon frère aîné, balbutia Shipley à moitié endormie. Il est un peu bizarre.

Eliza se rapprocha encore de la photo.

— Quand l'as-tu vu pour la dernière fois ?

Shipley haussa les épaules.

— Je ne sais pas. Il est allé à Dexter, mais très vite il en est reparti. Et depuis, nous ne l'avons jamais revu. En tout cas moi, la dernière fois que je l'ai vu, c'était pour son voyage d'orientation – ça fait un petit peu plus de quatre ans, j'imagine.

Eliza fit non de la tête.

— Je peux te dire que tu te plantes complètement. Il n'est jamais parti de Dexter. Il y est encore.

13

La zen attitude avait quitté Nick. On lui avait fait la totale. D'abord, quand il avait pris l'avion à l'aéroport de Portland dans le Maine, pour aller à New York. C'était la veille de Thanksgiving, et à cause des départs en vacances son avion avait eu trois heures de retard. Et là, pas de taxi. Quand il était finalement arrivé à l'appartement, sa mère et sa sœur étaient profondément endormies dans le noir.

Pendant toute la durée du voyage, Nick avait imaginé comme ce serait bon d'aller s'écrouler dans son lit, ce havre de paix. Au cours des dix jours précédents, il avait dormi sur le plancher de sa yourte. Tom, ce connard, l'avait quasiment mis à la porte, prétextant qu'il ne pouvait pas « travailler » avec quelqu'un d'autre dans la même pièce. Enfin chez lui, Nick se fraya un chemin dans l'obscurité jusqu'à sa chambre et alluma la lumière. Son lit n'était plus là, il avait été remplacé par un futon. Il y avait un grand placard noir derrière son bureau, et sur son bureau un ordinateur Macintosh qui visiblement ne lui appartenait pas. Le futon était garni de draps propres et d'une vieille couverture, sur laquelle était posé un mot : « Bonjour, mon chéri ! Fais de beaux rêves. Je t'expliquerai tout demain matin bisous. Lol, maman. »

Le matin de Thanksgiving, il fut réveillé par une musique d'opéra et une odeur de bacon qui flottait dans l'air. Un homme chantait des arias avec des rires de Méphisto, le genre de truc beuglant et prétentieux qui vous casse les oreilles. Il enfila son pantalon et son sweat-shirt de Dexter et ouvrit la porte.

— Maman ? appela-t-il en se frottant les yeux. Maman ?

— Nous sommes dans la cuisine, chéri ! lui répondit sa mère. Viens, que je te présente Morty.

Il passa d'abord par la salle de bains. Il se doutait que Morty n'était pas un chaton, un chiot, ou un poisson rouge. Il venait d'apercevoir une paire de baskets pleines de boue dans la salle de bains.

— Salut.

Nick se tenait sur le seuil de la cuisine et se grattait la tête. Sa mère était magnifique dans son caftan indigo, avec ses cheveux blonds bouclés en cascade jusqu'à la taille. Sa petite sœur Dee Dee était assise sur ses genoux, en train de manger du bacon – du vrai bacon.

Un homme s'activait aux fourneaux, en sueur dans son survêtement, et faisait cuire une pile de tranches de bacon. Il s'essuya les mains sur son T-shirt et fit un geste de bienvenue.

— Alors, bonjour ! (Il tendit la main à Nick.) Bienvenue à la maison, et joyeux Thanksgiving ! Assieds-toi, je vais te faire cuire du bacon.

Nick regarda la main de Morty et lui offrit la sienne, encore engourdie par sa position inconfortable sur le futon.

— Je ne mange pas de viande...

— Moi, j'adore ! déclara Dee Dee en s'empiffrant.

— Alors comme ça, vous habitez ici ? demanda-t-il brutalement.

— Morty et moi, on se connaît depuis la fac, déclara sa mère en remettant Dee Dee sur ses jambes.

Elle lui tendit ses bras grands ouverts pour l'embrasser, et lorsqu'elle fit ce geste, son caftan s'ouvrit largement sur un décolleté en V. Nick détourna le regard. Elle l'entoura de ses bras et l'attira vers elle. Nick l'avait toujours laissée l'embrasser partout, lui ébouriffer les cheveux, presser son visage sur sa poitrine. Il adorait ça. Mais cette fois il se cabra, en essayant de ne pas se trouver trop serré contre elle.

— Et voilà le gros câlin que j'attendais, dit-elle en l'écrasant encore plus fort contre sa poitrine.

— Bonjour, maman.

— Ouaouh, chéri, qu'est-ce que tu es musclé !

Elle passa ses mains sur son torse, et palpa ses bras.

— Maman… protesta Nick.

— Je savais que tu étais encore en pleine croissance, ne t'inquiète pas, murmura-t-elle à son oreille. Je vais quand même te faire du tofu pour Thanksgiving.

Dee Dee se mit à courir vers lui, du bacon plein la bouche, et elle entoura les cuisses de Nick de ses petits bras. Tout cela aurait été charmant, si Morty n'avait pas affiché ce sourire paternel et suffisant. Il passa la main dans les boucles blondes de Dee Dee.

— Cette gamine me fait craquer, dit-il à Nick. J'ai une autre fille en Californie. Elle cultive des artichauts. Elle n'a jamais été aussi mignonne que cette petite.

— J'aime bien les artichauts, dit Nick en essayant de rester positif. (*Une autre fille ?*)

— Ça ne peut pas marcher, les artichauts, surtout les bios, ceux qui sont infestés de petits vers, insista Morty.

Il était chauve, réalisa Nick. Il avait arrêté de maquiller le problème en coupant les mèches frisottées qui poussaient tout autour de son crâne. Il avait l'air de porter un de ces masques de clowns en caoutchouc – gros nez, joues pommées et petite auréole de cheveux autour d'une calvitie en pâte à modeler.

— Morty est comptable, expliqua la mère de Nick. Il est en free-lance, il utilise ta chambre comme bureau.

Et ce n'était qu'une petite partie de l'histoire. Elle avait laissé de côté les éléments les plus importants, par exemple d'où venait Morty, où il dormait, et combien de temps il avait l'intention de rester. Dee Dee adorait aller dans le lit de sa maman au milieu de la nuit. Est-ce qu'elle avait encore le droit de se glisser entre maman et Morty, maintenant ?

Une petite télé blanche qui n'était pas là auparavant montrait les préparatifs de la grande parade de Thanksgiving, organisée par les grands magasins. D'énormes ballons étaient suspendus en l'air, au-dessus des arbres de Central Park. On y voyait Babar l'éléphant, la panthère rose, Goofy. Sa famille avait toujours trouvé ridicule ce genre de cirque. C'était trop commercial, il y avait trop de monde, c'était vulgaire – rien à voir avec le vrai New York.

Dee Dee se retourna et chipa un morceau de toast sur son assiette. Elle avait cinq ans, mais elle était si petite qu'on lui en donnait trois.

— Je veux y aller, je veux y aller ! se mit-elle à chanter.

— Alors, dépêche-toi, dit Morty. Va chercher ton manteau. (Il se tourna vers Nick.) Nous allons voir la parade. Est-ce que tu viens ?

Dans une version filmée de cette scène, on aurait pu voir Nick et Morty devenir plus proches parce que la petite se serait perdue dans la foule et qu'ils l'auraient retrouvée. Ou bien Morty s'étranglerait avec un bretzel géant et Nick lui sauverait la vie. Fort de cet ascendant, Nick demanderait à Morty de quitter sa mère, mais ce dernier réussirait à trouver des billets pour le concert de Paul Simon déjà complet. À la fin, Nick le prendrait dans ses bras comme le père qu'il n'avait jamais eu. Mais ce n'était pas un film.

— Maman, est-ce que toi, tu y vas ? demanda Nick.

— Je reste ici pour faire la cuisine, dit sa mère. Mais tu devrais y aller. Moi, j'ai besoin d'un peu de calme et de tranquillité.

Nick se mordit la lèvre.

— Je crois que je vais juste aller m'acheter un bagel et faire un petit tour dans le quartier. Je te donnerai un coup de main à mon retour.

Il descendit sur Broadway et acheta une brioche toute chaude aux graines de pavot, son bagel préféré, et une tasse de café noir. Il évita la foule qui suivait la parade de Central Park, se dirigea vers le parc Riverside puis vers le port, en se demandant pour la millionième fois l'effet que ça lui ferait de dormir sur un bateau ou une péniche amarrée à Manhattan. Ce n'était certainement pas la même chose que de dormir dans une yourte en pleins bois dans le Maine. Il aurait aimé parler de sa yourte avec sa mère. Il avait même apporté des photos.

« C'est formidable, mon chéri ! la voyait-il lui dire. Tu es vraiment un garçon épatant. » Il ne savait même plus pourquoi il avait construit sa yourte ; il n'avait même plus envie d'y camper. Quand il dormait dedans, il avait mal au dos, il faisait froid et il y avait des bruits – de chauve-souris, de ratons laveurs et de coups de fusil de chasse avant l'aube. Il n'y avait pas assez de lumière pour lire correctement, pas de système de chauffage, de toilettes, d'eau courante. Pas vraiment agréable.

Réflexion faite, il n'aurait jamais dû aller à la fac de Dexter. Il aurait pu choisir une université bien plus cotée, comme Columbia ou l'université de New York. Il aurait pu rester à la maison, il aurait gardé son lit, et il aurait empêché sa mère de partager le sien avec Morty.

Il songea à téléphoner à ses amis de Berkshire. Dewey et Bassett habitaient tous les deux à New York, et c'étaient de gros fumeurs de pétards. Dewey était allé à l'université de San Diego et Bassett était à l'UNH. Les revoir pouvait avoir deux effets : ou bien il réaliserait combien les choses avaient changé entre eux et ça risquait de le plomber encore plus – ce qui était difficile, vu son état de déprime –, ou bien ses potes allaient lui remonter le moral.

— Ne parle surtout pas des élections, l'avertit sa mère quand il rentra.

Morty et Dee Dee étaient encore à la parade. Elle lui tendit un panier plein de pommes de terre et un couteau à éplucher, en déclarant :

— Morty vote républicain.

— Putain ! (Nick s'attaqua à une des pommes de terre. Il éternua violemment.) Qu'est-ce qu'il y a de bien chez ce type ?

Sa mère leva les yeux du plat de tofu qu'elle faisait mariner.

— Je fais comme si je n'avais pas entendu.

Nick haussa les épaules. Il prit une autre pomme de terre et éternua de nouveau.

— Ce serait bien si tu pouvais être gentil. Morty pourrait bien être le père de Dee Dee.

Nick reposa la pomme de terre. Il avait toujours su que lui et sa sœur n'avaient pas le même père. Sa petite sœur le savait aussi. « Je suis un esprit libre », répétait souvent sa mère en riant. Il comprenait maintenant pourquoi elle avait insisté pour qu'il parte en pension. Elle lui avait expliqué que c'était mieux pour le sport, mais Nick n'avait jamais été très athlétique. La vérité, c'est qu'elle avait toujours préféré qu'il ne soit pas dans ses jambes à la maison, pour pouvoir faire venir des hommes en toute liberté. Ses grands-parents payaient ses études, il y était donc allé.

— Je t'en prie ! dit sa mère. Tu ne trouves pas ça bien que j'aie trouvé quelqu'un ?

Nick épluchait sa pomme de terre très lentement. Les épluchures tombaient sur la table comme de la peau morte. La pomme de terre toute nue était humide, glissante, dégueulasse.

— Je ne sais pas, marmonna-t-il en épluchant méthodiquement les autres pommes de terre.

Quand Morty et Dee Dee revinrent de la parade, Morty s'approcha de la mère de Nick penchée sur l'évier, et mit ses bras autour de sa taille.

— Tu aurais adoré le nouveau ballon de Goofy, lui dit-il. Un karma géant.

Il souleva ses cheveux et embrassa la base de son cou. Comme s'il savait ce que c'était, le karma !

Au cours du dîner, Nick apprit que Morty était amoureux de sa mère depuis qu'il l'avait aperçue à l'université du Maryland, où ils allaient tous les deux.

— Corinne mettait des fleurs dans ses cheveux tous les jours. Ça me rendait fou, dit-il à Nick. Mais elle avait toujours un petit ami. Je n'arrivais pas à l'approcher. Et puis nous n'avions pas le même style de vie. Bien sûr, je fumais des joints, mais ta mère, ouaouh !

Nick se demanda s'il devait aller chercher le maxi pétard que sa mère planquait dans son armoire. Il en avait salement besoin.

— On s'est rencontrés il y a environ six ans, dans un taxi. Imagine un peu, lui dit sa mère. J'allais entrer dans le taxi au moment où il en sortait. Je ne me souvenais plus de lui, mais Morty m'a reconnue.

Elle sourit à Morty, qui posa sa main sur son cœur en guise de réponse. C'était super.

— Ta mère m'a invité ici pour prendre un verre de vin. Évidemment, cinq minutes plus tard, elle me propose...

Il jeta un coup d'œil à Dee Dee. Elle était occupée à faire un trou dans sa purée de pommes de terre pour y mettre de la sauce. Morty fit le geste du fumeur qui porte un joint imaginaire à ses lèvres.

— Morty ! s'exclama la mère de Nick.

Nick repoussa le tofu au bord de son assiette. Il y avait une loi implicite entre lui et sa mère, qui consistait à ne jamais parler de défonce. Ils savaient qu'ils fumaient chacun de leur côté. Il était quasiment certain qu'elle savait qu'il lui piquait de l'herbe chaque fois qu'il était à la maison, mais elle n'en parlait jamais, et il ne disait jamais rien quand l'appartement empestait la marijuana. Maintenant, ce n'était plus un secret. Morty s'éclaircit la gorge.

— Et puis une chose en amène une autre, ta mère était déjà enceinte de ta sœur. Et moi, je n'étais pas du tout prêt à être père à ce moment-là ; j'avais déjà essayé et j'avais tout foiré. Et ta mère est une maman extraordinaire. Je savais qu'elle s'en sortirait très bien toute seule.

— Quand tu es parti à l'université et que ta sœur est entrée à l'école maternelle, je me suis sentie seule tout à coup, enchaîna la mère de Nick. J'ai téléphoné à Morty, il est venu et nous a préparé à dîner. (Elle prit la main de Morty.) Et je suis tombée amoureuse de lui. Je ne voulais pas le laisser repartir. Et ta sœur l'adore, n'est-ce pas Dee Dee ?

Dee Dee attaqua son pilon de dinde avec ses petites dents.

— Il est vraiment cool, dit-elle. (Morty la taquina en lui chatouillant les côtes et elle éclata de rire.) D'accord, d'accord. C'est lui le meilleur !

Morty se mit à rire.

— Bien sûr, maintenant je suis un peu enveloppé ; mais tous les jours, dit-il en faisant un clin d'œil à Nick et en frottant son estomac presque plat, je fais du jogging. Et je ne mange presque plus jamais de mille-feuille.

— Excusez-moi.

Nick se leva et se dirigea tout droit vers la chambre de sa mère. Elle avait réorganisé son armoire pour y mettre les vêtements de Morty. Il prit le joint géant et un énorme sac plein d'herbe dans son tiroir à chaussettes. Il alla dans sa chambre et planqua le tout dans son sac de voyage. De retour à la fac, il ne fumerait que de toutes petites quantités de cette réserve, juste de quoi faire deux ou trois joints. Mais elle, comment ferait-elle sans sa dope ? Il commença à faire le tour de sa chambre pour récupérer les livres et les affaires personnelles qu'il n'avait pas envie de laisser derrière lui. Il éternua en passant en revue les étagères poussiéreuses. *Le Zen* pouvait bien rester là, mais la collection de magazines *M.A.D.* alla directement dans le sac. Son affiche encadrée et dédicacée de Simon et Garfunkel était trop grande. Il se la ferait envoyer plus tard. Parce qu'à partir de ce week-end, il ne remettrait plus les pieds ici.

— Merci pour le repas, dit-il à sa mère quand il revint à table.

Il éternua de nouveau en visant l'assiette de Morty. Puis il sourit avec sa bouche, et pas avec les yeux, et leva son verre d'eau à moitié vide.

— Joyeux Thanksgiving !

14

Les vacances, c'est tout un état d'esprit. Vous passez la journée à préparer le repas, à tolérer votre famille et à essayer d'être agréable. Puis, quand vous vous asseyez pour manger, il y a cette chose qui n'arrête pas de vous obséder – cette chose qui fait comme un trou et qui ressemble à la faim – c'est là, vous l'avez sur le bout de la langue, et vous n'avez plus qu'à la recracher. Le résultat est inévitable : des larmes, ou du moins des cris.

Adam reprit une cuillerée de farce dans la dinde que son père avait préparée et rôtie avec amour.

— J'ai l'intention de changer de fac, annonça-t-il.

Shipley avait continué de l'esquiver depuis leurs baisers, et chaque heure qu'il passait sur le campus était une torture. Tragedy avait raison. Il n'aurait jamais dû aller à la fac de Dexter. Il aurait dû s'en aller très loin, dans un endroit où il n'aurait jamais rencontré Shipley, où il aurait été bien trop occupé à découvrir la région et à apprendre le langage, même s'il était aussi malheureux que maintenant.

— J'ai entendu dire que c'était sympa, l'Argentine, à cette période de l'année, embraya Tragedy.

Elle rapprocha le plat de dinde de son assiette, prit le couteau à découper et se tailla quatre énormes tranches de blanc bien juteuses. Elle jeta un regard à ses parents.

— N'essayez pas de le faire changer d'avis.

— Attention, chérie ! s'écria Eli Gatz, la moustache trempée de sauce. Ne te coupe surtout pas.

Ellen Gatz remplit ses pommes de terre de farce et y ajouta quelques petits pois. Ses cheveux frisés poivre et sel étaient tirés en arrière et maintenus par une pince en plastique violet qu'elle portait pour les grandes occasions.

— Et où irais-tu ?

Adam retira l'os de sa cuisse de dinde avec sa fourchette. Il avait perdu l'appétit, ces derniers temps.

— Je ne sais pas. L'université du Massachusetts ? C'est pas trop cher et pas trop loin. Je peux aussi essayer d'avoir une bourse dans une fac réputée comme, je ne sais pas, Stanford ?

— Allons bon ! s'exclama sa mère.

— Tes notes sont bonnes, mais pas si bonnes que ça, dit son père.

Adam le dévisagea... Entendre ça de la part d'un type qui n'avait pas fini ses études !

— Eh bien, cela vaut la peine d'essayer !

— *Don't cry for me Argentina. The truth is I never left you... !*

Tragedy chantait à tue-tête et se leva pour aller chercher un sac en plastique dans un tiroir de la cuisine

— Tragedy, qu'est-ce tu fabriques ? Viens te rasseoir et mange ! cria Ellen.

Tragedy revint à table avec trois pots de yaourt vides et un sac en papier froissé.

— Pas de gaspillage, ici on ne jette rien, dit-elle. Je vais porter un peu de nourriture aux affamés, si vous êtes d'accord ?

— Notre bonne petite Samaritaine ! s'exclama Ellen, qui n'avait pas l'air particulièrement contente.

Ça faisait longtemps qu'elle avait renoncé à perdre les 25 kilos qu'elle avait pris quand elle était enceinte d'Adam. Elle adorait manger.

— Je te demande seulement de laisser assez de viande de dinde pour les sandwichs de demain, dit-elle. Tu peux donner les brownies que tu as faits hier, ils m'ont donné la courante.

— Merci, dit Adam, la bouche pleine de purée de pommes de terre.

Hélène attrapa le plat de dinde avant que sa fille le vide complètement.

— Arrête avec ça, et va plutôt chercher des haricots. On a des haricots surgelés du jardin plein le congélo.

Tragedy mit ses mains sur ses hanches.

— Maman, enfin, des haricots surgelés ? Qu'est-ce qu'une personne qui n'a pas de cuisine peut bien faire avec des haricots surgelés ? Ces gens-là préféreraient un Big Mac.

— Hé bien c'est notre dîner, et nous sommes en train de le manger.

Ellen se tourna vers Adam. Comme la plupart des parents qui avaient raté leurs études, elle ne voulait pas que cela arrive à son fils.

— Il me semble que tu n'as pas pris le temps de bien y réfléchir, mon fils. Ici, à Dexter, tu fais des études gratuites et cette fac est bien mieux cotée que celle du Massachusetts. Qu'est-ce qui ne va pas ? Tu m'as dit que tu aimais bien tes professeurs.

— Je sais, dit Adam. C'est juste… je ne sais pas, c'est difficile à expliquer.

— Quoi, alors ? Est-ce que les autres sont méchants avec toi ? Tu as toujours été un peu timide.

Ellen se rembrunit. Puis son visage s'éclaira de nouveau.

— J'ai une idée ! Et si tu faisais une fête, juste après la pièce, le week-end prochain ? Invite toute la fac, si tu veux. On s'en fiche, on te laisse libre. Nous passerons la nuit chez l'oncle Laurie.

Tragedy prit un sac de haricots surgelés dans le congélateur. Elle le tourna dans ses mains et le renifla. Puis, elle le remit dans le congélateur et claqua la porte.

— Une fête ? Ça roule !

— Personne ne viendra, dit Adam calmement.

— Arrête tes conneries, répliqua Tragedy. Tu n'as qu'à dire qu'il y aura de la bière à gogo, et crois-moi, tout le monde va rappliquer.

Adam fit rouler un petit pois sur la table. Il l'envoya à sa mère. Elle le renvoya à son père, qui le renvoya à Adam.

— Allez, fiston ! On promet de ne pas être dans tes jambes, dit Eli. Et on va te filer un tonneau de bière. Mince, on va t'en donner trois !

Adam remit le petit pois sur son assiette. S'il faisait une fête, Shipley viendrait peut-être et lui donnerait une deuxième chance. Un autre baiser, peut-être.

— Il faut qu'on prépare des flyers, conseilla Tragedy. Mais faut faire ça bien, sinon personne ne viendra.

— On va faire une grosse fête !

Ellen frappa la table de ses grosses paumes de mains usées par le travail. Elle jeta un coup d'œil à Adam.

— Alors, tu veux ou tu veux pas ?

— D'accord, dit Adam. Je veux bien.

Tragedy ramassa toutes ses boîtes et les mit dans le sac à dos, qu'elle avait rempli de vêtements

chauds volés à son père. Puis elle ajouta deux bouteilles de bière maison.

Ellen donna un coup de coude dans le bras d'Eli.

— La voilà encore partie.

Eli tortilla sa moustache :

— Dis-moi mon poussin, tu ne vas pas encore
nous laisser tomber ?

Tragedy attacha le sac et le mit sur son dos. Pour
une fois, l'idée de la fugue ne lui était même pas
venue à l'esprit.

— Et manquer la fête ? Pas question !

Patrick se tenait devant la yourte de Nick. Elle
était magnifique. Des poutres en arceaux, des
murs recouverts de tissu blanc. Et surtout un plafond très haut avec un trou d'où on pouvait voir
toutes les étoiles. Il l'avait regardée toute la journée. Il n'y avait personne dedans. Presque tout le
monde avait déserté la fac, y compris sa sœur.
Mais elle avait pris la voiture, et maintenant il
était coincé, nulle part où dormir et rien à manger.
La nuit dernière, il avait dormi dans les bois.
Quand il s'était réveillé, il avait tellement de cour-
batures qu'il pouvait à peine se tenir debout. Il
ferait froid dans la tente la nuit, mais il pouvait
dormir dans le sac de couchage que le type qui
l'avait construite avait laissé, et il pourrait peut-
être faire du feu.

D'habitude, il allait dans le Sud à cette période
de l'année. La Floride, c'était épatant, à condition
de ne pas aller à Miami Beach. Si vous avez le
malheur de dormir là-bas, c'est que vous avez envie
d'aller en prison sans passer par la case départ.
Mais il était trop tard pour partir, maintenant.
Juste au moment où les choses commençaient à
devenir intéressantes.

Il se faufila dans la tente, posa son livre sur la dianétique et s'enroula dans le sac de couchage rouge, en agrippant ses jambes autour du mât qui tenait le toit. La nuit venait de tomber et on pouvait déjà voir la Grande Ourse scintiller. Le ciel était d'un violet profond. On apercevait la lumière bleutée qui brillait au-dessus du clocher de la chapelle. Il se rappela vaguement l'histoire de cette lumière qui brillait jour et nuit, vingt-quatre heures sur vingt-quatre, été comme hiver et par tous les temps. La lumière ne s'éteindrait que le jour où une fille terminerait vierge ses études à Dexter. Quand sa sœur était dans sa période de petite fille sage, elle aurait pu être candidate, mais c'était raté. Maintenant qu'elle s'était dévergondée, il commençait à l'apprécier.

— Salut, tu as faim ?

C'était la fille. Elle était debout sur le seuil de la tente.

— T'as intérêt, parce que je t'ai apporté une montagne de bouffe.

Elle avait apporté de la dinde et de la purée de pommes de terre, de la farce, des brownies et des bouteilles de bière. Patrick n'avait rien mangé depuis la veille au matin. Il ne savait pas par où commencer.

— Qu'est-ce qui est arrivé à ta Rolls-Royce, enfin ce monstre que tu conduisais ? demanda la fille.

Il prit un gâteau et le fourra tout entier dans sa bouche.

— Mec, tu m'écœures, je ne peux pas te regarder manger. (Tragedy regarda l'intérieur de la yourte.) C'est vraiment stupéfiant ici, mais tu devrais fermer le toit, il commence à faire froid.

Patrick ne disait rien. Pourquoi cette fille était-elle si gentille avec lui, alors qu'il n'avait rien fait pour mériter sa générosité ? Il ouvrit le sac contenant la dinde et dévora tout très vite. Tragedy attrapa la longue perche que Nick utilisait pour refermer le toit, et réussit à boucher le trou.

— Et voilà le travail.

Elle attendait, les mains sur les hanches, que Patrick parle. C'était le type le plus laconique qu'elle ait jamais rencontré.

— J'ai mis des couvertures et des vêtements chauds dans le sac. Mon père est un peu plus petit que toi, mais un pull c'est un pull.

Patrick ouvrit une bouteille de bière et l'engloutit avidement, en murmurant : « Mmmmmm... »

Tragedy ramassa le livre sur la dianétique, et le parcourut sans le lire. Ses mains avaient besoin d'être occupées ; elle avait oublié son Rubik's Cube.

— Tu t'en fous de savoir comment je t'ai trouvé, pourquoi je suis là avec des vêtements et de la nourriture, ou même pourquoi je me balade en pleine nuit au lieu d'être chez moi en train de manger des cuisses de dinde et de danser sur *La Fièvre du samedi soir* ?

Patrick surveillait ses mains qui tournaient les pages du livre.

— C'est mon livre, dit-il.

Tragedy le dévisagea.

— Et alors ? (Elle reposa le livre sur le sol.) Voilà. Content ?

Patrick ouvrit une autre bouteille de bière.

— Tu savais que c'était une année bissextile ? demanda-t-elle.

Patrick sirotait sa bière.

— Il se passe toujours des drôles de trucs pendant les années bissextiles.

Il haussa les épaules. Pour lui, toutes les journées se ressemblaient.

Elle se leva.

— D'accord. Bon, je vais y aller.

Elle ouvrit le portillon de toile.

— Au fait, on est jeudi soir. Thanksgiving. Alors, profite. Relaxe-toi. Tu as encore deux ou trois nuits avant que les jeunes reviennent.

Près de la yourte, Tom était enfermé dans sa chambre en train de peindre. Les Grannies lui avaient vendu assez d'ecsta pour tenir le week-end. Il lui restait six comprimés.

Pour un projet de cette taille, la surface de plancher était primordiale. Il avait poussé les deux lits au bout de la pièce – comment pourrait-il dormir, alors qu'il lui restait autant de travail à terminer ? – et il ne disposait pas de beaucoup d'espace pour tourner autour de son œuvre. Le minifrigo relégué dans le coin était rempli de lait. Il n'avait besoin de rien d'autre. De l'ecsta et du lait. La nourriture et le sommeil étaient devenus accessoires, surtout si la peinture devait être prête à la fin du week-end.

Il avait décidé de faire le portrait de Shipley en assemblant 40 petites toiles qu'il avait achetées à la boutique de la fac. Il avait pris tout le stock. Puis il avait étalé toutes les toiles sur le sol en les collant avec du double face pour faire une toile rectangulaire géante, et son but était de reproduire le portrait de Shipley qu'il avait fait en pied, telle qu'il l'avait photographiée avec le sac Carrefour sur la tête. Enfin, il avait mélangé les morceaux du puzzle pour le déstructurer, comme un jeu à peine entamé. Il avait déjà terminé quatre toiles de carrés rouges qui constituaient le bas du sac Carrefour et les seins de Shipley. Maintenant, il travaillait sur ses cheveux qui dépassaient du sac, des spaghettis de couleur prune noire, crème et mandarine.

— Je le sens ! Je le sens ! criait-il en se vautrant sur la toile.

Tout nu, il se roulait sur la toile et faisait des taches avec son pinceau coincé sous son genou.

— Roule, ma poule, disait-il en répétant cette phrase ridicule qui lui était passée par la tête.

Le téléphone sonna dans le couloir. Il avait sonné toute la journée. Il était certain que c'étaient ses parents, mais il ne pouvait pas leur parler parce qu'il y avait trop à faire. Et il n'était pas assez sûr de lui pour parler à Shipley. Il était trop tendu. Bon sang, il avait tellement envie de l'embrasser ! Il avait déjà embrassé sa photo. Il avait même essayé d'embrasser son propre pénis, mais il n'était pas assez souple. Après cette semaines de solitude – le temps de finir la peinture, il remettrait le lit à sa place –, Shipley y reviendrait, et il lui montrerait à quel point elle lui avait manqué.

Il fit un pas en arrière pour admirer ses efforts, la mâchoire crispée sur le manche de son pinceau. Tout ce qu'il avait peint jusqu'à présent était mauvais, parce qu'il s'était contenté d'envoyer un message de rage à Eliza, pour lui dire de remettre ses fringues et d'arrêter de l'emmerder. Avec Shipley, il n'était pas en train d'exprimer un point de vue ou d'envoyer un message. Il se contentait de montrer ce qu'il voyait. Ce n'était pas lui le sujet, il était le véhicule. Au début de la découverte. Bien entendu, il ne savait pas ce qu'il allait découvrir, mais il le saurait quand il l'aurait trouvé.

Quand les gens verraient sa peinture, ils ne pourraient plus jamais voir les choses de la même manière. Tout serait désormais imprégné de couleur et de beauté. Le jaune ne serait plus seulement du jaune. Le bleu ne symboliserait plus le ciel ou la mer. Il y avait du bleu sur les seins de Shipley et du jaune sur ses cuisses. Le sac rouge Carrefour n'était plus un sac rouge de chez Carrefour, *c'était la couleur rouge*. Il allait changer la vie des gens, en tout cas il allait les rendre meilleurs, toile après toile.

Il s'accroupit puis étala un soupçon de peinture grise sur la toile avec son pouce. *Ce serait bien*, pensa-t-il, *s'il y avait quelques petits tentacules mélangés à ses cheveux.*

15

C'était comme si Thanksgiving n'avait jamais eu lieu. Les journées étaient courtes. Les nuits étaient longues. Les étudiants devenaient nerveux au milieu du trimestre. Est-ce que le fait de se cramer la tête avec des bouquins de psycho risquait d'endommager les synapses ? Est-ce qu'on pouvait lire *Moby Dick* en une seule nuit ? Est-ce qu'ils auraient droit à une dissertation ou à un QCM ? Est-ce que les examens seraient évalués selon une courbe ? La bibliothèque était devenue d'un seul coup le lieu le plus populaire du campus, et la boîte à suggestions dans le réfectoire du bâtiment Coke débordait de réclamations : « Faites le café plus fort ! »

Nick n'avait toujours pas accès à sa chambre. Chaque matin, après sa douche, il venait frapper à la porte et Tom lui balançait quelques vêtements propres.

— C'est seulement pour la semaine, lui promit-il. Et tu seras content d'avoir fait ce sacrifice. Tu me remercieras.

Nick s'était demandé s'il allait retourner dormir dans sa yourte, mais il faisait vraiment trop froid, trop sombre, et pour tout dire il en était vraiment revenu. La vérité vraie, c'est qu'il avait construit la yourte pour impressionner sa mère et qu'il n'avait même pas eu l'occasion de lui en parler. Il ne voulait plus habiter là, de toute façon. Eliza lui avait donné une petite gazinière de camping, ce qui était très sympa de sa part, mais il ne l'avait pas encore sortie de la boîte.

Il fallait se rendre à l'évidence, il aurait beau se mettre en quatre, il ne serait jamais comme Laird Castle. Laird était un pur et dur, le genre de mec avec qui sa mère aurait couché à la fac. Elle se serait éclatée à dormir sous le toit ouvrant, en regardant les étoiles et en glosant jusqu'à plus soif sur les merveilles du karma. Mais dormir dehors n'était pas de tout repos – Laird en avait apporté la preuve. La grande salle commune avait une télé, et les divans étaient aussi confortables que le futon que sa mère avait mis à la place de son lit. Du moment que ce n'était que pour une semaine, il ferait avec – ou sans.

Tom ne quittait la chambre que pour aller en cours et répéter la pièce. Adam et lui connaissaient leur rôle par cœur et ils n'avaient plus que trois répétitions.

— Vous ne pouvez pas savoir à quel point je suis contente, leur dit le Pr Rosen après le filage du mercredi dans l'auditorium. Tom, j'ai d'abord douté de vous, mais je ne sais pas comment vous vous y êtes pris, vous avez définitivement découvert la bête en vous. Qu'est-ce que vous en pensez, Nicholas ?

Nick était perché sur un escabeau, pour régler les lumières. Il ne s'était pas tellement préoccupé de la répétition, parce qu'il n'avait aucune idée de ce qu'il était en train de faire. *Zoo Story* était une pièce en un acte, avec seulement deux acteurs qui ne bougeaient jamais du banc d'un parc, au centre de la scène, alors il n'avait besoin de fixer que deux spots. Son seul problème était de choisir lesquels.

Et le fait d'être complètement défoncé ne l'aidait pas du tout. L'herbe qu'il avait volée à sa mère était de la dynamite.

Il balança quelques éternuements. C'était sacrément poussiéreux là-haut.

— C'était super, dit-il. Très beau job.

Adam dit à Tom :

— Je donne une fête après la pièce, samedi. Tu devrais venir. (Il fourra ses mains dans les poches de son pantalon en laine.) Il y aura de la bière au tonneau.

Tom n'avait rien bu depuis qu'il avait découvert l'ecstasy. Il n'avait pas beaucoup mangé non plus.

— Cool, dit-il en se déboîtant nerveusement la mâchoire.

Son pantalon kaki, maculé de peinture et sans ceinture, pendait à dix centimètres en dessous du caleçon et son T-shirt blanc adhérait à son estomac creusé par la faim. Ses cheveux noirs avaient poussé n'importe comment. Il ne ressemblait en rien au jeune homme bien propre sur lui que ses parents avaient largué en août sur le campus.

— Bon, alors on a terminé, là ? demanda Tom au Pr Rosen. Parce que j'ai beaucoup de travail.

Il venait de finir les deux tiers du portrait de Shipley, mais il restait encore une grande partie à exécuter.

— Bon, alors même heure, même endroit, demain soir et vendredi. N'oubliez pas, ajouta le Pr Rosen. J'aime bien le côté débraillé, mais essayez de trouver des vêtements sans peinture partout, car votre personnage ne peint pas ! lança-t-elle à Tom au moment où il sortait.

Adam resta sur la scène.

— Est-ce que je devrai porter un costume ? demanda-t-il. Peter sort de son travail pour aller au parc. Il travaille dans un bureau. Je suppose qu'il devrait porter un costume ?

— Mettez ce que vous avez sous la main, dit le Pr Rosen. Il est assis dans le parc. Il va probablement enlever sa cravate et sa veste. Juste une jolie chemise blanche et un pantalon avec des mocassins, ça suffira. Peut-être aussi une veste de costume et une cravate, pour poser sur le banc à côté de vous.

Le seul costume qu'Adam possédât était un costume de Frankenstein qu'il avait porté trois années de suite. Et il n'avait jamais eu besoin de cravate jusqu'ici.

— Est-ce que je pourrais emprunter quelque chose au département des costumes ?

Le Pr Rosen éclata de rire. Le département théâtre était minuscule à Dexter. Adam parlait comme si on était à l'opéra.

— Vous pourriez demander à votre père ? suggéra-t-elle.

Adam avait la solution. Son père ne portait pas de cravate non plus et sa mère allait souvent chercher des vêtements chez Emmaüs ; là, on trouvait tout ce qu'on voulait.

Une des portes au rez-de-chaussée du théâtre était grande ouverte. C'étaient Shipley et Eliza, habillées en noir de la tête aux pieds – sauf les cache-oreilles roses d'Eliza –, longs manteaux noirs, bottes noires, gants noirs et chapeaux de laine noire. On aurait dit deux espionnes.

— Oh ! s'exclama Shipley quand elle vit Adam sur scène. (Elle rougit.) Je suis désolée. Nous cherchions quelqu'un d'autre.

Depuis qu'elles étaient revenues au campus, Eliza et elle étaient devenues des vraies copines. Elles s'habillaient dans des couleurs identiques ou complémentaires. Elles mangeaient ensemble dans le réfectoire. Elles allaient même faire pipi ensemble, en rigolant dans les toilettes comme des gamines.

Eliza avait eu l'idée de partir à la recherche de Patrick. Évidemment, c'était Patrick qui avait emprunté la voiture de Shipley depuis le début et qui laissait des petites notes et de la nourriture dans le coffre. C'était étonnant qu'il n'ait pas laissé de livres. Il se promenait toujours avec un livre – *Cosmos*, de Carl Sagan, *1984*, de George Orwell, *Sur la route*, de Jack Kerouac. Il s'était même promené pendant une semaine de folie à la Barbade avec *Mein Kampf*. Et il n'enlevait jamais sa veste. Quel connard ! Quand il était enfant, Patrick lui avait volé son énergie. Maintenant, il lui piquait sa voiture.

Shipley était furieuse contre lui. C'était toujours lui qui accaparait l'attention des parents, avec ses crises de nerfs. Ils couraient chez tous les spécialistes pour lui. Il avait toujours mal quelque part. Troubles du sommeil. Hyperactivité. Otites à répétition. Reflux. Cocktails de médicaments du matin au soir. Et puis, on s'était aperçu qu'il était bon en sports, alors avait commencé le défilé des coachs et des moniteurs de course à pied, de ski... On lui avait payé cinq écoles privées et il s'était débrouillé pour se faire virer de chacune d'elles. Pendant ce temps-là, Shipley, la petite sœur, essayait de se faire oublier en ne causant aucun problème à ses parents

Patrick ne savait plus qui elle était. Il n'avait jamais pris la peine de faire connaissance avec elle. Mais il s'attendait à ce qu'elle se comporte comme avant, à savoir ignorée, harcelée, minimisée. Elle craignait que sa présence ne la renvoie encore plus fort qu'avant au personnage de simple demeurée qu'elle avait joué jusqu'ici. Et sa nouvelle vie, la vie qu'elle s'était faite à Dexter, risquait de lui être retirée à cause de lui.

Elles décidèrent de lui tendre un piège en étalant les vêtements que Shipley avait achetés pour lui sur le siège avant. Cela ne prit pas longtemps. Elles étaient revenues de Greenwich le dimanche soir. Quinze minutes plus tard, la voiture était partie. Ce soir, elle était revenue.

— On va le chercher jusqu'à ce qu'on le trouve, déclara Eliza ce soir-là au dîner.

Mais Shipley n'était pas certaine de vouloir le retrouver.

Et même s'ils se retrouvaient face à face, qu'est-ce qu'il se passerait ? De toute façon, ils ne seraient jamais amis. Pourtant, elle décida de jouer le jeu, parce qu'Eliza était tellement sympa, et que c'était plus drôle que d'étudier.

— Bonjour, Shipley, lança le Pr Rosen. Vous venez de manquer une performance fabuleuse. Mais vous viendrez pour la représentation de samedi, évidemment ?

— Absolument, acquiesça Shipley en rougissant devant le regard fixe d'Adam, qui tenait la pause pour la régie lumière.

— Tom est allé à la résidence, lança Nick du haut de son escabeau. (Il éternua. Une gerbe bourrée de microbes se répandit sur la scène.) Dites, est-ce qu'il est suffisamment éclairé ? Est-ce que vous le voyez bien ?

Le bonnet de Nick était de travers. Il avait l'air très professionnel là-haut, sur son échelle. Eliza gonfla sa poitrine sous le sac de couchage noir qui lui servait de manteau.

— Je le vois parfaitement. (Elle se tourna vers Shipley.) Au fait, j'ai oublié de te dire que Tom a manqué le cours d'art, aujourd'hui. Il a raté un cours épatant. C'était vraiment top. Trop bon. Je portais un serpent qu'ils avaient trouvé au labo de biologie. J'étais comme une divinité, grave de chez grave, les sensations.

Shipley, de l'autre côté des rangées de sièges, était trop occupée à regarder Adam pour entendre ce que lui disait Eliza. Ses cheveux roux prenaient des reflets de cuivre sous le spot de lumière blanche, et ses taches de rousseur dansaient sur ses joues quand il lui sourit.

— Salut, dit-il.

Elle ouvrit la bouche et la referma.

— Je suis désolée, répéta-t-elle, et elle partit en courant, se jetant sur la grosse porte noire pour sortir.

— C'est quoi, ce cirque ? demanda Eliza en suivant Shipley au Starbucks café. Pourquoi t'es partie ?

— Je ne sais pas.

Shipley mit ses mains sur ses genoux et ferma les yeux. Elle n'arrivait plus à respirer, comme si elle avait couru trop vite.

Elle sortit un paquet de cigarettes de la poche de son manteau et en alluma une.

— Patrick n'était pas là, de toute façon. On pourrait se remettre à le chercher ?

— Dites, vous n'avez pas le droit de fumer ici ! s'écria le garçon derrière le comptoir.

Shipley lança la cigarette incandescente dans le gros cendrier.

— J'aimerais un double expresso, dit-elle au garçon. Tu prends quelque chose ? demanda-t-elle à Eliza.

— La même chose.

Eliza poussa Shipley du coude.

— Ce type, Adam. Qu'est-ce qu'il t'a fait, pourquoi tu le dépouilles comme ça ?

— N'importe quoi ! protesta Shipley. (Elle inhala l'odeur de grains d'expresso fraîchement moulus.) Enfin, pas vraiment.

Eliza sourit.

— Je le savais ! Alors toi, tu es vraiment une belle salope ! (Elle tendit la paume de sa main à Shipley.) J'adore ça, que tu la lui fasses à l'envers, à Tom. Tape m'en cinq, va, pétasse !

Shipley sourit piteusement. La haine d'Eliza pour Tom était devenue un sujet de plaisanterie constant entre elles.

— Je ne trompe personne, je t'assure, insista-t-elle. J'ai embrassé Adam une fois. Point final. Tom est mon petit ami. Tu verras. Dès qu'il aura fini son projet artistique top secret complètement déjanté, on sera comme avant.

— Bordel de merde !

Eliza désigna les hautes fenêtres du bâtiment du syndicat des étudiants. La Mercedes noire de Shipley sortait du parking, face à l'avenue Homeward, et se dirigeait vers la ville. Elle avait d'autres chats à fouetter que de se préoccuper de Patrick.

— Il ne va pas aller bien loin, il n'y a pratiquement plus d'essence dans le réservoir.

— Tu sais, si tu ne veux pas qu'il te prenne ta voiture, tu n'as qu'à garder les clés dans ta poche, au lieu de les laisser sur la roue, suggéra Eliza. Comme ça, on pourrait le coincer plus vite.

— Tu as probablement raison, répondit Shipley.

Cette fois, Patrick ne reviendrait peut-être plus. Il allait peut-être trouver le moyen d'acheter de l'essence et de se tailler pour de bon.

Elles payèrent leur expresso. Shipley tremblait violemment en buvant son café. Ça ne pouvait pas être la caféine toute seule qui lui faisait autant d'effet. Elle se dirigea vers la sortie.

— J'ai besoin d'une cigarette. On y va.

Elles se dirigèrent vers le bâtiment du syndicat des étudiants. La chorale de Dexter était rassemblée sur les marches de la chapelle et chantait des chansons de Noël. « Il est né le divin enfant, jouez hautbois, résonnez musettes ! »

Les étudiants en flots réguliers traversaient la pelouse gelée du campus en sortant par les trois grands réfectoires, et se dirigeaient vers la bibliothèque d'architecture néogréco-romaine, pour se livrer à l'activité rituelle dite « de la charrette » avant les examens. Tragedy était devant le bâtiment Coke, elle collait un flyer orange fluo sur un réverbère. Elle était habillée d'un costume de ferronnier qui appartenait à son père et portait un bonnet de ski de majorette bleu, blanc, rouge. Tout un poème.

— Cool, tes cache-oreilles ! s'écria-t-elle. Dis, Shipley, tu as vu Adam ?

— Il est dans l'auditorium. Ils viennent de terminer le filage.

Shipley pensa qu'il valait mieux ne pas lui dire qu'elle n'avait pas parlé à Adam. Tragedy n'aimerait pas.

— Bien. (Tragedy lissa le bas de l'affiche pour la coller soigneusement.) C'est bon, comme ça il va pouvoir ramener mon petit cul à la maison. (Elle fronça les sourcils et demanda à Shipley :) Sauf si vous voulez bien me ramener chez moi, toutes les deux.

Eliza poussa un grognement. Shipley la regarda :

— Désolée, ma voiture est en rade.

Tragedy passa sa main dans le rouleau de ruban adhésif, comme si c'était un bracelet.

— D'accord. Bien, on se voit samedi, dit-elle. Et n'oubliez pas d'apporter une couverture.

215

Tragedy se dirigea vers le bâtiment de verre et d'acier du syndicat des étudiants. Shipley admirait ses longues jambes. Eliza alla examiner le flyer.

— C'est une invitation à une soirée, dit-elle. Samedi soir. Le flyer est un peu ringard. Sympa quand même. De quoi boire à volonté, et des tas de jeux de société, dont le jeu du fer à cheval. (Elle éclata de rire.) Il faut venir accompagné.

Elle se tourna vers Shipley.

— Tu vas venir avec qui ?

16

Même dans la fac la plus bucolique, il y a des moments de crise où tout le monde, y compris les bâtiments, tremble d'énervement sur ses fondations. Deux fois par an, avant les examens, c'est la folie furieuse pendant la semaine des révisions : pendant sept jours, les étudiants se réunissent en petits comités ou campent dans la bibliothèque, pour essayer de faire le plein de connaissances en un minimum de temps. S'ils ont manqué des cours ou glandé trop souvent, ou s'ils ont oublié de lire certains textes fondamentaux, c'est leur dernière chance de se rattraper.

Des groupes d'étudiants se rassemblaient donc pour perpétuer ce fameux rituel à la cafétéria et s'interrogeaient de façon systématique tout en se bourrant de caféine.

— Décrivez les événements du premier jour du Débarquement.

— Décrivez brièvement un des rêves ou des fantasmes du petit Hans, dans le cas clinique célèbre de Freud.

— Définissez *logos, ethos et pathos*.

— Quelle est la surface comprise entre les deux courbes $y = x^2$ et $y = 1$?

Becky, Kelly et Brianna, les trois filles inséparables, avaient juré de renoncer aux féculents jusqu'aux vacances. Les malheureuses avaient succombé à la malédiction inéluctable des huit kilos supplémentaires que prennent tous les étudiants en première année, à cause de la nourriture, de l'alcool et du manque de sommeil. Il y avait du travail pour gommer les rondeurs qui déformaient leur sweat-shirts roses et rendaient leurs jeans trop serrés parfaitement obscènes.

— Je tuerais, pour manger une brioche, là, tout de suite, gémit Becky en fixant la vitrine de la cafèt'.

— Sois forte ! l'encouragea Kelly sincèrement.

— Plus qu'une semaine, répéta Brianna. Dites-vous que les gâteaux auront bien meilleur goût quand les examens seront terminés.

— Et quand nous serons à nouveau minces, ajouta Kelly.

— Peut-être que Lucas me remarquera, alors ? dit Becky d'une voix morne et geignarde.

— La ferme ! s'écria quelqu'un, vous ne voyez pas qu'on bosse, là ?

En dehors de la pâtisserie, les cours étaient les seuls sujets de conversation. Pour tout le monde ou presque.

La journée portes ouvertes du Portrait avait commencé à 16 heures le samedi, une heure exactement avant le lever de rideau de la pièce *Zoo Story*. La plupart des peintures exposées dans le studio d'arts plastiques étaient des nus d'Eliza, dans les positions les plus érotiques. Pour la circonstance, Eliza avait offert ses services comme serveuse et ses grosses bottes noires résonnaient sur le parquet, tandis qu'elle proposait aux visiteurs du vin dans des gobelets en plastique.

Candace et Andrew Ferguson se tenaient devant le gigantesque portrait de la petite amie de leur fils.

218

Ils étaient partis de Bedford le matin et ils venaient tout juste d'arriver sur le campus.

— On dirait une pieuvre… qu'est-ce qu'elle a dans les cheveux ? demanda Mme Ferguson à son mari. Pourquoi a-t-elle les dents bleues ? Ou alors, ce sont ses doigts ?

M. Ferguson fronça ses gros sourcils gris.

— Où est Tom ? demanda-t-il.

— Sa pièce commence dans une heure. Je suis certaine qu'on le verra après, le calma Mme Ferguson. Voici sa petite amie qui arrive. Sois gentil, supplia-t-elle. Elle est probablement très gênée de voir que son corps nu est complètement… réarrangé, surtout devant nous.

La mère de Tom supposait que Shipley avait déjà vu la peinture de Tom. Mais non…

— Bonjour ! (Shipley embrassa les parents de Tom sur les deux joues avant de se tourner vers le portrait.) Oh !

Suffoquée, elle se cacha le visage dans ses mains.

Elle n'avait pas besoin de s'inquiéter pour ses cuisses ou pour sa nudité. En dehors de la petite carte blanche collée à la base de la peinture : « Shipley, décembre 1992 », elle était quasiment méconnaissable. Toutes ses parties étaient sens dessus dessous, et aucune des couleurs du tableau n'existait dans la nature. Son nombril était un œil vert posé entre ses seins. Sa poitrine était constituée d'une grosse courge jaune trop mûre penchée vers le bas et d'un pruneau ratatiné écrasé sur le côté. Ses jambes étaient des serres de rapaces qui lui sortaient de l'estomac, et ses cheveux étaient des tentacules de pieuvre violets. Et en plein milieu, on reconnaissait l'inexplicable sac de chez Carrefour, la seule chose qui restait inchangée.

— Vous avez pu venir ?

Eliza sauta au cou de la mère et du père de Tom pour les embrasser. Elle leur versa un verre de vin à chacun.

— Qu'est-ce que tu en penses ? demanda Shipley à sa copine, en examinant la peinture de Tom.

— Ben… ça pourrait être pire, dit Eliza. Au moins, personne ne voit ta foufoune, et si on la voit, personne ne peut dire ce que c'est.

— C'est très… différent, proposa Mme Ferguson.

— Une contribution majeure, ajouta M. Zanes, le professeur d'arts plastiques de Tom, en remuant ses oreilles de cocker bourrées de touffes de poils blancs, tout en salivant sur son inévitable sucette. Vous voyez ce qui se passe, quand on lâche prise ?

— Alors pour vous, c'est bon ? demanda M. Ferguson, planté devant la peinture.

M. Zanes acquiesça, la sucette coincée dans la joue droite.

— Je le pense.

— Nous devrions être fiers ? demanda encore la mère de Tom.

— Moi, je suis fière, affirma Shipley.

Ce n'est pas parce qu'elle n'aimait pas cette peinture qu'elle n'était pas bonne, après tout.

Mme Ferguson lui toucha le coude.

— Après la pièce, nous allons dîner au restaurant de fruits de mer La Paillotte aux langoustes. Nous espérons que vous viendrez aussi ?

Ce restaurant réputé du Maine était l'endroit favori des étudiants de Dexter. C'est là qu'ils allaient avec leurs parents pour se goinfrer de langoustes entières, de palourdes farcies et de frites, et quand ils rentraient, ils puaient le poisson et la friture. La mère de Shipley n'aurait jamais mis les pieds dans un endroit pareil. Trop de graisses, trop d'odeurs, trop vulgaire.

— J'adorerais ça, dit Shipley.

Pendant ce temps-là, Tom se préparait pour la pièce à sa manière. La seule qu'il connaissait. Les Grannies n'avaient plus d'ecstasy. Il ne lui restait plus qu'à voler de l'éther dans le laboratoire de chimie.

Liam l'avait prévenu :

— L'éther, c'est autre chose, ça ne dure pas longtemps. Et il faut vraiment se bouger le cul pour en sentir les effets. Tu sors de ton corps et tu décolles très haut, mais pas longtemps.

— Ça me va, avait déclaré Tom.

Une chose était certaine, il ne pouvait pas se retrouver devant un public à faire semblant d'être poignardé, tout en se barbouillant d'hémoglobine, sans l'aide de produits chimiques.

— Moi, j'aime beaucoup la Robin des bois attitude, expliquait Grover pendant qu'ils traversaient le campus. On vole les riches et on se le redonne à nous.

— T'en fais pas, Geoff a ce qu'il faut, murmura Wills pendant que les quatre garçons se faufilaient dans le bâtiment des Sciences de Dexter.

Le bâtiment Crowley était ouvert, cela signifiait qu'il y avait probablement d'autres formes de vie sur les lieux. Geoff Walker, le spécialiste du voyage à l'éther, les attendait. Tom avait déjà aperçu ce type en train de faire son jogging autour du campus ; il reconnaissait son visage pâle, sa queue-de-cheval et sa silhouette d'anorexique surentraîné. Ainsi, ce type avait d'autres activités...

Tom appuya sur le bouton de l'ascenseur. Geoff secoua la tête d'un air grave.

— Pas par là, dit-il en indiquant la sortie de secours.

221

L'éther était enfermé dans une réserve sécurisée, dans le plus grand laboratoire du quatrième étage. Geoff avait la clé.

— Je me suis fabriqué des doubles avec mon coupe-ongles, expliqua-t-il.

— Est-ce qu'on peut accélérer le mouvement ? dit Tom. Je dois être sur scène dans une demi-heure.

À l'intérieur de la réserve, deux grosses bouteilles de verre teinté attendaient sur l'étagère. L'étiquette indiquait « Éther », et en dessous il y avait des flammes rouges avec le mot « Inflammable » en lettres noires.

— Interdiction de fumer ! avertit Geoff.

Il prit une des bouteilles sur l'étagère, dévissa le bouchon, y colla son nez et inspira une fois.

— Ah ! dit-il, en souriant pour la première fois.

Il reboucha la bouteille et la tendit à Tom. Il enveloppa l'autre bouteille dans une blouse blanche du labo et la mit prestement dans son sac à dos.

— Si t'as envie d'être bien déchiré quand tu seras là-bas, il faudra que tu le fasses juste avant d'y aller, lui conseilla Liam pendant qu'ils descendaient l'escalier. Tu en verses juste un peu sur un chiffon et tu inspires.

Tom toucha la bouteille dans sa poche.

— Pigé, dit-il.

Il avait été à cran toute la journée. Ce truc-là allait lui sauver la vie.

— Tiens, prends ça, dit Grover quand ils se retrouvèrent dehors. (Il retira le bandana rouge de sa tête rasée et le tendit à Tom.) Bonne chance, vieux !

Wills lui envoya une bourrade.

— Putain, t'es le meilleur.

Liam prit Tom dans ses bras

— Je te dis merde.

— Bonne chance, dit Geoff.

Tom se dirigea tout seul vers le bâtiment des étudiants. Le soleil couchant dégoulinait à travers la cime des arbres comme de l'Orangina sanguine dans les vieilles pubs de son enfance. On était déjà en décembre, mais il faisait anormalement doux. La pelouse était presque entièrement occupée par des étudiants surdopés à la caféine, étalés sur leurs parkas, et qui faisaient la pause au soleil couchant entre deux séances de révision. Les bois résonnaient des derniers coups de fusil des chasseurs, qui arpentaient joyeusement les forêts du Maine pour remplir leurs quotas saisonniers de chevreuils, perdrix, canards, faisans ou coyotes et ratons laveurs. À midi, la température affichait 20 °C, et pour minuit on prévoyait d'épaisses chutes de neige.

Tom avait choisi un costume très simple, un T-shirt blanc, un pantalon noir sans ceinture et ses vieilles tennis sans chaussettes. Jerry avait l'air d'être le genre de type qui s'habille à l'Armée du Salut, parce que pour trois fois rien on peut y trouver un pantalon qui dure très longtemps. Tom pensait qu'il ressemblait un peu à Marlon Brando dans l'un de ses vieux films en noir et blanc – Marlon Brando avec une bouteille d'éther dans la poche. Il accéléra le pas. Il devait se dépêcher s'il voulait être complètement défoncé avant que les lumières s'allument.

Sur le parking des visiteurs, devant le bâtiment des étudiants, Adam se pencha par la portière ouverte côté passager du pick-up de ses parents, et piqua une frite dans le cornet huileux que Tragedy avait traîné dans son sac toute la journée.

— J'y crois pas, tu as dit qu'il y aurait des jeux de société. Et le jeu du fer à cheval ? marmonna-t-il.

Tragedy leva les yeux au ciel.

— Tu vas voir, on va mettre le feu.

Eli Gatz arrêta le moteur et tira sur les coins de sa moustache grise tombante. Adam sentait que son père se faisait du souci pour lui. Eli n'avait jamais eu le cran de jouer dans une pièce, quand il était étudiant à Dexter. Le seul truc qu'il avait eu le courage de faire, à part d'embarquer Ellen, ça avait été d'enquiller les doses de LSD.

— Dis-moi, fiston, tu devrais peut-être courir te préparer, non ? dit Eli. Nous, on va rester là, le temps que ta sœur finisse son Big Mac.

Ellen était assise au milieu du siège avant encombré de paquets, ses grosses jambes coincées contre le levier de vitesse.

— Quelle bouffe dégueulasse, dit-elle d'un air dégoûté.

— À force de ne me faire manger que du bio, voilà ce qu'on récolte, ironisa Tragedy en se goin-frant.

Le regard d'Ellen esquiva les cuisses de Tragedy et s'arrêta sur la silhouette de son fils. Il portait un costume gris anthracite des années 1960 de chez Brummel, qu'elle avait trouvé chez Emmaüs. Du coup, elle s'était acheté en même temps, et pour la première fois, un manteau de fourrure en raton laveur véritable, pour presque rien.

— Tu es très élégant, mon chéri. Nous partirons chez ton oncle Laurie juste après la pièce. Alors, je te dis merde, et je te souhaite de passer une soirée formidable. Mais essayez de rester dans la grange ! demanda-t-elle. Et si tu fous le bordel dans

224

la maison et que tu mets une fille en cloque, ne viens pas te plaindre après.

— T'inquiète pas, Maman, dit Adam.

Les étudiants entraient par groupes dans le bâtiment où devait avoir lieu la représentation.

— Abracadabra, tu es un mec extra.

Tragedy traça le signe de la croix dans l'air avec une frite.

— D'accord, à tout à l'heure.

Adam boutonna le bouton du milieu de la veste de son costume et s'écarta du pick-up, le corps raide de tension nerveuse. Tom et lui connaissaient la pièce par cœur, et le Pr Rosen était tout sourires à la répétition, mais devant un vrai public – devant *elle* – ça serait une autre paire de manches.

Bizarrement, les répétitions nocturnes qui avaient eu lieu la semaine précédente avaient été presque thérapeutiques. Toutes les nuits, il sentait que sa jalousie et son ressentiment devenaient palpables, au lieu de les ruminer tout seul dans son coin. Toutes les nuits, Tom devenait de plus en plus déjanté, il parlait tout seul en mastiquant du chewing-gum comme un malade, flottant étrangement dans son pantalon de marque couvert de peinture. L'attitude de Tom donnait une lueur d'espoir à Adam. Et si Shipley préférait sortir avec quelqu'un de sain et de bien ?

Le Pr Rosen les attendait en coulisses avec deux manuscrits de *Zoo Story* sous le bras. Elle portait un pull noir à col roulé et un pantalon en velours côtelé noir. Ses cheveux brillants et coupés de frais étaient élégamment dégradés derrière les oreilles. Elle était vraiment très théâtrale.

— Peter, tu es là ?

Le professeur avait pris l'habitude de s'adresser à eux par leur nom de scène.

— Adam, je m'appelle Adam.

— Oui, bon. Jerry est là aussi. Dès que vous êtes prêts, j'entre et je vous présente.

Tom était assis sur le banc en bois du parc où Adam était supposé rester assis pendant toute la durée de la pièce, il avait un bandana rouge sur la bouche et sur le nez. Les yeux fermés, il inhalait profondément.

— Tu es malade ? demanda Adam.

Tom acquiesça, les yeux fermés. Il inhala de nouveau.

Adam sentait une odeur de solvant de peinture métallique.

— Maintenant, je vais vous présenter, dit le Pr Rosen.

Elle tenait les manuscrits de la pièce.

— Si ça peut vous rassurer de lire le texte, moi, ça m'est égal.

Adam et Tom firent signe que non.

— En tout cas, je serai là pour vous souffler si vous avez un problème.

Le professeur leur envoya un baiser.

— Bonne chance, les garçons !

Tom se leva d'un seul coup et quitta la scène. Adam s'assit sur le banc, les épaules voûtées. Les lumières s'éteignirent. Une poursuite rasa le rideau de velours rouge. À l'intérieur de la cabine de verre qui se trouvait au fond de l'auditorium ultramoderne de trois cents places, l'éternuement de Nick résonna comme un coup de tonnerre.

Au premier rang, parmi les sièges ergonomiques, le Pr Blanche, resplendissante, était assise avec le bébé Beetle endormi, suspendu à sa poitrine par une écharpe en cotonnade indienne. Les applaudissements crépitèrent quand le Pr Rosen entra sur la scène laquée de noir, devant la salle comble.

— Bonsoir mesdames, bonsoir mesdemoiselles, bonsoir messieurs. Merci d'être venus. J'ai le plaisir de vous présenter deux jeunes acteurs de grand talent, Tom Ferguson et Adam Gatz, qui vont vous interpréter *Zoo Story*, d'Édouard Albee. J'ai lu cette pièce pour la première fois quand j'étais à l'université, il y a environ cent dix ans, et depuis je ne peux plus m'en passer.

Tom jeta un coup d'œil au public, son corps le démangeait et la salive coulait des commissures de ses lèvres. Ses parents étaient assis au premier rang. Shipley était assise à côté de sa mère et lui tenait la main. Eliza était assise à côté de Shipley. Toutes les trois chuchotaient et riaient, comme des petites filles excitées.

Le Pr Rosen se trémoussait sur la pointe des pieds. Ses cheveux lui faisaient comme un casque de cuivre sous la lumière.

— Mon petit garçon de sept mois adore les bulles, dit-elle. Pour lui, je suis capable de souffler des bulles jusqu'à ce que mes lèvres craquent et que je n'en puisse plus. Il les regarde flotter dans l'air, puis éclater. Parfois, des bulles se télescopent et s'envolent jusqu'à ce qu'elles éclatent deux par deux. Cette pièce ressemble à ce jeu de bulles. D'abord parfaitement séparées, elles flottent quelques instants ensemble, puis entrent en collision, et enfin elles éclatent.

La lumière baissa. Tom referma le rideau si violemment qu'il y eut un murmure dans la foule. Il ferma les yeux, inconscient pendant peut-être trois secondes, peut-être trois heures, peut-être une semaine entière. Le rideau s'ouvrit. La pièce avait commencé.

Adam retira sa veste de costume, la plia soigneusement par le milieu et la posa sur le banc. Il desserra sa cravate, attendit quelques secondes, puis la retira complètement et la posa sur la veste. Il resta ainsi planté là tout simplement, pendant une minute, regardant le public comme s'il assistait à un match de football. Shipley était au premier rang. Il retourna s'asseoir sur le banc et regarda vers le plafond. Il prit une respiration profonde et ferma les yeux. Puis il ramassa son livre, qui n'était autre que l'exemplaire de décembre de *Muse*, le journal littéraire de Dexter qui venait d'être imprimé. Shipley avait écrit l'un des poèmes. C'était dans la table des matières : « Des années d'absence », un poème de Shipley Gilbert, page 11.

Tom titubait en arrivant sur scène, ses épaules tressaillaient, il claquait des doigts, ses genoux flageolaient et la bave coulait sur son menton fébrile.

— Je suis allé au zoo, bafouilla-t-il.

Adam cherchait la page 11, perdu dans ses pensées.

— J'ai dit : je suis allé au zoo, monsieur, je suis allé au zoo !

La voix de Tom était rauque. Les mots faisaient un gargouillis à peine audible et quelques spectateurs ricanèrent nerveusement.

Adam cherchait le poème de Shipley. Il devinait ce que disait Tom uniquement parce qu'ils connaissait la pièce par cœur.

— Hum… ? Quoi ? Comment ? Je suis désolé, c'est à moi que vous parlez ?

Tom faisait de son mieux pour garder les yeux ouverts. Il n'arrivait pas à croire que ses parents étaient là. Et Shipley, avec son visage et toutes les parties de son corps exactement à la bonne place. Elle avait l'air douce et différente, ce qui la rendait encore plus belle, mais il était incapable de l'apprécier tellement il était déchiré. L'éther, ça n'avait rien à voir avec l'ecstasy. C'était pas une drogue baisante. Ça ne réveillait pas les sens. La seule chose que ça réveillait chez lui, c'était le rythme cardiaque, mais à l'envers.

Il essuya la bave sur son menton et secoua la tête de gauche à droite pour s'empêcher de tomber dans les pommes. Honnêtement, le fait de jouer cette pièce le faisait bander à chaque fois. C'est comme si le rôle avait été écrit pour lui. Il le sentait, il le sentait partout, et même si sa bouche ne fonctionnait pas très bien, le public l'adorait, il aurait pu le jurer.

Les garçons assurèrent ainsi la première partie de la pièce en vociférant, les doigts dans le nez. Adam gardait les yeux fixés sur Tom, l'obligeant à ne pas regarder Shipley. Quand il balançait des répliques amusantes, il entendait le rire sonore de Tragedy et de ses parents, un gros rire qui venait du fond de la salle.

Tom envoya un gros crachat bien gras s'écraser au milieu de la scène, juste avant de commencer son monologue.

— Très bien. L'histoire de Jerry et le chien...

Il se lécha les lèvres et arpenta la scène en transpirant et en crachant à tout-va.

— Je vais essayer de vous expliquer qu'il est parfois nécessaire de partir très loin, à l'ouest de l'Ouest, pour pouvoir revenir dans un périmètre de sécurité acceptable...

Et il commença à raconter comment lui, Jerry, avait un problème avec le chien de sa propriétaire. Jerry habitait dans un meublé minable de Manhattan et ce chien, qui était noir, tout noir en dehors de sa constante érection d'un rouge flamboyant, grognait chaque fois que Jerry entrait ou sortait.. D'abord, Jerry avait acheté des hamburgers au chien pour l'amadouer. Comme ça ne marchait pas, il avait mis du poison dans les hamburgers. Le chien était tombé malade, mais il n'était pas mort, et finalement ils étaient devenus copains.

Il y avait un passage durant le monologue, où il devait dire les mots suivants : « érection ténébreuse exponentielle ». Quand il prononça ces mots, ce fut comme si un feu d'artifice lui explosait à travers les dents. Il n'arrivait pas à croire qu'il obtiendrait des points en plus pour ses examens grâce à ça. Il parlait d'érection à voix haute devant un public, et on lui filait des putains de points en plus, trop top !

Tout là-haut dans la cabine en verre, Nick avait une vision parfaite du premier rang. Il voyait Eliza arracher les cuticules de ses deux pouces jusqu'à saigner. Elle tirait sur un fil de son collant noir jusqu'à ce que ça fasse un gros trou et enlevait la croûte à l'intérieur du trou. Elle mâchouillait l'extrémité de ses cheveux noirs. Elle pressait ses deux poignets l'un contre l'autre, jusqu'à ce que les articulations deviennent blanches. Parfois, elle souriait. Eliza était devenue une petite star depuis que le studio d'arts plastiques avait exposé les tableaux de nus. À côté d'elle, Shipley paraissait toute petite et très blonde.

Tom était écœurant, tellement il était bon. C'est lui qui tirait toute la couverture à lui, il se déplaçait en grinçant des dents, en crachant et en gesticulant. Adam n'était pas mauvais non plus. Il était le parfait exemple du type qui contrôle ses gestes, ses paroles, ses pensées et qui ne fait jamais un pas de travers. C'était sympa de voir comment Peter aidait Jerry, rien qu'en restant assis là, à l'écouter, exactement comme lui, Nick, était en train d'aider le cinglé qui dormait dans sa yourte en n'appelant pas les vigiles de la fac.

D'abord, il y avait eu la pile de couvertures et de vêtements. Puis, il y avait eu ce livre, *La Dianétique*, que Nick avait ignoré. Il en avait marre de chercher du réconfort dans des textes d'une platitude affli-

geante. Comment pouvait-on trouver la paix inté-
rieure à partir d'une source extérieure ? Puis il y
avait eu la gazinière qu'Eliza lui avait donnée, et
que Nick avait laissée intacte dans sa boîte. Il préférait manger au réfectoire ; là, il pouvait remplir
son assiette autant de fois qu'il voulait, il y avait
des croûtons et huit sortes de sauces de salade différentes. Il n'avait même pas besoin de faire la vaisselle. Quelques jours auparavant, pourtant, il était
allé visiter la yourte et il avait vu que la gazinière
était installée. Une boîte de conserve de raviolis
encore chaude traînait sur le plancher. En tout cas,
quelqu'un s'en servait.

Tom venait de terminer son monologue-tunnel
du chien. Maintenant, lui et Adam se battaient sauvagement autour du banc.

Shipley serra la main de la maman de Tom dans
la sienne.

— Attention ! cria-t-elle. Il a un couteau !

Tout le monde dans la salle leva la tête pour
regarder. Quelques filles éclatèrent de rire. Eliza
poussa Shipley du coude.

— Mais tout ça est faux, idiote ! chuchota-t-elle
à l'oreille de Shipley.

Tom, à sa grande surprise, était un acteur redou-
tablement bon. Même sa voix était méconnaissable. Et Adam n'était pas mal non plus. Le couteau
était sur le sol. « Ramasse-le ! » Tom provoquait
Adam. « Ramasse-le et bats-toi contre moi ! »

Shipley se couvrit les yeux de sa main libre. Son
cœur battait à tout rompre. Elle regarda à travers
ses doigts. Adam se pencha et ramassa le couteau.
Elle se mit à trembler de façon incontrôlable à la
pensée d'Adam poignardant Tom. Elle retint son
souffle. Oh, c'était parfait. C'était exactement ce
qu'elle voulait ! Non, pas du tout. Oh, mon Dieu,
qu'est-ce qu'il lui arrivait ? Son corps tout entier

trembla violemment et elle laissa échapper un rire nerveux.

Tom plongea en avant et s'empala sur le couteau. C'était la scène qu'il avait toujours redoutée. Un paquet de faux sang était scotché sur son estomac. Il sentit le liquide rouge et froid sortir du paquet, et tacher sa chemise. Il suffoqua, tituba en arrière et s'écroula contre le banc. Adam sortit en courant. Tom était mourant. Noir. La pièce était terminée. Le public se leva en hurlant et en applaudissant. Blanche mit ses doigts dans sa bouche et imita le feulement strident du loup. À l'intérieur du kangourou de coton, Beetle lança un cri de jubilation.

La mère de Tom pressa l'avant-bras de Shipley.

— Il a été merveilleux, n'est-ce pas ? cria-t-elle. Oh ! Je suis tellement contente qu'on soit venus !

— Bravo ! cria le père de Tom. Bravo !

— Génial, mon fils ! vociféra Ellen Gatz dans le fond de la salle.

Là-haut, dans la cabine éclairée, Nick approuva d'un éternuement magistral. Il avait ramé avec les lumières, mais finalement il s'en était plutôt bien sorti.

Tom restait allongé à l'endroit où il était tombé, inconscient une fois de plus. Le Pr Rosen ramena Adam sur la scène pour saluer.

Adam s'agenouilla pour murmurer à l'oreille de Tom :

— Allez, réveille-toi !

Tom ne bougeait toujours pas. Shipley se couvrit la bouche avec la main. Il ne supportait toujours pas la vue du sang. Est-ce qu'il était évanoui pour de bon ?

Tom se revoyait bébé, en train de ramper dans les massifs de fleurs de sa mère. Il vit la balle de base-ball que son père lui avait donnée pour son dixième anniversaire, signée par Reggie Jackson. Il vit le pain perdu que lui et son frère cuisinaient pour leur mère le matin de la fête des mères Ils ajoutaient de la noix de muscade dans le sirop d'érable. Il revit son moniteur d'auto-école, et le sticker des automobilistes débutants. Il se revit le jour des résultats du bac. Il vit Shipley retirer ses vêtements et entrer dans le lit. Elle l'embrassait sur les lèvres, dans l'oreille.

— Debout, Tom ! répéta Adam. La pièce est finie. Rideau. On s'en va.

Tom redevint à moitié conscient. Le public lui fit une ovation quand il se remit debout, péniblement. Sa chemise blanche était tachée de sang. Ses yeux étaient réduits à deux fentes, son visage était blême. Son corps tout entier était couvert de sueur. D'un bras, il agrippa la taille d'Adam, tituba et s'accrocha de l'autre aux épaules du Pr Rosen. Adam et le professeur, soutenant Tom chacun d'un côté, saluèrent ensemble avant de le traîner dans les coulisses.

Shipley applaudissait tellement fort que ses mains lui faisaient mal.

— C'était grave bon, concéda Eliza. Mais je me demande encore ce que tu cherches chez les mecs, finalement.

— Bravo ! répétait le père de Tom sans se lasser. Bravo !

17

La deuxième meilleure solution pour gagner un paquet de fric et le dépenser, c'est de le trouver et de le dépenser. Patrick avait pris la voiture trois nuits auparavant et il ne l'avait toujours pas ramenée. Heureusement pour lui, sa sœur avait laissé son porte-monnaie sur le siège avant avec 135 dollars en liquide et sa carte American Express à l'intérieur. Son nom était suffisamment inhabituel pour qu'un garçon se l'approprie, et imiter sa signature était très facile. Elle écrivait comme un enfant de sixième. Il avait commencé par faire le plein de la voiture avec le meilleur super sans plomb. Puis il avait pris une chambre à l'hôtel Holiday Inn. Pendant les trois derniers jours, il s'était goinfré de sushis et de poulet à la sauce Nouvelle-Angleterre, en commandant au room service de l'hôtel, tout en regardant des films sur le câble. Mais le restaurant La Paillote aux langoustes était légendaire. Il avait toujours eu envie de l'essayer. Il avait pris un bain dans la baignoire, vidé tous les échantillons de shampooing et d'après-shampooing fournis par l'hôtel, et il avait mis ses nouveaux vêtements.

La Paillote aux langoustes était un endroit conçu pour les amoureux de la mer, avec un plancher sombre en teck, des filets de pêche, des cordes et des ancres de marine. Ce restaurant était unique, car il était perché sur la rivière Kennebec, particulièrement féroce à cet endroit, qui balayait de son flot sombre et rugissant les fenêtres arrière du bâtiment.

— Vous voulez des frites ou des pommes de terre au four, avec ça ?

— Des pommes de terre au four.

— De la salade ou du chou râpé ?

— De la salade, s'il vous plaît. Et un lait chocolaté, si vous en avez.

— Un Nesquick. Ce sera tout ?

Patrick s'installa à une petite table dans le coin, et dévora la salade du chef avec la sauce au fromage bleu, tout en buvant son Nesquick avec une paille. Un des préceptes de *La Dianétique* était que les plaisirs simples, comme manger un bon repas, embrasser une jolie fille, regarder un bon match de base-ball, sont une nécessité. On peut survivre sans plaisirs, mais sans plaisirs la vie ne vaut vraiment pas la peine d'être vécue. Pour lui, tout cela était plein de bon sens. Et ce restaurant de fruits de mer était une caverne d'Ali Baba pleine de plaisirs simples. Il feuilleta les pages du magazine qu'il avait trouvé dans la voiture. C'était le journal littéraire des étudiants de Dexter. L'un des poèmes était de Shipley.

« Les années d'absence

Mon frère, on dit que tu es cinglé.
Tu tiens tes bras en l'air bien écartés,
Pour garder pied, pour ne pas tomber
Dans le puits sans fond où tu t'es jeté,
Comme un géant d'ivoire dans la Voie lactée.

Je m'invite à te ressembler
Dans mon miroir pour te parler.

235

Pour moi, tu n'as plus de secrets.
Qu'as-tu fait, toutes ces années
Où je t'ai cherché, où je t'ai haï, où je t'ai aimé ? »

Quelle romantique ! Quel talent, aussi ! Il n'était plus le personnage qu'elle décrivait. C'était vrai, à l'époque où il survivait encore difficilement, et où il s'était fait virer de cette boîte privée pour la seconde fois. Cette fois, il avait volé le vélo de l'un des doyens. Au lieu de le ramener à la maison, ses parents l'avaient conduit à l'hôpital du Mont-Sinaï, à Manhattan, pour une évaluation psychiatrique complète. Il y était resté pendant deux semaines, dans une chambre privée et là, chaque jour, il était interrogé de façon très approfondie par des médecins qui lui avaient prescrit des médicaments ; il regardait *La Roue de la fortune* dans la salle de télévision et prenait ses repas avec la grande famille des malades mentaux. Il ne pouvait pas ouvrir sa fenêtre et portait des chaussures sans lacets.

Il ne savait pas combien de temps ses parents avaient l'intention de le boucler. Aussi, un après-midi, il s'échappa par un des escaliers de service. Personne ne l'arrêta. Il traversa la Cinquième Avenue et entra dans Central Park, trop content que le mois d'octobre ne soit pas trop froid et qu'il puisse marcher pieds nus, en pyjama d'hôpital. Dans le parc, il trouva une autre bicyclette et retourna à Greenwich à vélo.

Il passa par les petites routes en fouillant dans les poubelles tout le long du chemin, pour récupérer de la nourriture et des vêtements. Il était étonné de voir tout ce que les gens jetaient et il s'éclatait de pouvoir prendre tout ce qu'il voulait en toute liberté, sans être vu, à l'arrière des immeubles. La première chose qu'il avait trouvée était une chemise d'homme rose, sortant tout droit du pressing dans son emballage en plastique. C'est comme ça qu'il était devenu Pink Patrick. Il avait un truc pour les pirates, quand il était petit garçon. Les pirates volaient tant qu'ils pouvaient pour survivre et rester libres, tout comme lui maintenant. C'est pendant cette randonnée à vélo, avec cette chemise rose, qu'il était devenu Pink Patrick. C'était pas un nom gay, c'était son nom de pirate.

— Salade de la mer complète, avec steak à point, pommes de terre au four et salade verte, énonça la serveuse en lui présentant une énorme assiette de steak et de pinces de langouste.

Au milieu de la table, se trouvait un panier en plastique rouge contenant les ustensiles nécessaires pour ouvrir les langoustes, un bavoir en plastique et une pile de lingettes. Il allait en avoir besoin. On était samedi soir et le restaurant était plein.

— Je veux juste m'asseoir ! hurlait un type de l'autre côté de la salle.

Patrick leva le nez de son assiette. C'était le petit ami de sa sœur, avec sa sœur et deux personnes d'âge mûr qui devaient être les parents du petit ami.

— Bois un peu d'eau, Tom, dit Mme Ferguson à son fils. Tu es probablement déshydraté.

— Il est soûl, commenta M. Ferguson. (Il leva une main pour appeler la serveuse.) Je prendrai un whisky glaçons, et ma femme aimerait un verre de vin blanc. Un chardonnay ou un pinot, ou ce que vous avez. (Il jeta un coup d'œil à Shipley.) Deux vins blancs, et un verre de lait pour le jeune homme.

Tom posa la tête sur la table.

— Ouaouh ! gémit-il. Oh ! ouaouh !

— Tu as besoin de manger, dit Mme Ferguson en consultant le menu. Disons une belle grosse langouste, tu adores ça.

237

— On pourrait partager, suggéra Shipley en posant sa main sur le genou de Tom.

Ils ne s'étaient pas vus de la semaine. Elle était soulagée de le sentir près d'elle, même s'il n'était pas tout à fait lui-même.

Tom réagit aussitôt. Ses jambes de pantalon étaient trempées de sueur.

— Je n'ai pas très faim, marmonna-t-il.

Mme Ferguson huma son vin et en but une belle gorgée.

— C'est quoi, cette odeur épouvantable ?

— C'est le poisson, chérie, dit M. Ferguson en penchant son verre. C'est un restaurant de poissons.

— Non. C'est une odeur chimique, répliqua Mme Ferguson en reniflant l'air. On dirait du dissolvant ou de la peinture.

Shipley éprouvait la même sensation. Cette odeur, qu'elle avait sentie pendant le voyage sur le siège arrière de l'Audi des Ferguson, venait de Tom. Elle se demanda combien il fallait prendre d'ecstasy pour dégager une odeur de transpiration aussi chimique. Elle était tellement perturbée par l'odeur de Tom, et par son comportement en général, qu'elle n'avait pas remarqué que sa Mercedes était garée devant le restaurant.

Les parents de Tom commandèrent, pour commencer, deux langoustes à partager, un panier de frites, du pain à l'ail et une soupe de palourdes. La tête de Tom était vissée sur la table. Il avait l'air de dormir.

— Tom ? murmura Shipley à son oreille. (Ses lèvres frôlèrent ses cheveux.) Nous sommes au restaurant.

Tom tourna la tête et l'embrassa sur la bouche. Ses lèvres avaient un goût horrible, un mélange d'alcool camphré, d'eau de Javel et de sel. Shipley le repoussa, en rougissant.

— Je pense qu'il va bien, dit-elle à ses parents.

— Bois ton lait, fiston, ordonna M. Ferguson, et il descendit son verre de scotch d'un trait.

Tom s'assit et regarda le grand verre de lait froid. Il avait toujours adoré le lait – il ne s'en lassait jamais –, mais maintenant cette boisson lui semblait complètement étrangère. Rien ne pouvait l'exciter en dehors de l'idée d'aller respirer davantage de vapeurs d'éther, et comme la bouteille était dans la poche de son manteau, avec le bandana de Grover, il n'avait qu'à se glisser dans les toilettes des hommes, et...

— Allez, bois ça, dit M. Ferguson d'un ton ferme.

Tom fit ce que son père lui demandait. Le lait était tiède, et c'était comme s'il avalait de la fourrure. La serveuse apporta leur soupe de palourdes. Des morceaux de poisson blanc nageaient dans une sauce mi-crémeuse mi-gélatineuse.

— Et maintenant, mange ta soupe ! dit Mme Ferguson. Elle a l'air délicieuse. Je ne sais pas ce qu'ils vous donnent à manger là-bas, mais tu es maigre comme un clou.

Elle secoua la tête.

— Quand on était jeune, on avait peur de prendre du poids à la fac. (Elle sourit à Shipley et but une gorgée de vin.) N'oubliez pas de prendre vos vitamines, tous les deux. Vous êtes encore en pleine croissance.

Shipley prit sa cuiller et goûta la soupe.

— C'est délicieux, confirma-t-elle.

Elle attacha un bavoir autour du cou de Tom, prit une cuillerée de soupe dans le bol et la lui offrit.

— Allez, goûte !

Les lèvres de Tom s'écartèrent et il la laissa jouer à l'infirmière. La soupe était salée et chaude, et il n'avait pas mangé depuis plusieurs jours.

— Encore, murmura-t-il sans toucher à sa cuiller. S'il te plaît.

Patrick, de l'autre côté de la salle, regardait sa sœur nourrir son petit copain à la cuiller comme une sorte de bébé monstrueux. Elle était quand même gonflée d'écrire un poème sur le fait que c'était lui le cinglé, alors que son petit ami n'était même pas capable de manger tout seul avec une cuiller. Ce type ressemblait à cette poupée qu'elle avait et qui mangeait de la compote, faisait caca dans son petit pot, mais en version XXL. Elle avait l'air contente de le nourrir. Tellement contente qu'elle ne s'apercevait même pas qu'il la regardait. Lorsqu'il avait pris la décision d'envoyer tout péter, l'école, le sport, les repas, la télé, le train-train habituel, il était devenu complètement invisible pour la plupart des gens, la plupart du temps. En tout cas, il l'était devenu pour sa sœur.

La moitié de son assiette était restée intacte. Quand on n'a pas l'habitude de manger beaucoup, voilà ce qui arrive. Il ne pouvait plus rien avaler. Il appela la serveuse et demanda de quoi emporter les restes. L'idée lui traversa l'esprit d'aller voir les parents du petit ami pour leur demander son chemin, en faisant semblant d'ignorer sa sœur, comme s'il était un provincial paumé du Connecticut. Mais il eut la trouille. C'était plus amusant de l'espionner si elle ne savait pas qu'il était là. Ou bien elle était au courant et faisait semblant de rien. Il avait trouvé un énorme sac de vêtements pour hommes de chez Darien Sports sur le siège avant de la voiture. Il portait certains de ces vêtements. Il n'en avait pas vraiment besoin. La fille qui était venue dans cette grande tente à Thanksgiving lui avait apporté tout ce qu'il fallait en nourriture et en vête-

240

ments pour lui permettre de tenir le coup, mais, soyons honnêtes, les fringues de chez Darien avaient une autre allure.

Il relut le poème de sa sœur. Elle savait peut-être qui il était, et le poème était alors une sorte de message ? Il l'observa en glissant un œil par-dessus le journal, et il lui envoya des messages télépathiques du mieux qu'il put. *Je suis ici, est-ce que tu me vois ?* Sa sœur essuya la bouche de son petit ami, planta une paille dans son verre de lait, sans un regard dans la direction de Patrick. Il se leva avec son carton de restes sous le bras. Il mit son nouveau chapeau et ses gants, et quitta le restaurant en frôlant le dossier de sa chaise au passage.

Mme Ferguson faisait de gros efforts pour que l'attitude bizarre de Tom ne détruise pas complètement l'ambiance du dîner.

— Alors, vous vous plaisez à la fac ? demanda-t-elle à Shipley.

Shipley essuya les traces de soupe qui dégoulinaient de la lèvre inférieure de Tom et lui offrit une autre cuillerée. Elle but une gorgée de vin, et l'envie d'une cigarette devint pressante.

— C'est amusant, la façon dont on rencontre les gens à la fac, répondit-elle. On se retrouve avec des gens tellement inattendus !

— Et vous avez trouvé une bande d'amis sympathiques ? demanda Mme Ferguson, en jetant un regard perplexe à son fils.

Shipley croisa et décroisa les jambes nerveusement. On ne pouvait pas dire que Tom, Nick et Eliza constituaient une bande, c'était tout juste un trio, mais elle n'aurait pas su préciser ce qui caractérisait ce groupe.

— Oui. J'ai quelques amis sympathiques.

Elle recroisa les jambes et mangea une cuillerée de soupe avec la même cuiller qu'elle avait utilisée pour nourrir Tom. C'était un plat roboratif. Elle s'essuya la bouche pour gagner du temps.

— Je trouve ça étrange, la façon dont on fait connaissance avec les gens ; vous savez, par exemple le premier jour où je suis arrivée ici, j'ai rencontré Tom parce que j'avais signé pour participer au voyage d'orientation. Mais j'aurais pu m'engager dans d'autres voies. Que se serait-il passé si ma chambre s'était trouvée dans un autre bâtiment, ou bien si j'avais été externe ?

Elle pensait à Adam.

Mme Ferguson avait terminé son verre et essayait d'attirer l'attention de la serveuse.

— Mais vous aimez la façon dont les choses se passent ? demanda Mme Ferguson.

Elle avait l'air sincèrement concernée.

Shipley sourit à Tom. Il avait les yeux fermés, mais continuait de manger.

— Jusque-là, tout allait bien.

M. Ferguson siffla deux verres de scotch supplémentaires. Puis les frites et les langoustes arrivèrent dans une odeur forte de graisse chaude et de poisson. Tom avait dévoré toute sa soupe, plus la moitié de celle de Shipley, sans dire un mot.

— Tu veux un peu de langouste, Tom ? suggéra M. Ferguson. Tu adores les pinces de langouste.

Shipley prit le sécateur à crustacés et ouvrit une pince en deux en faisant gicler un geyser de jus sur son assiette. Elle utilisa la petite fourchette pour récupérer la chair dans la carapace et la trempa dans un bol de beurre fondu. Elle glissa la fourchette entre les lèvres de Tom. Il ouvrit les yeux et fixa la chair dégoulinante de couleur corail, d'un air halluciné.

— Elle a l'air délicieuse, cette langouste, dit sa mère d'un ton encourageant.

— Juste un petit morceau ? dit Shipley.

Tom fronça les sourcils, puis le nez, comme s'il allait éternuer. Puis il ouvrit la bouche et vomit partout sur la table. M. Ferguson repoussa sa chaise.

— Nom d'une pipe ! fiston, éructa-t-il.

Mme Ferguson prit une lingette et épongea son sweat-shirt.

— Il s'est peut-être empoisonné. On ferait mieux de le sortir d'ici.

Shipley s'était déjà levée :

— Je crois qu'il est seulement très fatigué.

Tout ce dont Tom avait besoin, c'était de l'eau avec un Alka-Seltzer et une bonne nuit de sommeil. Finalement, elle l'aurait gentiment bordé dans son lit, elle pourrait aller à la fête d'Adam en voiture et passer le reste de la soirée à rencontrer des gens qu'elle n'avait pas encore eu la chance de rencontrer, parce que trop occupée avec Tom. Et bien sûr, Adam serait là...

Il faisait plus froid, tout à coup. Mme Ferguson le ramena à la fac. La fête d'Adam devait être un succès, parce que le campus était désert. Même la chambre de Tom était silencieuse. Un étudiant japonais regardait une série enregistrée et tout le monde semblait avoir disparu. C'était une bonne chose, car le transport depuis la voiture des parents de Tom jusqu'à sa chambre était un spectacle affligeant.

Tom titubait en s'agrippant à la taille de sa mère. Malgré le bavoir, et la chemise blanche que celle-ci lui avait apportée pour le changer après le spectacle, il était couvert de vomi.

— Je t'aime maman, grommelait-il.

— On va jeter tous ces vêtements, commenta Mme Ferguson en chancelant sous le poids de son fils.

Shipley attrapa le coude de Tom.

— Allez, viens. Rentrons.

Elle essaya de récupérer les clés de la chambre de Tom dans les poches de son pantalon.

— Arrête, non...Tu me chatouilles ! suffoqua-t-il.

M. Ferguson maintenait la porte ouverte.

— Occupez-vous de lui. Je vais aller lui acheter une canette de Coca au distributeur. Et je crois que je vais donner un petit coup de fil, par la même occasion.

Il fallait se frayer un chemin parmi les tubes de peinture éventrés, les briques de lait vides, les boîtes de conserve pleines d'eau croupie, les pinceaux collés au sol. Le lit de Nick était relevé contre le mur du fond, et le sol était empesé de flaques figées de peintures écrasées. Tom s'écroula sur son lit. Shipley lui retira ses chaussures, tandis que Mme Ferguson lui ôtait son pantalon noir complètement souillé.

— Je suis allé au zoo, murmura Tom, les yeux clos.

— Et maintenant, ta chemise, lui demanda Shipley.

— Allez, l'encouragea Mme Ferguson. Aide-nous un peu, mon petit Tommy.

Elles réussirent à le déshabiller, à l'exception de ses sous-vêtements, et le bordèrent sous sa couette.

— Je suis tellement contente de voir qu'il a utilisé les parures de lit que je lui ai commandées, dit Mme Ferguson en se reculant pour regarder son fils dormir.

M. Ferguson ouvrit la porte et fit la grimace en voyant le bordel dans la chambre.

— J'ai parlé avec sa prof principale. Elle m'a dit qu'il était épuisé. Il s'est enfermé toute la semaine pour peindre cette foutue toile, et il a été trop loin.

Il se tenait sur le seuil de la porte, pas très chaud pour s'aventurer plus loin. Il avait pris un coup de vieux d'un seul coup, fatigué, perdu, les coins de sa bouche tirés vers le bas ; et ses cheveux gris, d'habitude impeccables, étaient ébouriffés d'un côté. Il ressemblait à quelqu'un qui vient d'avoir eu un accident, qui a échappé à un ouragan ou à un tsunami.

Il regarda sa montre, puis Tom.

— On avait prévu de repartir demain aux aurores, dit-il. (Il hocha la tête et secoua ses mocassins sur le linoléum.) Il faut que j'aille au bureau, putain. Je n'sais pas, ma chérie, soupira-t-il. Qu'est-ce que tu en penses ? On devrait peut-être rester un peu plus longtemps demain, pour voir comment il va ?

Il en fallait un peu plus pour déstabiliser une mère comme Mme Ferguson. Elle en avait vu d'autres. Elle avait élevé deux fils ingérables qui lui avaient fait tous les plans imaginables ; et un mari porté sur la bibine, qui se rendait tellement minable au Martini, avec ses copains de beuverie, qu'il s'évanouissait en revenant se coucher et pissait au lit sans se réveiller.

— Oh ! t'inquiète pas, il ira mieux demain.

Elle se dirigea vers le bureau de Tom et fourragea parmi les photos des parties du corps nues d'Eliza, et les Polaroids de Shipley avec son sac rouge Carrefour sur la tête.

— En tout cas, moi j'ai mon compte, et je suis mûre pour aller me coucher, annonça-t-elle en reposant les photos à l'envers sur le bureau.

Shipley s'écarta du lit et fouilla dans son sac pour prendre une cigarette.

— Je crois qu'on devrait le laisser dormir, dit-elle en sortant de la chambre.

Elle raccompagna les parents de Tom à leur voiture et les embrassa.

Malgré le comportement de Tom, c'était bon de faire davantage connaissance.

— Nous sommes à l'hôtel Holiday Inn, dit M. Ferguson. Dites à Tom de nous appeler, s'il a besoin de quelque chose.

— D'accord, dit-elle en leur souhaitant une bonne nuit de sommeil.

Il n'était que 9 heures du soir. La soirée d'Adam ne faisait que commencer, probablement. Elle pouvait passer prendre une bière, fumer quelques cigarettes, et peut-être même parler un peu avec Adam. Elle pouvait même essayer de jouer au jeu du fer à cheval.

Shipley se dirigea vers le parking pour prendre sa voiture, mais elle n'était plus là. Elle éclata en pleurs en retournant dans sa chambre. Il y avait une cabine téléphonique à l'entrée. Elle prit le combiné, lut les numéros du campus inscrits sur le mur, et fit le numéro qu'elle cherchait.

— Service de sécurité de Dexter, répondit une voix acerbe.

— Oui, dit Shipley d'un ton détaché. Je signale un vol. Ma voiture. Elle a été volée.

18

Le soleil s'était levé à 5 heures, et il y avait dans l'air ce calme suave et sournois d'avant la tempête. À 7 heures, la température avait chuté de façon spectaculaire. Maintenant, il était 9 heures et demie et il gelait presque. Adam s'assit dans le rocking-chair jaune sous la véranda, les mains dans les poches de sa veste de ski. Dans l'après-midi, Eli avait apporté trois tonneaux de bière et les avait calés sur de la glace dans le grand râtelier de la grange. Tragedy avait écrit le mot « bière » en grosses lettres noires, sur une pancarte fléchée en direction de la grange, pour canaliser les visiteurs en dehors de la maison.

Tragedy avait parfaitement réussi sa campagne de publicité. La pelouse était entièrement occupée par des voitures, et la grange était bondée. Adam aimait bien l'idée que la fête se déroule malgré lui, l'hôte invisible. Les gens n'avaient besoin que d'un endroit pour aller faire la fête et boire comme des trous. C'étaient les invités qui créaient l'atmosphère, donnaient le ton et déclenchaient la série de hasards et de circonstances qui s'ensuivraient.

Un corbeau noir solitaire croassait ses prophéties du haut du toit de la grange. Tout à coup, l'air résonna des premières bribes musicales. C'était les Grannies, qui jouaient *Eyes of the World* dans la

247

grange : « *Sometimes, we live no particular way but our own. And sometimes, we visit your country and live in your home.* »

Adam se balançait sur sa chaise, en attendant patiemment. *Elle va venir*, se disait-il, *il faut qu'elle vienne*. Même si elle venait avec Tom, il pourrait toujours se débrouiller pour lui parler quelques instants. Il lui montrerait sa chambre, l'atelier de ferronnerie de son père. Les filles adoraient les trucs comme ça.

— Hé, *loser* ! lui cria Tragedy plantée devant la porte ouverte de la grange. Qu'est-ce que tu fous ? Tu veux une bière ?

Tout ce foin dans la grange faisait éternuer Nick, mais c'était bon de ne plus être sur le campus, surtout après la semaine épouvantable des révisions et le travail de régie lumière pour le spectacle du Pr Rosen, qui lui avait vraiment mis les nerfs à rude épreuve. Il s'était tellement concentré pour faire du bon travail qu'il avait oublié de fumer ses pétards habituels toute la journée, et c'était une grande première pour lui.

Sea Bass et Damascus assuraient la distribution de bière. La méthode était simple : Damascus était allongé par terre au pied de son copain, qui lui mettait d'abord l'entonnoir de plastique rouge dans la bouche, le même qu'on utilise pour le fioul ou l'essence. Sea Bass faisait couler la bière par un long tuyau de caoutchouc dans l'entonnoir, et le tour était joué. Facile.

— Dis, tu sais ce que j'aimerais pour Noël ? dit Sea Bass, pendant que son copain avalait la bière à grandes goulées. Un truc, tu sais, pour faire des cocktails et des smoothies aux fruits, pour mettre dans notre chambre !

248

Le tonneau faisait des bruits de siphon. Damascus siphonnait encore et encore. Finalement, il agrippa la jambe de Sea Bass, pour signaler qu'il en avait assez. Sea Bass ferma le robinet. Damascus s'assit et balança un énorme rot.

— À ton tour, dit-il en tendant l'entonnoir à Nick.

Nick secoua la tête.

— Pas question, mon vieux.

Il se servit deux tiers d'un gobelet en plastique de bière. Des moutons de poussière volaient sur le sol de la grange. Il éternua et aspergea le tonneau de bière par la même occasion.

— Je ne peux pas m'allonger par terre. J'ai le rhume des foins.

— C'est bon, je prends sa place.

Eliza prit l'entonnoir des mains de Damascus et s'allongea sur le sol.

Nick la regardait, penché au-dessus d'elle. Elle était furieuse contre lui, mais il ne savait pas pourquoi. Et voilà qu'elle allait se rendre malade, juste pour lui pourrir la vie.

Eliza posa sa tête sur les cuisses de Damascus et mit le bout de l'entonnoir dans sa bouche. Sea Bass ouvrit le robinet et fit couler la bière. Le liquide froid lui chatouillait les amygdales. Elle fit comme si elle était chez le dentiste sauf que, au lieu de cracher, le dentiste lui demandait de boire et de faire glou, glou et glou.

— Très bien !

Damascus prit la base de sa tête entre ses mains. Ses doigts étaient chauds et rassurants sur son crâne. Eliza ferma les yeux et continua d'avaler.

— Cool, cool !

Elle n'avait pas dîné, mais maintenant elle se bourrait à la bière. Ça lui remplissait le ventre et ça descendait jusqu'en bas de sa culotte. Quand on était couché, même le goût était plutôt sympa. Si on lui avait donné des petits pots de gratin dauphinois en la faisant manger couchée quand elle était bébé, elle aurait peut-être pu manger sans faire d'histoires.

— Cool, renchérit Damascus, cool !

Finalement, quand elle éructa un petit gargouillis, Sea Bass ferma le robinet. Damascus l'aida à se rasseoir.

— Ça va ? (Il l'entoura gentiment de son bras.) Tu vas gerber ?

Eliza s'essuya la bouche du revers de la main. Elle secoua la tête, agrippa ses genoux avec ses mains pour se stabiliser. Son centre de gravité s'était déplacé. La grange penchait dangereusement.

Nick lui tendit la main.

— Allez, viens, dit-il, on va prendre l'air.

Il la mena jusqu'à la porte de la grange et la plaqua contre l'encadrement. Sa grande frange noire lui descendait sur les yeux. Elle avait besoin d'une bonne coupe de cheveux.

« *They're dancin', dancin' in the streets* », chantait Grover en agitant son tambourin.

Les Grannies avaient installé leurs instruments dans un coin de la grange, et ils interprétaient leurs chansons favorites des Grateful Dead. Les trois Grannies avaient sniffé copieusement la bouteille d'éther de Geoff et leur jeu s'en ressentait lourdement. Longs hurlements déchirants entrecoupés de solos de batterie intempestifs, trous de mémoire et improvisations délirantes rendaient les chansons méconnaissables.

Le manteau noir-sac de couchage omniprésent d'Eliza était grand ouvert. Dessous, elle portait un short blanc sur un collant noir complètement déchiré.

250

— Je déteste cette musique, dit-elle avec un grand rot.

En dehors des Grannies, personne à Dexter n'aimait The Grateful Dead. Tout le monde était plutôt branché Nirvana, Jane's Addiction et R.E.M.

On entendait çà et là le bruit métallique des fers à cheval qui s'entrechoquaient et les cris des joueurs. Tragedy avait installé une aire de jeu dans la bergerie qui se trouvait juste derrière la grange. Il y avait là toute une équipe d'amateurs de ce jeu ancestral, qu'on appelle « le jeu du fer à cheval ».

— Tu veux y jouer ? demanda Nick.

Eliza secoua la tête, plaqua sa main sur sa bouche, fit quelques pas hésitants dans le froid. Et gerba le tout dans l'herbe.

— Oh, mon Dieu !, dit-elle en suffoquant et en s'essuyant la bouche, je me sens tellement mieux !

Un tuyau d'arrosage vert soigneusement enroulé était suspendu à un crochet près de la porte de la grange. Nick posa sa bière, ouvrit le robinet et lui tendit le jet d'eau.

— Voilà, dit-il, bois !

Eliza aspira quelques gorgées tout doucement, puis elle pencha la tête en arrière, se gargarisa et recracha. Elle lui rendit le jet d'eau. Impec. Comme neuve.

Nick ferma le jet d'eau et remit le tuyau sur son crochet. Eliza s'appuya contre l'encadrement de la porte, en respirant profondément l'air frais de la nuit. Nick la rejoignit et, debout à côté d'elle, scruta l'obscurité. Les lumières de la cuisine étaient allumées dans la ferme à côté et quelqu'un était assis sur le rocking-chair de la véranda.

— Il paraît qu'il va neiger cette nuit, tu sais, dit-il, de la neige en masse.

— Merci beaucoup, nous voilà en pleine tempête !

Eliza prit son bras et l'attira vers elle. Elle se haussa sur la pointe des pieds et pressa sa bouche sur la sienne. Sa langue essayait en vain de lui entrouvrir les dents.

Nick se dégagea.

— Hé, mais qu'est-ce que tu fais ?

Elle haussa les épaules.

— Je veux simplement faire l'amour avec toi, est-ce que c'est trop demander ? Tu peux voir ça comme un acte de charité chrétienne, une bonne action en somme. Et ne me soûle pas en me racontant que tu te gardes vierge pour quelqu'un, parce que c'est des conneries. Si la personne en question ne veut pas de toi en ce moment, pourquoi veux-tu qu'elle change d'avis ? Réfléchis, Simplet !

Nick la dévisagea un instant, fou de rage. Mais elle avait raison, au fond. Il s'était gardé pur et dur et intact pour Shipley, ce qui était ridicule. Shipley n'était même pas là, et même si elle avait été là, ce serait avec quelqu'un d'autre. Eliza était là et bien là, et elle le voulait, lui. De plus, elle était devenue quasiment un *sex symbol* du jour au lendemain à la fac, depuis que ses portraits nus avaient été exposés dans le studio d'arts plastiques. Même Sea Bass et Damascus lui faisaient du rentre-dedans.

Il ramassa son gobelet de bière et siffla ce qui restait. C'était plutôt un bon point pour lui qu'il n'ait pas fumé d'herbe aujourd'hui.

— D'accord, acquiesça-t-il, et il éternua un grand coup. Allons-y.

— Je t'avais bien dit que les gens viendraient.

Tragedy tendit un gobelet de bière à Adam.

— Ouais.

Adam but une gorgée.

— C'est vrai qu'il y a beaucoup de monde.

— Mais pas forcément les bonnes personnes, observa Tragedy. (Elle récupéra son Rubik's Cube sur les marches de la véranda et se mit à jouer avec, frissonnant dans sa robe blanche trop légère.) Brrr !

Elle entra dans la maison et revint avec le manteau de fourrure en raton laveur d'Ellen sur le dos. Elle était superbe, avec ses bottes en caoutchouc noir.

— Moi, à ta place, j'irais chercher fortune du côté du chat noir, j'irais faire un tour du côté des dortoirs, pour voir si la belle a vraiment peur du noir.

— Faut voir, dit Adam. (Il regarda sa sœur, les yeux brillants et pleins d'espoir.) Tu crois vraiment ?

Tragedy jouait avec son Rubik's Cube.

— Je t'en prie, arrête de te morfondre et fiche-moi le camp d'ici. Et ne reviens pas avant de l'avoir trouvée.

Adam se leva et le rocking-chair continua à se balancer.

— C'est toi qui rentreras les moutons ? (Il remonta la fermeture Éclair de son manteau et chercha les clés de la voiture dans sa poche.) Et n'oublie pas les chatons. Il ne faut pas les laisser dehors, s'il fait trop froid.

— Je ne suis pas débile, dit Tragedy.

— D'accord, j'y vais.

Adam fit un beau sourire de crétin à sa sœur.

— Amuse-toi bien.

— Ouais, toi aussi, dit-elle en tendant son majeur pointé vers le ciel, genre « Va te faire voir ».

Il faisait de plus en plus froid, le ciel était un mélange de gris foncé et de lueurs orange. Sur la route, les lumières rouges des feux arrière de la VW d'Adam disparurent. Tragedy jeta le cube sur le rocking-chair et se dirigea vers la grange.

C'était une fête épatante. La musique tournait à fond les gamelles et tout le monde était trop soûl pour se rendre compte qu'il faisait un froid de gueux. Le bruit des fers à cheval résonnait dans l'air chargé de poussière de foin.

— Salut, ma beauté !

Un type l'accueillit avec une énorme côtelette de mouton dans une main et un verre de bière dans l'autre, qu'il lui tendit.

— Je m'appelle Sea Bass, dit-il d'un air coquin avec un sourire lascif. Et voici Damascus.

Un grand balèze avec une masse de cheveux frisés lui jeta un regard libidineux.

— Un p'tit coup d'entonnoir ?

Nick grimpa derrière Eliza sur l'échelle de meunier branlante qui conduisait au grenier à foin. Les planches de l'échelle étaient pourries et à travers les trous ils pouvaient voir tous les participants de la teuf. Quatre ampoules nues se balançaient en haut des poutres de la grange ; des balles de poussière argentée tournoyaient dans l'air, étincelantes dans la lumière jaune crue. L'arrivée de la neige était presque palpable, maintenant. Les gens étaient rassemblés autour des tonneaux de bière comme s'il s'agissait d'un feu de camp, et ils avaient jeté sur leurs épaules des couvertures poussiéreuses en laine mitée, qu'ils avaient trouvées dans l'écurie.

— Ce serait bien si on avait une couverture, fit remarquer Eliza.

Le foin était doux sous les pieds, mais il vous écorchait la peau.

Les rares fois où elle avait fait l'amour, c'était dans sa chambre et sur ses draps bleus et roses de Cendrillon. Un pur sacrilège. Elle ôta son manteau et l'étala sur une botte de foin.

Les mains dans les poches, Nick la regardait.

— Tu ne vas pas te mettre toute nue, dis-moi ?

— Disons un petit peu à poil, dit Eliza en riant.

Elle déboutonna son cardigan. Ses cheveux noirs caressaient la pâleur de son décolleté.

— Tu es vraiment très belle, dit-il.

— Vraiment ?

Elle plia son pull et le posa sur une botte de foin. Puis elle retira le haut, son T-shirt.

— Est-ce que je dois prendre ça comme un compliment ?

Elle retira le bas. Avec son soutien-gorge rouge et son collant noir troué, elle ressemblait à une acrobate de cirque. Nick enchaîna plusieurs salves d'éternuements. Il s'essuya le nez du revers de la main.

— Désolé, je sais que mes allergies ne sont pas très sexy.

— Pour moi, oui.

Ses yeux étaient injectés de sang et son nez était complètement congestionné. Il avait une petite cicatrice rose entre les sourcils, là où il s'était blessé pendant le voyage d'orientation, le premier jour où ils s'étaient rencontrés. Eliza essuya la morve qui coulait de son nez. Elle jeta par terre son ridicule bonnet à pattes.

— Tu es probablement allergique à ce foutu chapeau en poil de… va savoir quoi, dit-elle en le tirant vers elle pour pouvoir l'embrasser dans le cou.

— Tu es vraiment jolie, répéta Nick en écartant l'élastique de son slip.

Sous leurs pieds, les Grannies mettaient le feu à la chanson :

« *There's a dragon with matches*
that's loose on the town.
Takes a whole pail of water
just to cool him down… »

Eliza déboutonna le jean de Nick et le fit descendre jusqu'à ses chevilles.

— Il faut que tu enlèves tes chaussures.

Nick était penché au-dessus d'elle, et son T-shirt Fruit of the Loom était déformé par une érection qui le faisait ressembler à une sorte de licorne, sauf que la corne n'était pas à la bonne place.

Il se pencha pour délacer ses chaussures.

— Je vais probablement faire un urticaire géant.

Eliza ne s'attendait pas à ce qu'il fasse sa chochotte.

— Tu as construit ta yourte tout seul, lui dit-elle en le renversant sur le dos.

Elle lui retira ses chaussures et fit valser le pantalon en même temps.

— Arrête ces niaiseries. Ça fait trop longtemps que j'attends.

Nick éternua violemment.

— C'est bon, c'est bon, dit-il et il roula sur son manteau.

C'était franchement confortable, même s'il était aussi allergique aux plumes.

— J'ai apporté des capotes et tout ce qu'il faut, annonça Eliza. Je les ai eues à l'infirmerie.

Elle en prit une dans la poche de son short et lut ce qui était écrit sur l'emballage.

— Tu seras content de savoir que ces capotes sont servies avec une sauce spéciale, qui est à la fois antigermes, antisperme et antidérapante. Oh, et elle sont aussi crantées, comme les chips…

Nick éternua encore plus violemment.

— Là, je suis bon pour l'urticaire.

— Oh, putain !

Eliza lui lança le préservatif. Elle retira son slip et le lui jeta à la figure.

— Tu veux le faire, oui ou non ?

Nick éternua de nouveau. Il ouvrit les bras.

— Viens ici, dit-il. Tu vas attraper froid. Viens au chaud !

Eliza éclata de rire et atterrit sur lui, faisant tomber une avalanche de foin sur la tête de ceux qui se trouvaient en dessous.

— Finalement, je sens que c'est chaud.

Sa grosse allumette lui titillait le nombril. Elle la prit en main.

— C'est chaud, de plus en plus chaud. Brûlant !

— Très bien ! Je voudrais féliciter ceux qui sont en train de procéder à la mise à feu là-haut ! hurla l'un des Grannies.

— Éclatez-vous bien, allez-y !

Quand on attend que la neige tombe, c'est comme si on attendait qu'une fleur s'ouvre. Il suffit de se gratter le nez, et on rate le premier flocon. Un autre instant de distraction, et le ciel est déjà blanc comme une soupière.

Il était presque 11 heures du soir. La porte de la grange s'ouvrit. Des gros flocons de neige tombaient du ciel comme un chœur d'anges en papier. Quelques minutes plus tôt, la maison des Gatz, qui se trouvait à moins de cent mètres, était parfaitement visible. Maintenant, elle avait disparu dans le blanc à l'infini.

— J'ai bien l'impression qu'on va rester bloqués ici pendant un bon moment, fit observer Geoff en faisant danser la bouteille d'éther dans ses mains squelettiques.

— C'est le moment de faire un petit break !

Wills posa sa guitare et remonta les pans de sa longue tunique jaune, comme s'il se préparait pour un match de boxe ou un pugilat. Il fit un nœud et Geoff versa de l'éther dessus. Wills se pencha pour le sniffer. Grover tendit une des bretelles de sa salopette et Geoff versa de l'éther dessus aussi.

— C'est quoi ce truc-là ? demanda Tragedy, déjà bien partie.

— Cherche pas, c'est pas pour toi, lui lança Sea Bass. Reste sur la bière.

— Il n'y a rien de pire que de redescendre d'un trip à l'éther, commenta Damascus. Et en plus, ça pue un max.

— L'éther, c'est pas cool, confirma Sébastien d'un ton définitif.

Tragedy n'aimait pas qu'on lui dise ce qui était cool et ce qui ne l'était pas. Elle préférait prendre sa décision elle-même. Comme pour le jeu du fer à cheval, par exemple.

Tout ce qu'il fallait savoir sur la drogue, elle l'avait appris à l'école. On s'ennuyait tellement, dans cette ville ! Tout le monde en prenait. Mais pas elle. Ses parents en avaient tellement consommé, quand ils étaient à la fac, qu'ils avaient le cerveau quasiment cramé. C'était nul, la drogue. Mais l'éther, c'était différent. C'était pas des comprimés, de la poudre ou de l'herbe à la con.

— Je peux essayer ? demanda-t-elle à Geoff.

Geoff admira le visage magnifique de Tragedy, sa somptueuse chevelure sombre, son corps de rêve mal ficelé dans une robe d'été blanche ringarde, et engoncé dans un manteau de fourrure en raton laveur mité.

Il admira ses bottes de fermière en caoutchouc noir et ses beaux genoux bronzés.

— Tu ressembles à un mannequin, dit-il.

Elle tendit la main vers la bouteille d'éther.

— Allez. Dis-moi seulement ce que je dois faire.

Geoff lui donna la bouteille. Il fouilla dans sa poche et en sortit un chiffon.

— Verses-en un peu là-dessus, mets-le sur ton nez et respire.

Tragedy fit comme on lui avait dit. Adam allait flipper comme un malade quand il rentrerait et la trouverait complètement déchirée. Après tout, c'était lui le boss, lui qui faisait le baby-sitting ! Elle trempa le chiffon dans le liquide clair et toxique et le porta à ses narines. Elle ferma les yeux et sniffa longtemps, jusqu'à ce que le monstre qui battait la chamade dans sa tête la consume.

Les Grannies reprirent leurs instruments.

— Quel blizzard de merde ! cria Wills avant de jouer les premières mesures d'une chanson très *uptempo*, qui n'avait probablement pas été écrite par les Grateful Dead – à moins que...

Tragedy ferma les yeux et tomba dans une sorte de transe extatique. Chaque poil de son corps vibrait intensément. À moins que ce ne soit le raton laveur qui revînt à la vie.

— Tu te sens comment ? demanda Sea Bass.

— On t'avait prévenue que l'éther, c'était dégueulasse, renchérit Damascus.

— Vous pouvez pas savoir l'effet que ça fait, souffla Tragedy, les yeux obstinément fermés.

Elle entendait les chatons faire leurs griffes de l'autre côté du mur de la grange. Elle entendait les moutons ruminer dans le parc. Elle renversa la bouteille sur le chiffon et sniffa une fois de plus ; elle aimait ce blitz de sensations cliniques qui lui déchiraient les sinus.

« Scratch... Scratch... Bê-bêe... »

Elle ouvrit les yeux. Dehors, le paysage était d'un blanc brillant, poudré comme un pull en angora. Toutes ces heures qu'elle avait passées à voyager dans son imaginaire en lisant des guides touristiques. Tout ce temps passé à prétendre qu'elle escaladait les montagnes du Népal, qu'elle glissait sur des traîneaux tirés par des chiens en Alaska, et voilà qu'elle se retrouvait dans sa cour devant le spectacle le plus étrange et le plus extravagant que l'on puisse fantasmer. Le visage de Geoff apparut devant elle, et ses yeux affamés étaient enfoncés dans les orbites. Il leva le pouce en signe de solidarité silencieuse. Ou bien il lui disait quelque chose que Tragedy n'entendait pas.

Hypnotisée par toute cette blancheur, elle sortit en titubant de la grange. Les flocons de neige tombaient du ciel et se nichaient sur ses cils. Les moutons trépignèrent et la fixèrent quand elle passa devant la barrière ; ils auraient dû être rentrés depuis longtemps.

Elle tendit les mains. Les flocons de neige hurlaient en tombant du ciel et en fondant sur sa peau nue. La cour était recouverte d'un gros manteau de neige. La maison disparaissait dans un spectre de brume blanche, si blanche, si blanche...

— Je m'en vais là-bas ! cria-t-elle.

Elle traversa la cour, passa derrière la maison et se précipita dans les bois. Il faisait plus froid, d'un seul coup. Des milliers de cristaux de glace se plantaient dans sa peau nue en éclaboussant l'épaisse fourrure de son manteau. Autour d'elle, les grands arbres dénudés et distants tanguaient en frémissant. Elle avait arpenté ces bois pratiquement tous les jours de sa vie, mais ce soir elle ne reconnaissait plus rien. Ce serait vraiment le diable si elle se perdait.

19

Le cursus de base, pour un étudiant en première année en sciences humaines, dans une université comme Dexter, comprend généralement les éléments suivants : géologie, littérature anglaise, les Romantiques, écriture créative, poésie, sensibilisation à la musique. L'examen de littérature anglaise du premier semestre comporte deux dissertations et quatre questions, qu'il faut résumer en un bref paragraphe. N'oublions pas la partie grammaticale qui va mettre à rude épreuve tout ceux qui ont cru jusqu'à présent que le gérondif, le phonème, la conjonction, les locutions et conditionnels périphrastiques étaient des maladies rares. L'examen de géologie est un exercice de pure mémorisation, puisqu'il faut par exemple identifier quatorze sortes de roches différentes. En revanche, la musique est une partie de plaisir, puisque l'on peut étudier pendant son sommeil. En écoutant toute la nuit à bas volume les concertos de Mozart, Bach, Chopin et Beethoven, vous devez être capables de les identifier le lendemain matin.

Shipley était assise à son bureau dans sa chambre. Elle écoutait une compil des compositeurs incontournables en regardant tomber la neige. De temps à autre, elle jetait un œil sur l'anthologie des poètes romantiques, ouverte sur le poème de John

Keats, « *When I Have Fears* ». Il était presque minuit, et la neige tombait de plus de plus en plus dru. Elle devait être la seule étudiante du campus en train de travailler. La soirée d'Adam avait probablement dégénéré en coucherie géante, puisque personne ne pouvait revenir en voiture dans la neige. Il y avait toutes les chances qu'Adam ait succombé aux charmes d'une fille soûle et entreprenante, qui avait déjà commencé ses révisions en octobre. Évidemment, elle aurait pu emprunter la Jeep de Tom. Elle roulait mieux dans la neige que la Mercedes, de toute façon. Mais il valait mieux ne pas déranger Tom.

Tout à coup, à travers les envolées musicales du final de la *Symphonie pastorale,* elle détecta le son dissonant de quelqu'un qui frappait à la porte.

— Qui est-ce ? demanda-t-elle, en se rasseyant très droite.

La porte s'entrouvrit légèrement.

— Shipley ? Tu es là ?

Un court instant, Shipley eut l'impression de retomber dans un de ses rêves éveillés, les rêves pornographiques qu'elle faisait avant d'aller à l'université. Un bel étranger, grand et mince, entrait dans sa chambre pendant qu'elle était à moitié endormie dans son lit ; le jeune homme s'était trompé de chambre et croyait être dans la sienne. Il se déshabillait jusqu'au caleçon, et pratiquait sa routine sportive d'étirements, car il faisait partie de l'équipe de foot de la fac. Tous les gestes les plus animaux des arts martiaux y passaient, grognements à la clé. Enfin, il entrait dans le lit et, agréablement surpris de trouver le lit occupé par Shipley elle-même, lui faisait l'amour passionnément en la prenant par derrière. Le lendemain matin, au moment où elle se réveillait, il était en train de lui caresser les cheveux en la contemplant avec adoration.

« Comment t'appelles-tu ? » dirait-il.

— C'est Adam.

Shipley se tourna vers la porte.

— Adam ?

— Je t'ai attendue, dit-il en entrant dans la chambre. (Les épaules de sa parka bleue étaient constellées de flocons de neige.) Finalement, j'ai décidé de venir te chercher.

La vérité, c'est qu'Adam avait tourné tout autour du campus de Dexter pendant plus de deux heures, avant de se décider. La visibilité était devenue tellement mauvaise qu'il avait fini par se garer. Et maintenant, il était là, et – miracle – elle était là aussi.

— C'est fou, toute cette neige, dit-elle en refermant son livre.

Chopin entamait une série de trilles au piano. Le *Nocturne opus 37, Andantino*. Beethoven avait terminé son final sans qu'elle l'ait remarqué.

Adam baissa à moitié la fermeture Éclair de sa veste. Il ne voulait pas paraître trop présomptueux.

— J'étais venu pour te proposer de te conduire à la soirée, mais il fait tellement mauvais dehors…

— Non, merci. Entre, assieds-toi, dit Shipley.

Adam enleva sa veste et l'accrocha à la poignée de la porte. Il s'assit à l'extrémité de son lit.

— Nous pourrions peut-être aller faire du ski demain matin, dit-il d'un air stupide.

Il ne savait même pas skier, à part le ski de fond, ce qui comptait pour du beurre.

— Mon père vient de déménager à Hawaï, dit Shipley. Est-ce que tu savais qu'on pouvait faire du ski là-bas ?

— Faire du ski à Hawaï ? s'écria Adam. Je croyais qu'il n'y avait que des volcans et des plages.

C'était la conversation la plus surréaliste qu'ils aient jamais eue l'un et l'autre.

— Tu as été vraiment bon dans la pièce. (Shipley alla s'asseoir à côté d'Adam sur le lit. Son jean était trempé. Ses jambes étaient très longues.) Mais je…

Elle voulait lui dire qu'il s'était trompé. Elle ne voulait pas l'embrasser ce jour-là, dans la cuisine du Pr Rosen. Elle voulait lui dire qu'elle avait passé une soirée épouvantable parce que Tom n'était pas dans son état normal et qu'il vomissait partout et que la mère de Tom avait vu des photos d'elle toute nue. Au lieu de cela, elle n'avait plus qu'une envie, c'était de plaquer Adam sur le lit et de l'embrasser partout. La cassette se retourna automatiquement et une sonate de Mozart, ou un concerto de Bach pour violons et violoncelle retentit, *Dolce ma non troppo,* ou *dulce de leche.*

Oh, et elle n'avait rien retenu, finalement ?

— Je ne veux pas que tu croies que je suis venu ici pour…, commença Adam, et il s'arrêta.

C'était trop évident, pourquoi il était venu !

Shipley sourit.

— Je commençais à me trouver stupide, à étudier un samedi soir. Tout le monde est parti à ta fête.

Adam se demandait s'il imaginait des choses, mais elle avait l'air de se rapprocher de plus en plus. Elle sentait le tabac et un relent de poisson et de frites.

— Es-tu allée à La Paillote aux langoustes, récemment ? demanda-t-il en riant.

Il était allé dans ce restaurant avec sa famille à trois reprises, pour le treizième anniversaire de Tragedy, après son bac en juin dernier, et une fois quand l'oncle Laurie était venu en visite. Quand ils en revenaient, ils sentaient toujours le poisson frit.

Shipley sourit.

— Je suis désolée. Est-ce que je sens mauvais ?
Le dortoir était si désert que j'ai eu peur d'aller
prendre une douche. C'était trop flippant.

— Un peu, admit-il. Mais ne t'inquiète pas, c'est
pas grave.

— Je suis désolée.

Elle s'écarta de lui sur le lit.

— Non. Il se rapprocha d'elle. C'est tout à fait
supportable.

Shipley le dévisagea de nouveau. Son visage
était tout près du sien et elle voyait parfaitement
ses taches de rousseur.

— On m'a volé ma voiture, lui dit-elle. Encore
une fois.

— Tu devrais être plus prudente, murmura
Adam, très ému.

Il ne pouvait pas s'empêcher de sourire, ils
avaient le souffle coupé. C'était meilleur que
n'importe quel rêve éveillé. Shipley s'en foutait de
sentir le poisson et la frite, elle n'en pouvait plus.
Elle renversa Adam sur le lit et s'assit à califourchon
sur ses hanches.

— J'avais vraiment envie d'aller à ta soirée,
confessa-t-elle.

Adam l'embrassa partout et trouva ses lèvres.

— C'est mieux, ici.

Shipley enleva sa chemise et déboutonna son
jean. Les dernières notes de la sonate résonnèrent.
Adam embrassa sa hanche nue et fit glisser son
pantalon le long de ses cuisses. Elle retomba sur
le lit, et il la déshabilla.

— Il faut vraiment que je retienne le nom de
cette musique.

Patrick était content d'être resté dans le Maine pendant l'hiver. On y passait d'un extrême à l'autre. Parfois, il y avait des journées chaudes comme ce matin, un cadeau d'avant Noël qui vous rappelait le mois d'août. Et puis la neige arrivait, s'entassait sur le bas-côté des routes et sur les toits des maisons, avec ses couches de blanc qui rendaient l'été impossible.

Quand il habitait encore chez ses parents, ils allaient passer Noël dans les îles Caraïbes. Leurs parents aimaient les grandes plages désertes sur les îles où ils étaient les seuls Blancs. Lui, il préférait aller jouer aux dominos avec les garçons du coin à Salt Key. « Patrick, Patrick ! Dominos, Patrick, dominos ! », criaient les garçons par la fenêtre de leur petite maison de location. Aucun des garçons ne portait de chaussures, et les paumes de leurs mains étaient roses comme l'intérieur d'un poisson. Les femmes du coin confectionnaient des petites robes d'été pour sa sœur ; elles la promenaient dans le village, et elle ressemblait à une poupée, dans sa robe jaune d'or, avec ses cheveux blonds tressés de perles rouges. Son père lui avait appris à pêcher au harpon et il avait pris un barracuda.

Tout en haut, là-bas, il y avait une très jolie petite ferme blanche. Les voitures étaient garées n'importe comment dans la cour, et un petit troupeau de moutons restait groupé derrière la grange, comme si quelqu'un avait oublié de les rentrer. Les lumières de la cuisine étaient allumées, mais la fête avait visiblement lieu dans la grange. Il entendit les accords de guitare avant même de descendre de la voiture.

« Je trouve Bill Clinton tellement bandant ! », hurla une voix féminine dans l'air gelé, tandis qu'il se dirigeait vers la maison en s'enfonçant dans la neige. Il grimpa les marches de la véranda et jeta un coup d'œil à travers la fenêtre de la cuisine enfumée. La maison était calme et tranquille, comme si la neige avait bercé le lieu pour l'endormir. La cuisine était en vrac. Patrick ouvrit le frigo, qui était couvert de Post-it « Appeler veto pour vermifuge. Vendre fumier. Fromage ! » et de toutes sortes de conneries. À l'intérieur du frigo, c'était encore plus bordélique. Des vieilles pommes à moitié mangées. Du fromage moisi. Du pain dur. Mais il avait envie d'un truc sucré, et tout ça ne valait pas les bennes et les poubelles où il se ravitaillait d'habitude. Une bouteille de yaourt lui parut sympa, mais en ôtant le couvercle il s'aperçut qu'elle était remplie de grains de café ; il prit un morceau de Babybel sous plastique qui avait l'air frais et une grosse grappe de raisin bien emballée. Il fourra la moitié du Babybel dans sa bouche et ouvrit le robinet d'eau froide pour le faire descendre dans son estomac.

Tout en dévorant le raisin, il ouvrit la porte moustiquaire et sortit dans la véranda. Il neigeait de plus en plus. Il ne voyait même plus la grange. Il finit par l'atteindre, ouvrit la porte en bois toute grande et passa la tête à l'intérieur.

Les étudiants de Dexter étaient tellement déchirés qu'ils avaient la mâchoire qui traînait par terre et les yeux derrière la tête. Ils dansaient autour d'un râtelier en métal qui contenait trois énormes tonneaux de bière pendant que l'orchestre jouait pour la troisième fois les chansons tout aussi déjantées des Grateful Dead. Damascus et Sea Bass jouaient au fer à cheval, comme s'ils participaient au super championnat final. Geoff était étendu par terre, comme un squelette, sur le sol de la grange, les yeux fermés et l'entonnoir dans la bouche. Dans un coin de la grange, Nick et Eliza dansaient un slow langoureux, emmêlés comme deux escargots en période de reproduction.

Eliza portait le chapeau de Nick.

— Je t'aime, susurrait-elle dans les cheveux de Nick.

— Moi aussi, répétait Nick, je crois.

Patrick crut entendre un miaulement. Il jeta un coup d'œil à travers les planches poussiéreuses de l'écurie. Sur le sol, dans une boîte en carton, il y avait une chatte grise et ses chatons. Les chats le regardèrent de leurs yeux verts accusateurs. « Tu as bu ? », semblaient-ils demander. Les chatons grelottaient. Patrick ouvrit la porte de l'écurie et prit la boîte, puis il se dirigea vers la maison en portant la boîte contre sa poitrine pour empêcher la neige d'entrer dedans. La chatte était énorme. Elle devait peser près de sept kilos. Il posa la boîte sous la table de la cuisine, remplit un bol avec du lait de brebis trouvé dans le frigo et posa le bol près de la boîte. Ses parents ne lui avaient jamais donné la permission d'avoir un animal à la maison. C'était bon de s'occuper de ces petites créatures.

— Là, voilà, dit-il à la mère chatte inquiète. Tu vois ? Je ne suis pas si mauvais.

La chatte continua de l'observer pendant qu'il mangeait son raisin. Au bout d'une ou deux minutes, la chatte se leva, s'étira et sauta de la boîte pour laper le lait. Patrick s'empara de la boîte et attrapa un chaton noir qu'il fourra délicatement dans la poche de sa parka. Il se dirigea vers la voiture en ignorant le regard accusateur de la chatte.

Tragedy enfonça son menton dans le col du manteau en raton laveur. La fourrure était hyper chaude. Comme elle lui tombait jusqu'aux chevilles, elle couvrait pratiquement toutes les parties de son corps, sauf sa tête qui était congelée ; très vite, elle allait détacher sa tête de ses épaules, comme une verrue cramée à la neige carbonique.

Elle adorait marcher. Quel que soit le temps, elle avait toujours aimé marcher. Les bois autour de Dexter étaient reliés par un circuit de chemins forestiers qui dessinaient comme un bretzel géant. Le centre d'une boucle était la ville de Home, et le centre de l'autre la fac, là-haut sur la colline. Elle croyait connaître le circuit par cœur, les yeux fermés, par tous les temps et de jour comme de nuit. Une de ses balades habituelles partait de la colline derrière sa maison jusqu'à la salle polyvalente de Dexter, de l'autre côté de l'étang. C'était le chemin qu'elle empruntait présentement. Du moins, elle le croyait. Marcher dans le blizzard dans le noir, c'était comme résoudre un jeu de Rubik's Cube qui n'aurait que des carrés blancs.

Les Bee Gees valsaient dans sa tête comme de la musique d'ascenseur dans une épicerie.

« *It's hard to bear. With no one to love you, you're goin' nowhere...* »

Ses parents, en baptisant « Tragedy » leur magnifique petite fille, espéraient inverser la malédiction de toutes les vilaines tragédies de la planète. « La politique commence par la personne. Faites l'amour, pas la guerre. Pensez mondialement, agissez localement. » C'étaient leurs devises. Et elle aimait beaucoup quand les gens répétaient son prénom la première fois qu'elle le leur disait. Ils le répétaient plusieurs fois en testant les sonorités. « Charmant », disaient-ils en la regardant avec curiosité.

Où se trouvait donc cette foutue salle polyvalente ? Cela faisait des heures qu'elle marchait, et il n'y avait aucune lumière ou bâtiment à l'horizon. Le chemin sur lequel elle avançait débouchait sur un cul-de-sac d'arbres déracinés par une tempête. Elle avait dû se planter quelque part. Elle avait peut-être passé la frontière du Canada, ce qui serait plutôt sympa. Sa mère et son père s'ennuieraient d'elle, mais elle leur écrirait dès demain que tout allait bien pour elle.

— Merde ! s'exclama-telle en pensant aux moutons.

Elle aurait dû les rentrer dans la bergerie et leur donner du foin.

— Merde et remerde ! s'écria-t-elle en pensant aux chatons.

Il faisait froid maintenant et Storm, la mère chatte, devait mourir de faim. On aurait dû les rentrer à la maison.

— Maman va me tuer, marmonna-telle en revenant sur ses pas.

Adam arriverait sans doute le premier de toute façon. Il rentrerait les moutons. Et si Storm avait trop faim, elle miaulerait à se dévisser la tête jusqu'à ce qu'il l'entende. Tragedy lui revaudrait ça demain matin en lui faisant un sandwich géant au beurre de cacahuète et à la confiture. Mais d'abord, il fallait qu'elle puisse sortir des bois.

Il était presque 2 heures du matin et il neigeait toujours fortement. Quelques bribes de la sonnerie du réveil, jouées à la trompette militaire par un étudiant volontaire pour l'armée et qui venait tout juste d'apprendre à en jouer, passaient sous la porte. Shipley était allongée sous les draps, la tête sur la poitrine nue d'Adam, à moitié endormie. Adam était complètement réveillé. Comment aurait-il pu dormir ? Il avait l'impression de venir tout juste au monde. Il était enfin vivant.

— Quand tu étais petite, qu'est-ce que tu voulais devenir ? demanda-t-il. Je veux dire, quand tu as grandi, qu'est-ce que tu voulais être ?

Shipley dérivait dans l'état de rêve. Elle était tellement fatiguée, mais elle avait envie de parler avec Adam aussi.

— Conducteur de trains, répondit-elle, complètement dans le gaz.

Adam éclata de rire, et sa cage thoracique lui secoua la tête.

— Sans déconner ?

— J'aimais le bruit du compostage des billets, lui dit Shipley en fermant les yeux. Greenwich n'est qu'à quarante minutes de Manhattan. Je prenais le train avec ma mère, pour aller dans les beaux quartiers faire du shopping chez Saks, Bendel, Bergdorf, Laurel, Dior. Ensuite, on remontait la Cinquième Avenue près de Central Park. Maman adorait regarder les buildings.

Adam attendait qu'elle continue.

— Je ne voulais pas vraiment devenir conducteur de trains, admit-elle en bâillant. J'ai toujours cru que je me marierais, que j'aurais deux petites filles et que je vivrais dans un de ces immeubles de la Cinquième Avenue. Mes filles iraient à l'école du Sacré-Cœur et elles porteraient ces adorables uniformes avec des tabliers à carreaux rouges et blancs.

— Heu-heum, murmura Adam pour l'encourager. (Il n'avait pas la moindre idée de ce qu'elle pouvait bien lui raconter.) Continue.

Elle se rapprocha de lui et posa le sommet de sa tête dans le creux de son cou. Ses cheveux sentaient l'eau de mer.

— Je n'ai aucune idée de ce que je ferai plus tard. Je crois que je pourrais être poète, rêvassait-elle. Le Pr Rosen aime bien mes poèmes.

— Et quoi d'autre ? enchaîna-t-il.

— Quoi d'autre ?

Elle ouvrit les yeux brièvement et les referma.

— J'ai un frère, dit-elle, et sa voix devint inaudible, tandis qu'elle retombait dans son rêve.

Son cornet de glace coulait sur sa jupe. Les marches de l'opéra étaient noires de touristes et d'écolières. Un petit groupe d'entre elles faisait bande à part et fumait tout en papotant.

— Tiens, prends ça, lui dit sa mère en lui tendant une boîte de Kleenex. N'oublie pas que nous retrouvons ton père à 7 heures pour le dîner.

Un concierge en uniforme ouvrit la porte de l'immeuble vert orné de parements tarabiscotés, de l'autre côté de l'avenue. Il leva sa main gantée de blanc ; il avait un sifflet autour de la bouche pour appeler les taxis. Un taxi s'arrêta, et Tom en sortit ; le concierge ouvrit la porte d'entrée de l'immeuble. Tom avait des lunettes de soleil noires Ray Ban, et le même T-shirt blanc, le pantalon noir, et les vieilles tennis qu'il portait dans la pièce, sans le sang. Il ressemblait à une star de cinéma. Non, il était une star de cinéma.

Maintenant, elle embrassait Tom et il ne sentait plus la pharmacie d'usine, il sentait le savon Dove et sa peau était si douce...

« Bip ! Bip ! Bip ! »

Des lumières orange illuminèrent la fenêtre, tandis que le personnel des services techniques arpentait lourdement la rue en bas. Le ciel était d'un gris rose et il neigeait encore, mais moins fort. Il était presque 6 heures du matin. Adam était encore réveillé. Le sonneur de clairon, qui s'était entraîné toute la nuit, enchaîna avec un nouveau réveil militaire.

— Je ne sais pas, dit Shipley, en raccordant la conversation des heures précédentes avec le reste de son rêve. J'aurais mieux fait de ne pas venir à la fac dans le Maine.

Ils restèrent silencieux pendant un moment. Adam frotta son menton sur ses cheveux.

— Si tu n'étais pas venue étudier dans le Maine, tu ne m'aurais pas rencontré, observa-t-il avec insistance.

Le bruit des piétinements s'estompa et le clairon fit une pause pour reprendre son souffle. La chambre resta plongée dans le silence pendant un moment. Puis un coup de fusil déchira l'air et leur donna le frisson. Le clairon recommença à jouer, et cette fois c'était une marche.

À quelques centaines de mètres de là, Tragedy était étendue dans la neige, blessée et perdant son sang. Celui qui lui avait tiré dessus avait enfreint la loi, car la chasse à l'ours était fermée depuis Thanksgiving. Elle portait un manteau de fourrure certes, mais qui n'était même pas en poil d'ours. La saison de chasse au raton laveur devait être ouverte toute l'année, les petits salauds.

Au moins, *je ne suis pas morte*, pensa-t-elle en essayant de se remettre debout.

— Hé ! cria-t-elle. Hé, putain, je perds tout mon sang, moi, ici !

Rien. Des flocons de neige voletaient à travers les arbres blancs. La tempête se calmait.

— Hé !

Tragedy cria encore une fois, mais son cri était trop étouffé pour être entendu. La balle l'avait traversée quelque part du côté du nombril. Elle avait l'impression d'avoir mangé un demi-kilo de poivrons rouges.

— Hé !, cria-t-elle d'une voix encore plus éteinte, cette fois.

Une voix aussi ténue qu'un souffle, un flocon de neige.

Elle ne pouvait pas marcher, alors elle se traîna dans la neige en se battant contre elle à mains nues. Une clairière dans toute cette neige, et c'était enfin la fac de Dexter, gentiment lovée sur sa colline avec ses bâtiments de brique givrés de neige, et la lumière bleue du clocher de la chapelle qui brillait tout en haut comme une décoration de sapin de Noël. C'était exactement comme dans les globes en verre qu'on vendait à la librairie de la fac. On aurait dit un putain de cadeau de Noël à la con. Et juste au bord du campus, il y avait cette foutue tente, énorme et ridicule. Il lui faudrait se traîner pendant cent cinquante bornes pour l'atteindre, mais elle y arriverait. Et là, elle essaierait de gueuler comme un putois pour donner l'alerte jusqu'à ce que quelqu'un se pointe.

— Merde, souffla-t-elle. (Ses mains lui faisaient mal.) Maman va me tuer.

20

On dit qu'un animal de compagnie, ça vaut un bon psy. C'est aussi une source de réconfort. Quand vous vous occupez d'un animal, votre bien-être et votre sentiment de sécurité s'améliorent. Cet animal vous apprend à vous responsabiliser face aux autres et vous donne beaucoup de satisfactions. Vous pouvez lui donner des restes de salade de la mer complète de La Paillotte aux langoustes. En général, ils aiment ça.

Patrick n'avait pas encore pris sa décision pour le nom qu'il voulait donner au chaton. Frodo était un nom sympa, mais une fois que vous aviez appelé votre chat du nom d'un personnage du *Seigneur des anneaux,* c'était foutu. Il n'y aurait plus que le chaton et vous, dans l'univers des fées, des magiciens et des sorciers, que ce seul nom aurait réveillé. Blackie, c'était nul. Jet faisait trop gay. Raymond, tellement gay. Hugo, trop théâtral. Alors, pourquoi pas Victor ? Non, encore un nom gay. Pink Patrick avec son chat Victor, là ça craignait un max et on sortait tout droit de *Psychose.*

Ses éducateurs spécialisés avaient envoyé un rapport à ses parents concernant sa décision de se faire appeler « Pink Patrick ».

— Patrick, est-ce que tu es gay ? lui avait demandé son père après avoir lu le rapport.

Il était Pink Patrick. Les gens l'évitaient.

— Viens ici, minou ! appela-t-il en posant un bol en plastique rempli de salade de la mer qu'il émietta avec soin.

Le chaton s'approcha du bol et le renifla. Puis il s'assit et se lécha le trou de balle.

— Est-ce que tu es gay ? demanda Patrick au chaton.

Il sourit, quand le chaton s'arrêta pour le dévisager de ses gros yeux jaunes.

Une des couvertures de laine épaisse apportées par la fille était posée en vrac sur le sol, là où il l'avait laissée quelques jours auparavant. Il s'allongea et se roula dedans en frottant ses paumes de mains sur ses cuisses. Les bâches des ouvertures étaient toutes bien fermées, mais il faisait un froid de gueux. Il pensa à allumer le petit camping-gaz pour réchauffer le chaton, mais il avait envie de dormir et dans la notice ils disaient qu'on ne doit pas laisser ces gazinières sans surveillance.

— Viens ici, minou ! insista-t-il, mais le chaton refusa de bouger. Comme tu voudras, lui dit Patrick, et il se recoucha.

Il conduisait depuis des heures, hypnotisé par la neige et par le flap ! flap ! flap ! des essuie-glaces de la Mercedes. Il avait failli heurter la même voiture blanche plusieurs fois de suite. Imbécile, conduire une voiture blanche dans la neige ! Le chaton se mit à miauler comme un perdu sur le siège arrière, il avait probablement envie de chier. Il ne pouvait pas laisser un chat faire ses besoins dans une chambre du Holiday Inn ; alors il le ramena à la yourte. Il creusa un trou dans un coin pour y faire sa litière, mais la sacrée bestiole n'avait toujours pas chié.

Il se réveillait tout doucement. Quelques instants plus tard, il fut vraiment réveillé par un bruit de grattements. Il s'assit.

— Alors, ça y est enfin ? demanda-t-il au chaton, mais celui-ci était tout simplement endormi en boule dans le bonnet de laine rouge que la fille lui avait apporté pour Thanksgiving.

Son petit abdomen rose se soulevait à chaque respiration.

— Hé, appela quelqu'un à travers la toile de tente. (C'était juste un souffle, ou bien c'était le vent.) Hé !

Patrick se leva et entrouvrit la bâche de la porte. La fille qui lui avait apporté des affaires était allongée à ses pieds. Elle avait une sorte de peau d'ours sur le dos. Une traînée de neige rose partait de son corps et remontait derrière elle jusque dans les bois.

— Hé !

Tragedy chuchota aux orteils des bottes de Patrick. Puis elle s'évanouit. Le chaton s'approcha d'elle en sautillant et se coucha sur ses cheveux.

La neige s'était arrêtée de tomber. Le soleil essayait de se lever. Quelques rares flocons tombaient des arbres. Patrick attrapa les mains rouges et gelées de la fille et la tira à l'intérieur. Elle ne bougeait pas. Est-ce qu'elle était morte ? Il s'agenouilla et mit son oreille près de sa bouche. Un soupçon d'air chatouilla le lobe de son oreille. Mais merde, ses mains étaient froides et son visage était tout rouge et brillant comme s'il avait été lavé, récuré, à grande eau. Elle était raide gelée.

Il farfouilla dans la semi-obscurité pour mettre en route la petite gazinière avec les allumettes qu'il gardait au sec dans un sac zippé en plastique. Il régla la flamme au maximum, et rapprocha la gazinière le plus près possible de la fille. Elle restait raide et gelée dans son manteau de fourrure mité.

— Merde !

La flamme était pathétique. Il y avait à peine de quoi dégeler une souris. Il avait besoin d'une plus grosse flamme.

La tente était encombrée de cochonneries, une casserole en métal, une paire de moufles, une boîte de maïs en conserve. Il se rappela soudain *La Guerre du feu,* le seul film qu'il avait vu dans un drive-in. Ses parents l'avaient emmené avec eux juste après la naissance de Shipley, et ils s'étaient endormis tous les deux sur le siège avant avec le bébé, pendant qu'il regardait le film sur le siège arrière. L'histoire se passait à l'époque des hommes des cavernes et leur grande préoccupation était de trouver des braises dans les feux abandonnés, car ils avaient laissé mourir leur feu et ne savaient plus comment s'y prendre pour en allumer un. L'homme ne pouvait pas exister sans le feu. On retraçait l'évolution de l'homme, grâce à cette quête du feu. Il trébucha sur *La Dianétique,* de L. Ron Hubard ; ça le minait de le brûler, mais c'était un gros bouquin et quand il prendrait feu, ça ferait de belles flammes.

Il ouvrit le livre, déchira quelques pages, les roula en boules et les jeta dans la casserole avant d'y lancer le livre entier. Puis il éteignit l'appareil, et déconnecta l'arrivée de carburant pour arroser le papier avec le petit réservoir de kérosène. Il posa la casserole sur l'appareil et alluma une allumette. qui enflamma aussitôt le livre. Pouf ! Il se recula pour admirer le travail. Même l'odeur était agréable.

— Tous ces phénomènes sont des faits scientifiques, vérifiés et revérifiés et contre-vérifiés, expliquait doctement L. Ron Hubbard, tandis que les pages de son livre prenaient feu et se désintégraient.

Patrick installa la casserole près de l'épaule de la fille. Elle dormait, sauf qu'elle n'avait pas l'air de dormir. Elle ressemblait à une personne en train de se noyer que l'on vient de sortir d'un canal glauque, comme dans la série télévisée *La Loi et l'Ordre* qu'il regardait dans le relais routier de Lewiston où il allait crécher de temps à autre. Le chaton miaula d'un ton plaintif et il posa sa patte sur la main inerte de la fille. Il avait l'air d'avoir moins peur d'elle que de lui. Patrick posa une main sur le sol et il tendit l'autre main par-dessus le corps de la fille pour caresser le chaton.

— Vas-y, fourre-toi dans son manteau, dit-il. Réchauffe-la, fais quelque chose.

Le chaton fit le tour de la tête de la fille et se recoucha sur ses cheveux en clignant de ses gros yeux jaunes vers les flammes.

Patrick s'assit. La main qui était restée sur le sol était poisseuse. Il examina sa paume de main dans la lumière vacillante. Elle était tachée d'une substance rouge foncé. Du sang.

— Merde !

La fille n'avait pas bougé depuis qu'il l'avait traînée à l'intérieur. Il examina sa fourrure. Est-ce que le sang venait de là ? Est-ce qu'elle avait dépouillé un animal pour le mettre sur son dos en guise de manteau ? Le manteau avait des boutons. Il les déboutonna tous et en écarta les revers. Seules les bretelles de la robe d'été blanche étaient encore blanches, le reste était entièrement couvert de sang. Elle était en train de mourir d'une hémorragie.

Il déboutonna le manteau, attrapa le chaton et le mit dans sa poche. Puis il passa ses mains derrière le dos et les cuisses de la fille en faisant de son mieux pour la soulever.

Elle était plus grande que lui. Ses longs cheveux noirs et ses grands pieds traînaient sur le sol, tandis qu'il titubait sous son poids en passant derrière les dortoirs, le long du campus de Dexter, jusqu'au parking du bâtiment Coke. Le soleil commençait à briller maintenant, mais il était encore tôt, et le campus était silencieux. Il trébucha, et la fille glissa dans la neige poudreuse et profonde. Il ouvrit la porte arrière de la Mercedes. Sa tête heurta l'encadrement, mais elle ne broncha même pas.

La voiture démarra après quelques crachotements.

— Allez, grogna-t-il tandis que les roues chassaient dans la neige profonde.

Pied au plancher, il fonça en direction de l'hôpital qui se trouvait juste à l'extérieur de la ville. Derrière les dortoirs, le feu prenait de l'ampleur dans la yourte, qui fumait maintenant comme un volcan.

Sea Bass était le seul à posséder un véhicule à quatre roues motrices avec des pneus neige.

— On pourrait penser que des gens qui vont à la fac dans le Maine auraient davantage de bon sens, se moquait-il.

Nick, Eliza et Geoff étaient entassés à l'arrière de son 4 x 4. Tous les autres étaient restés chez Adam à pelleter la neige pour extraire leurs voitures à l'aide de deux pelles qu'ils avaient trouvées dans la grange.

— J'ai des chaînes, dit Damascus. Sur les pneus de ma voiture, à la maison.

— Il ne s'agit pas des pneus, répliqua Geoff, les mains tranquillement posées sur ses cuisses tandis qu'il regardait par la fenêtre.

Après avoir sniffé toute une bouteille d'éther, Geoff n'était pas le plus déguenillé de la bande, il ne pensait qu'à lacer ses Nike et partir faire sa course à pied.

— C'est comme avec les chaussures de course, reprit-il. Ce qui compte, c'est la répartition du poids.

Eliza tenait la main rouge et déformée de Nick. Ils s'étaient endormis l'un sur l'autre dans le foin. Maintenant, Nick faisait une allergie massive et ses yeux étaient presque fermés, tellement ils étaient gonflés.

— Je crois qu'il faut que j'aille à l'infirmerie, gémit-il. Il me faut de la cortisone.

— Et moi, j'ai besoin de dormir dans un lit, marmonna Eliza.

Elle se tourna pour examiner le profil de Nick. Elle s'attendait à ce qu'il paraisse plus âgé, plus viril après cette nuit-là. Mais son duvet de pêche ne méritait même pas un rasage.

— Je ne veux pas jouer les rabat-joie, mais nous avons des examens demain, rappela-t-elle à tout le monde.

— Putain ! gémit Sea Bass. Je suis complète-ment crevé.

Nick essuya son nez sur le revers de sa manche.

— L'infirmière me fera peut-être un mot d'excuse.

Il regarda sa main, entrelacée à celle d'Eliza. Il ne savait pas qu'elle était du genre affectueux – il l'aurait vue davantage en maîtresse sado avec le fouet et la laisse, mais en réalité elle était presque fondante. Il l'imagina en train de le présenter à une de ses meilleures amies chez elle. « Voici mon petit ami, Nick », finalement, ce serait pas mal.

— Dis, murmura-t-il à son oreille, tu crois que je pourrais aller chez toi, à Noël ?

Après tout, il n'avait plus nulle part où aller.

— Putain, oui, murmura Eliza.

Elle prit son visage gonflé et dégoulinant entre ses mains et l'embrassa. C'était exactement ce dont elle avait toujours rêvé, quelqu'un qui voulait vivre à côté d'elle, quelqu'un qui lui appartenait.

— Mais n'apporte pas ton shit à la maison, ajouta-t-elle.

Elle l'imagina fumant en plein milieu du salon, tandis que ses parents travaillaient dans leur agence immobilière au-dessus du garage.

« Est-ce que tu fais brûler de l'encens, princesse ? », demanderaient-ils de leur ton habituel, joyeux et distrait.

— J'avais l'intention d'arrêter, de toute façon.

Il y avait quelque chose dans la neige et le fait de rester éveillé toute la nuit sans fumette qui donnait à Nick l'impression d'être clean. Un nouvel homme écrivant la première page d'un nouveau livre. Ou c'était peut-être Eliza qui lui donnait envie de se tenir bien droit dans ses bottes.

Le 4 x 4 grimpait la colline vers le campus. La fac ressemblait à ce qu'elle essayait de montrer à tout prix, un endroit adorable qui donne envie aux étudiants de revenir après Noël. Les rayons dorés du soleil matinal brillaient dans toute leur gloire sur les bâtiments de brique rouge enfoncés dans 60 centimètres de neige fraîche et blanche. Un gigantesque bonhomme de neige guilleret portant une casquette de base-ball de Dexter était installé au milieu de la pelouse.

Sea Bass descendit la vitre de sa portière.

— Salut, les beautés !

Il interpella deux filles qui avançaient sur des skis de fond. Les filles tournèrent la tête et lui firent un petit signe de la main. C'était une journée comme ça.

— Nom de Dieu ! s'écria Damascus. Qu'est-ce qui se passe ?

Une fumée noire sortait du toit du bâtiment Root. Le dortoir avait l'air d'être en feu.

— C'est pas le dortoir, fit remarquer Geoff. C'est un feu de forêt à l'arrière.

Sea Bass mit ses clignotants et se gara dans l'allée qui conduisait au parking, de l'autre côté de la pelouse centrale, derrière le bâtiment Root. Juste derrière le parking, près des bois, il y avait un gigantesque feu de joie.

Les flammes faisaient sept mètres de haut et les étincelles orange foncé s'envolaient en l'air comme des pétards ; la neige tout autour avait déjà fondu.

— C'est la yourte, dit Nick, presque satisfait à l'idée que le salopard qui squattait sa tente avait ce qu'il méritait. C'est la yourte qui brûle.

— Je le crois pas, suffoqua Eliza. (Tout le bazar cramait. Elle pressa gentiment la main de Nick.) Ah, ben merde alors !

— Putain de bordel de merde ! s'exclama Sea Bass.

— C'est en train de cramer, tout le foutu bordel, entièrement, dit Damascus, histoire d'en rajouter dans l'évidence.

Tout le monde resta silencieux un moment, scotché par le spectacle. Puis Geoff ouvrit sa portière.

— Allons voir ce qui se passe, les mecs !

Ils avancèrent en titubant dans la neige. Le feu était magnifique. Et les autorités ne semblaient pas encore l'avoir remarqué. Encore chancelant à cause du choc et du manque de sommeil, Nick leva la main pour protéger ses yeux gonflés de la fumée. Au-dessus du feu, le clocher de la chapelle, nimbé dans sa lumière bleue brillante, se détachait imperturbablement.

Patrick gara la voiture devant l'entrée des urgences. Il alluma les warnings. La fille était étendue au milieu d'une fourrure ensanglantée, sa chevelure noire éparpillée sur le sol et ses genoux repliés en position fœtale, à cause de ses jambes trop longues.

Il sortit de la voiture, se demandant s'il devait d'abord prévenir quelqu'un à l'intérieur ou tout simplement la prendre dans ses bras et l'amener. Dans les films, ils les portaient directement.

Il y avait quelques personnes âgées endormies dans la salle d'attente

— Elle saigne, dit Patrick à la femme assise derrière le bureau. Elle est peut-être déjà morte, ajouta-t-il, même s'il avait cru apercevoir ses narines bouger et ses sourcils frémir quand il l'avait sortie de la voiture.

La réceptionniste se leva et regarda la fille qu'il tenait dans ses bras. Elle prit le téléphone. « J'ai une hémorragie, oui, grave. J'ai besoin d'un brancard ! » Elle aboya dans le téléphone et le reposa d'un coup sec. Elle poussa un document devant lui sur le comptoir.

— Signez là !

Patrick restait là, essoufflé. La fille était lourde, dans son manteau de fourrure.

— Qu'est-ce que je dois faire, dit-il, je la mets par terre ?

La réceptionniste reprit le document.

— C'est votre femme ?

Patrick la fixa un instant.

— Non. Je ne sais même pas.

Il s'arrêta, et reprit :

— C'est mon amie.

— Nom ? Date de naissance ?

— Qui, moi ? bafouilla-t-il.

— Non, elle. Son nom à elle, s'impatienta la réceptionniste. Sa date de naissance ?

— Je ne sais pas, admit Patrick, elle est jeune.

La réceptionniste reprit le téléphone.

— Il est où, mon brancard, bordel ? (Elle raccrocha le téléphone.) Vous pouvez vous asseoir jusqu'à ce qu'on vienne vous chercher, dit-elle à Patrick.

Il tituba jusqu'à la chaise la plus proche et s'assit avec la fille en travers sur les genoux. Son visage était violet et elle dégageait une drôle d'odeur. Elle avait l'air au plus mal. Les nouvelles du JT matinal passaient à la télévision, vissée dans le coin près du plafond. Juste avant la publicité, la caméra s'arrêta sur le grand arbre de Noël du Centre Rockefeller. Son père avait l'habitude de l'emmener voir cet arbre, et à chaque période de vacances de Noël, depuis l'âge de huit ans jusqu'à ce qu'il parte pour Dexter, ils prenaient le train tous les deux ; ils allaient d'abord lui acheter un pantalon et une veste, et ensuite ils allaient voir l'arbre. Ils se contentaient de le regarder sans parler. Parfois, ils buvaient un chocolat chaud. Puis, son père disait « Il va falloir rentrer à la maison », et ils allaient à pied jusqu'à la grande gare centrale. De là, il reprenait le train tout seul pour rentrer à Greenwich.

Deux infirmiers arrivèrent avec un brancard.

— Patiente, femme, nom et âge inconnu ! Trauma !, cria la réceptionniste.

Les infirmiers aidèrent Patrick à soulever la fille, qui continuait de saigner, et la posèrent sur le brancard.

— Je la connais, c'est une fille qui est dans la classe de ma sœur, dit l'un des deux infirmiers pendant qu'ils s'éloignaient.

— Est-ce que je peux revenir plus tard ? demanda Patrick à la réceptionniste. Pour voir comment elle va ?

La réceptionniste ne leva même pas les yeux.

— C'est pas moi qui décide.

Les portes de verre s'ouvrirent et des policiers imposants arrivèrent, vêtus d'une parka bleu marine et le pistolet accroché à la ceinture.

Ils étaient accompagnés de l'ancien flic, devenu vigile dans les services de sécurité de Dexter.

— C'est votre voiture, qui est garée là ? demanda le type de la sécurité de Dexter.

Patrick acquiesça.

— Ouais.

— Vous n'êtes pas étudiant à l'université, n'est-ce pas ? dit le type.

Patrick secoua la tête.

— Non, plus maintenant.

— Il vient d'amener une fille, déclara la réceptionniste. Elle avait pas l'air en forme.

Les policiers l'encadrèrent et l'attrapèrent par les bras.

— Cette voiture a été volée, dit l'un d'eux. Si tu venais faire un petit tour avec nous ?

21

Les dortoirs avaient repris vie. Tout le monde était revenu, les uns de la fête et les autres de leurs diverses activités : la chambre d'une copine, le ski avec des copains, une soirée à Boston. C'était un retour tranquille, à cause des examens qui commençaient le lendemain. Il faudrait bien avaler cette pilule ou la recracher, mais en tout cas c'était le moment d'utiliser ces dernières heures à étudier, pour limiter la casse ou pour s'en sortir avec les honneurs. C'était la dernière chance, le dernier coup de sonnette.

Shipley se réveilla, hagarde ; ses cheveux étaient collés sur sa joue et elle avait besoin d'une douche. Quelqu'un frappa à la porte. À côté d'elle, Adam bâilla et s'assit lui aussi.

— Bonjour, dit-il en souriant.

— Sécurité, expliqua le type qui frappait de nouveau à la porte.

— Nous avons retrouvé votre voiture.

— Une petite minute !

Shipley mit la couette autour de ses épaules et s'approcha de la porte. Quand elle était arrivée à Dexter il y a trois mois, elle était vierge. Maintenant, voilà qu'elle allait ouvrir la porte à un type de la sécurité, à poil sous un duvet en guise de négligé, avec un type tout nu allongé sur son lit.

Elle s'apprêtait donc à ouvrir la porte et lui balancer un sourire anodin, du genre « on va pas en faire une thèse ».

— Vous êtes Mlle Gilbert ? lança le type de la sécurité, comme s'il ne voyait pas qu'elle ne portait pas de vêtements sous sa couette.

Il n'avait pas l'air de remarquer Adam non plus. Il avait déjà probablement tout vu au cours de la journée.

Shipley acquiesça, il lui tendit son portefeuille en déclarant :

— La voiture est garée sur le parking de l'autre côté. Vous feriez bien d'aller au commissariat de police dès que possible. Le type qui a volé votre voiture est en prison. Paraît qu'il est votre...

— Je sais qui c'est, le coupa Shipley. Est-ce qu'il a laissé un petit mot, par hasard ?

Le gars de la sécurité fronça les sourcils.

— Pas à ma connaissance.

Derrière eux, Adam s'éclaircit la gorge. Son caleçon rouge gisait sur le lino comme un ballon dégonflé.

Shipley tendit la main.

— Est-ce que je peux avoir les clés, s'il vous plaît ?

L'homme lui donna les clés.

— Il s'en passe des choses ce matin, dites donc, dit-il en s'en allant. Vous, les jeunes, vous avez été bien occupés cette nuit !

À ce moment-là, Eliza arriva en courant dans le couloir, la frange en bataille, et des brindilles de foin collées sur son manteau. Le policier s'effaça pour la laisser entrer.

Shipley lui claqua la porte au nez pour pouvoir lancer le slip à Adam. Il le mit rapidement pendant qu'elle enfilait sa robe de chambre.

— Allô, allô, là-dedans ? s'écria Eliza en entrant. Pourquoi vous m'avez fait ça, putain ?

Elle examina la scène : le jean de Shipley était en tas au pied du lit et ses sous-vêtements repassés étaient restés là où elle les avait jetés, au beau milieu de la chambre.

— Ben mes salauds, vous perdez pas de temps !

Elle ôta ses baskets et enfila une paire de bottes rouges en caoutchouc.

— Dites, les chéris, venez donc avec moi dehors pour voir ce qui est arrivé à la yourte de Nick, elle est en train de cramer. Habillez-vous vite fait, je vous jure, c'est trop beau !

Elle les attendit pendant qu'ils remettaient leurs vêtements de la veille.

— Je le crois pas, j'ai pas encore eu le temps de prendre une douche, dit Shipley.

Adam était gêné. Être seul avec Shipley, c'était une chose, mais d'un seul coup il y avait tellement de trucs qui se passaient en même temps dans tous les sens, les gars de la sécurité sur le campus, les voitures volées, les colocs, les incendies. C'était un petit peu trop. Et en plus, il avait laissé sa sœur de quinze ans toute seule à la soirée. Il devait rentrer au plus vite.

Dehors, l'air était pur et sale en même temps. La neige était magnifique. Elle recouvrait tout. Mais le ciel était rempli de cendres. Shipley crut d'abord que c'était le bâtiment Root qui était en flammes. *Tom est dedans,* pensa-t-elle, rongée de culpabilité. Mais en approchant de l'incendie, elle vit que le feu avait pris assez loin derrière la résidence.

La yourte formait un cône de flammes de presque dix mètres de hauteur. Tout autour, un groupe d'étudiants, parmi lesquels elle reconnut Sea Bass, Damascus, Geoff et les trois Grannies, alimentaient le feu avec tout ce qu'ils pouvaient, journaux, branches, n'importe quoi pour faire durer le plaisir.

Adam s'approcha, les mains dans les poches. Évidemment, il y avait de l'action, mais il devait rentrer chez lui.

— Nick ! s'écria Shipley quand elle l'aperçut devant le feu avec son bonnet à pattes à l'envers, les yeux tout rouges à cause de la fumée et de la nuit passée dans la grange. Je suis vraiment désolée pour toi, tu t'es donné tellement de mal !, lui dit-elle pour le consoler.

Eliza mit son bras autour de la taille de Nick.

— Il s'en branle.

Elle souleva une des pattes du bonnet et lui lécha l'oreille.

Nick enleva le bonnet et le jeta dans le feu.

— Oui ! Merci mon Dieu ! s'écria Eliza.

Elle ouvrit son short sous son long manteau et le retira.

— Non, pas ton short, je l'adore !

Nick attrapa le short juste avant qu'il atterrisse dans les flammes

— Oh, toi, toi !

Eliza prit le visage rouge et boursouflé de Nick dans ses mains et l'embrassa.

— Je crois que peut-être… (Nick se pencha et ramassa le maxi joint qui était à ses pieds.) Je crois que c'est le début d'une ère nouvelle, dit-il en jetant le pétard dans le feu.

Le pétard explosa aussitôt en signe de ponctuation.

— Ouaouh ! lança Shipley, ta soirée, ça devait être de la bombe atomique !

Grover jeta son bandana rouge dans le feu. Puis Liam retira sa chemise et la jeta dans le feu aussi.

Puis ce fut le tour de la chemise de Wills. Tout à coup, tout le monde fit la même chose.

— Très bien, très bien ! cria dans son porte-voix M. Booth, le président de Dexter, sur les marches de la chapelle. Les pompiers sont arrivés, mais je voulais vous laisser vous amuser un peu avant qu'on éteigne tout ça. Je sais que vous êtes très stressés à cause des examens qui commencent demain. On vous laisse une demi-heure pour faire les fous autour de ce feu de joie, et après tout le monde file à la bibliothèque pour étudier. Et n'oubliez pas votre café. La cafétéria sera ouverte vingt-quatre heures sur vingt-quatre, toute la semaine prochaine. Le premier café du matin est gratuit, je vous l'offre. Vous n'aurez qu'à leur montrer votre carte d'étudiant.

S'il n'avait pas encore conquis les étudiants jusqu'ici, c'était acquis, désormais.

— Ouais... Boothy, Boo-thy, Boo-thy !...

Adam s'éclaircit la gorge.

— Hé, ça ne te gêne pas, Shipley, si je rentre chez les parents ? Il faut que je nettoie un peu et tout ça avant qu'ils n'arrivent.

Shipley rougit et acquiesça. Elle se demanda si Tom était à sa fenêtre en train de regarder la scène.

— C'est bon, oui, tout va bien ! Rentre chez toi, et je t'appellerai plus tard, d'accord ? Tu sais, j'ai deux exams demain, alors il faut que je bosse, mais on va trouver du temps.

Elle n'en revenait pas d'être à ce point relax et à côté de la plaque en même temps.

Adam était bien trop pressé pour s'en apercevoir. Il devait sortir sa voiture, enfouie sous la neige.

— Bien, alors j'y vais, à plus tard, dit-il et il s'en alla, les mains toujours fourrées dans ses poches.

Le brasier était encore au top, les étudiants tournaient autour façon strip-tease, et l'ambiance était chaude.

— *Fire, fire on the mountain !* chantait Wills d'une voix suraiguë qui faisait rire tout le monde.

La maison était dans l'état dans lequel il l'avait laissée, sauf qu'il y avait plein de traces de pneus dans tous les sens sur la pelouse enneigée. Les marches de la véranda étaient glissantes, et il maudit Tragedy, qui ne les avait pas nettoyées ni salées, comme leurs parents leur avaient appris à le faire dès l'âge de six ans.

— Hé, je suis là ! lança-t-il en entrant dans la cuisine, pressé de raconter à sa sœur tout ce qui lui était arrivé pendant la nuit.

Sur le chemin du retour, il s'était fait tout un film sur son air de triomphe béat et modeste pendant le dîner, pendant que sa mère et sa sœur plaisanteraient sur l'amour et les amoureux. Il s'imaginait amenant Shipley à la maison, flirtant avec elle dans sa chambre, pendant que ses parents, en bas, boiraient du vin et danseraient sur *How Deep is Your Love*. Il imaginait sa sœur et Shipley devenir amies, échangeant des vêtements, des élastiques à cheveux, des bijoux, bref, tout ce que des copines font ensemble.

— Il y a quelqu'un ? Tragedy, tu es là ? appela-t-il en se dirigeant vers sa chambre.

Comme d'habitude, son lit à elle était fait au carré. Le sol était impeccable. Une pile de livres pour érudits pas de son âge était rangée sur son bureau : *Latin niveau 3, Calcul II ; Cent Ans de solitude, Tendre est la nuit ; La Théorie du chaos, La Grèce de Fodor* et *Le Brésil* de Michelin.

Sa collection de Rubik's Cube était alignée sur le bureau. Une des fenêtres était restée grande ouverte, il faisait très froid et la neige entrait et se collait sur le plancher. De là où il était, il avait une vue parfaite sur la pelouse jusqu'à la grange. En dehors du chemin qu'il avait tracé en arrivant, et des dizaines de traces de voitures qui faisaient le tour de la cour, la nouvelle couche de neige était intacte et immaculée. Aucune trace de pas n'allait de la maison à la grange, là où Tragedy aurait dû aller ce matin nourrir les moutons. D'ailleurs, les moutons étaient groupés dans la neige devant la barrière, et ils bêlaient comme des malades. Adam frissonna violemment et alla dans sa chambre pour mettre un pull plus chaud.

Tout était resté intact dans sa chambre, le lit fait à l'arrache, avec des fringues planquées dessous et les meubles en vrac. Il fureta partout et redescendit. Quatre paires d'yeux verts le dévisagèrent dans une boîte recouverte de serviettes de toilettes sous la table de la cuisine. Storm, la mère chatte grise, se leva et s'étira, puis elle sortit d'un bond de la boîte et se dirigea vers son bol vide à côté de la cuisinière à bois. Elle miaula d'un ton plaintif.

— D'accord, d'accord, lui dit Adam pendant qu'il fourrageait dans les placards pour trouver des croquettes pour chats.

Il se demanda, de plus en plus inquiet, ce que sa sœur pouvait bien foutre à cette heure-là. Après avoir nourri la chatte, il enfila ses grosses bottes de neige et alla chercher du foin dans la grange pour nourrir les moutons.

La porte de la grange était restée ouverte. Il alluma la lumière. Les trois tonneaux de bière gisaient sur le flanc, comme des carcasses abandonnées. Des gobelets en plastique jonchaient le sol comme des os rongés. Il grimpa à l'échelle et lança deux bottes de foin par la trappe, puis les traîna jusqu'au pré enneigé. Les moutons bêlèrent de plus belle en le voyant et se poussèrent autour de la barrière en donnant des coups de tête pour arriver les premiers. Ils attaquèrent les bottes de foin avant qu'il ait eu le temps de couper la ficelle.

Il les regarda manger pendant un moment, se demandant ce qu'il allait faire. Comment pouvait-il se réjouir d'avoir passé la nuit avec Shipley, son premier grand amour, alors qu'il n'avait personne pour en parler ? Est-ce que Tragedy était partie avec quelqu'un ? Ou alors, juste pour une balade ? Ou bien, finalement, avait-elle décidé de fuguer pour de bon ?

De retour à la maison, il composa le numéro de son oncle Laurie et examina le contenu du frigo pendant que le téléphone sonnait. À part un reste de sauté de mouton et un jambon cru, le frigo d'habitude si bien garni était étrangement vide. Il n'y avait plus de raisin. Affamé, il fit le tour du comptoir à la recherche des boîtes en fer dans lesquelles Tragedy rangeait ses pâtisseries quotidiennes. Rien.

— Allô, oui, c'est Laurence, répondit son oncle Laurie.

Le plus jeune frère d'Ellen dirigeait le département d'Histoire, dans le New Hampshire à Lebanon. Il était diplômé de l'université de Columbia avec les félicitations du jury.

— C'est Adam. J'appelais juste pour demander... enfin, pour dire quelque chose à mes parents.

Tout à coup, il regretta d'avoir téléphoné. Si Tragedy était partie pour de bon, ils ne pourraient rien faire, à part attendre qu'elle revienne.

— Ils sont déjà partis, fiston. À l'instant, lui dit l'oncle Laurie. Comment ça va, au fait ? Ça se passe comment, à la fac ?

Adam referma la porte du frigo et jeta un coup d'œil à sa voiture par la fenêtre.

— C'est super, la fac. Ouais, vraiment, c'est nickel ! dit-il, apparemment très emballé.

— Bien, alors tant mieux, parce que tes parents m'ont dit que ça avait été un peu dur pour toi au début, répliqua l'oncle Laurie.

— Mais maintenant, ça va beaucoup mieux, dit Adam. Tu sais, j'ai donné une fête hier soir dans la grange, et il vaudrait mieux que je range un peu avant qu'ils rentrent.

— Je crois que t'as raison, alors prends bien soin de toi, et dis bonjour à ta sœur de ma part. On se verra tous à Noël.

— Oui, à Noël, dit Adam, et il raccrocha.

Il lui fallut longtemps pour nettoyer la grange et tout remettre en place. Quelqu'un avait vomi dans le seau et sur toutes les vieilles couvertures des chevaux. Il y avait des fers à cheval rouillés éparpillés un peu partout, et il manquait une pelle. Quand tout fut terminé, il aligna les tonneaux vides devant la porte de la grange, pour que son père les rapporte en ville dans son pick-up. Puis il sortit l'énorme sac poubelle archiplein à l'entrée de la ferme, et retourna vers la maison pour pelleter la neige sur les marches et y mettre du sel. Enfin il rentra, alluma un feu dans la cheminée, bourra la cuisinière à bois et alla de pièce en pièce, en mettant de l'ordre dans les magazines, les chaussons, les papiers. Il venait juste de s'asseoir devant le ragoût de mouton réchauffé, quand le téléphone sonna.

— Allô ? dit-il, la fourchette en l'air.

— C'est l'hôpital régional Kennebec. Est-ce que vous êtes monsieur Gatz ? dit la personne au bout du fil.

Adam reposa sa fourchette. Il avait envie de vomir.

— Non. Je veux dire, oui. Qu'est-ce qui se passe ? Est-ce qu'il est arrivé quelque chose ?

— Nous avons une Tragedy Gatz, ici. En soins intensifs. Je suppose que c'est votre...

— Sœur, répondit Adam comme un robot.

Par la fenêtre, il vit le pick-up bleu de ses parents tourner dans l'allée avec Ellen au volant. Il voyait leurs visages sereins derrière la vitre épaisse, et souhaita qu'ils continuent à conduire plus loin sans s'arrêter, vers un pays où il faisait beau et où les nouvelles sont toujours bonnes.

— On arrive, dit-il avant de raccrocher.

Il se leva et mit son manteau. Le sauté de mouton était resté intact sur son assiette. Ses parents ouvraient les portières du pick-up au moment où il sortait.

— Putain, qu'est-ce qui se passe, Adam ? cria Eli. Personne n'a pensé à donner à manger aux moutons ?

Ellen restait silencieuse, la bouche crispée et les joues pâles. Elle avait l'air de sentir que quelque chose ne tournait pas rond.

— Pousse-toi, maman, je vais conduire, déclara Adam en leur faisant signe de rester dans la voiture. C'est Tragedy, expliqua-t-il en fermant la portière et en démarrant. On lui a tiré dessus.

22

Il n'y a pas si longtemps, Nick attendait devant la porte de la chambre, pendant que Tom et Shipley s'envoyaient en l'air. Et il se glissait dans son lit après qu'ils s'étaient endormis, jusqu'avant leur réveil. Idem, Eliza devait supporter les jeux de mains sous la table de Tom et de Shipley, en faisant semblant de ne rien voir, pendant qu'elle mangeait ses sandwichs au beurre de cacahuète au réfectoire de Coke. Il n'y a pas si longtemps, Eliza se demandait si elle n'allait pas rejoindre la communauté lesbienne, et Nick envisageait sérieusement de consulter la thérapeute du dispensaire de la fac, pour parler de ses problèmes « mentaux » et de la gestion de sa colère envers sa mère et son camarade de chambre.

Et il n'y a pas si longtemps – quelques jours, en fait –, Tom et Shipley étaient considérés comme un de ces petits couples bons à marier dès la fin de leurs études à Dexter.

Mais la roue tourne. C'était Shipley, maintenant, qui faisait semblant de travailler à son bureau pendant qu'Eliza étalait de la crème à la cortisone sur le corps presque entièrement nu de Nick, sous une mince couverture en coton.

— Tu te rases les jambes ? murmura Eliza.

— Mais non, protesta Nick.

— Mais elles sont tellement lisses et douces, insista Eliza. Tu es sûr ?

Nick renifla et fit bouger ses pieds.

— Tu as envie de les examiner, pour vérifier ?

Eliza disparut sous la couverture. Shipley monta le volume de Tchaïkovski et relut le même passage de Byron pour la troisième fois.

— Hé ! cria Nick, arrête !

Shipley se leva et retira ses oreillettes.

— On se verra plus tard ! leur lança-t-elle, même s'ils ne l'écoutaient ni l'un ni l'autre.

Dans le couloir, elle s'arrêta devant un des téléphones fixes et composa le numéro des Gatz.

« Laissez-nous un message ou rappelez si vous pouvez ! » C'était le répondeur avec la voix de Tragedy, forte et joyeuse.

« Allô, ici Shipley Gilbert, je voulais parler avec Adam, dit Shipley. Il n'y a pas de message », ajouta-t-elle avant de raccrocher stupidement, pensa-t-elle.

Elle traîna dans le hall presque désert. Elle se demandait ce qu'elle allait faire. Elle n'avait pas encore revu Tom – personne ne l'avait revu –, mais elle supposait qu'il dormait encore. Une bonne copine lui aurait apporté un café gratuit avec une assiette de sandwichs du réfectoire. Une petite amie un peu cool passerait la journée avec lui, à lui faire réviser ses fiches en économie pour qu'il réussisse à ses examens. Mais elle avait déjà prouvé qu'elle n'était pas la petite amie idéale.

Le soleil de midi était haut et brillant. À travers les vitres du hall, elle voyait la Mercedes noire, bien garée devant le service de sécurité de Dexter, près de la route. De quoi était rempli le coffre, en ce moment ? Beignets, croissants, sablés ?

Quatre mois auparavant, elle aurait téléphoné chez elle pour parler de Patrick, mais elle n'était plus la même personne qu'il y avait quatre mois. Elle n'était plus aussi vertueuse, ni loyale ni discrète. Elle n'était pas la bonne petite sœur que son méchant frère avait toujours harcelée ou ignorée. Ou qu'il avait tellement détestée. Elle n'avait aucune idée de qui elle était ou de ce qu'elle allait devenir. Mais il était possible que le fait de voir partir son frère en prison déclenche des solutions. Rien à péter de Byron. Elle en savait assez sur les Romantiques depuis le début du semestre pour déchirer aux examens.

La prison était une annexe du commissariat de police, un bâtiment rajouté rectangulaire en béton, avec une rampe pour handicapés. En flot régulier, des gens montaient et descendaient la rampe, comme s'ils allaient à la poste. Pour quelles raisons les gens allaient-ils si souvent au commissariat, se demanda Shipley, en dehors des visites à un prisonnier ?

— Les amendes à votre droite, lui dit la femme en uniforme derrière le bureau principal.

— Non, moi je viens pour voir quelqu'un. Dans votre prison, déclara Shipley.

— Donnez-moi votre nom, votre lien de famille avec le détenu et votre carte d'identité s'il vous plaît, dit la femme.

Après quelques minutes d'attente, un officier la conduisit jusqu'à la prison en passant par des couloirs. Il n'y avait pas de barreaux. La seule indication d'une contrainte de sécurité était que l'officier les avait enfermés tous les deux à clé après être sorti.

— Vous avez de la visite, dit l'officier en frappant à une autre porte avant de l'ouvrir avec une clé. Ça va aller avec lui, là-dedans ? demanda-t-il à Shipley.

Finalement, Shipley regrettait d'être venue. Elle aurait préféré avoir un médiateur pour faire les présentations, les questions et les réponses. Mais elle était toute seule.

— Je crois que ça va aller, répondit-elle à l'officier en hésitant. Mais pouvez-vous laisser la porte ouverte ?

L'idée de se retrouver coincée là avec Patrick la terrifiait complètement. Qu'est-ce qu'ils allaient pouvoir se dire ?

— Sans problème, dit l'officier en ouvrant la porte toute grande. C'est la procédure habituelle. (Il s'écarta de la porte et tira une chaise pliante dans le couloir.) Je serai là si vous avez besoin de moi.

Patrick était assis sur un matelas, un livre à la main. Il avait les cheveux et la barbe longs et hirsutes. Il portait le pull en laine qu'elle lui avait acheté chez Darien Sports, un pantalon de survêtement Dexter, et des bottes de chantier sans lacets. Il ne portait plus sa sempiternelle veste.

— Salut, dit Shipley. Sympa, le pull.

Patrick regarda le pull, puis sa sœur.

— Merci.

— Le survêtement aussi, on pourrait croire que tu es encore étudiant.

Le ton sarcastique de Shipley l'énerva.

— Est-ce que tu vas me faire sortir ?

Elle appuya son dos le long du mur. Le seul endroit où s'asseoir était le lit de camp, et Patrick était déjà assis dessus.

— Ça dépend, dit-elle, mais elle ne savait pas de quoi ça dépendait.

Elle ne se souvenait plus quand elle avait parlé face à face avec Patrick.

— Est-ce que tu savais que papa et maman s'étaient séparés, et que papa a un appart à Hawaï ? Il va me faire venir là-bas après les examens. Oh, et puis tu sais, la grande tente sur le campus a pris feu. La yourte. C'est dingue. (Elle mit les mains sur ses hanches.) Qu'est-ce que tu as fait tout ce temps ? Où tu étais ?

Patrick haussa les épaules.

— Ben, ici et là, je veux dire.

Il n'était pas surpris pour ses parents. Ils s'étaient toujours disputés énormément.

Et il n'était pas surpris pour la yourte non plus. Il en avait fait un très joli petit feu.

— Bon. Alors, tu me fais sortir ? répéta-t-il.

Il voulait voir comment la frangine s'en tirait. Il s'en foutait, au fond, de rester ou pas, il voulait seulement savoir.

Shipley jeta un coup d'œil dans la pièce. Maintenant qu'elle était ici depuis un moment, ça ressemblait davantage à une cellule de prison. Il n'y avait pas de fenêtres, et rien, à part un lit de camp, un W-C et un lavabo.

— Qu'est-ce que tu lis ? demanda-t-elle.

Patrick retourna le livre dans ses mains.

— C'est la Bible, dit-il. Je lisais un autre bouquin avant, mais il a été détruit. Et tu sais, la Bible, c'est pas si mal.

Shipley s'attendait à ce qu'il se lance dans un prêche fastidieux. Patrick était né pour plonger dans certains systèmes de pensées païennes ou mystiques, et il devenait très bigot et très intolérant avec ceux qui ne partageaient pas ses croyances, jusqu'à ce qu'il trouve une nouvelle idéologie à adopter. Et il avait toujours un livre comme support. La Bible était presque trop évidente, pourtant. Avec ses cheveux longs et sa barbe en friche, il ressemblait déjà beaucoup à Jésus.

— Je devrais peut-être la lire de temps en temps, dit-elle, même si elle n'avait pas l'intention de le faire.

Ils lui avaient pris son sac à l'entrée, autrement elle aurait bien grillé une cigarette.

— Alors, qu'est-ce que tu vas faire quand tu seras dehors ? demanda-t-elle. Je veux dire, tu ne peux pas continuer à voler la voiture.

Patrick secoua la tête.

— Je ne l'ai pas volée, je l'ai empruntée. Et puis, cette voiture est à moi aussi.

Shipley leva les yeux au ciel. Elle avait vraiment envie d'une cigarette.

— Il faut que j'aille voir quelqu'un, lui dit Patrick. Est-ce que tu peux me faire sortir d'ici, s'il te plaît, pour que je puisse y aller ?

Shipley ne l'avait jamais entendu parler comme ça, comme si ça comptait pour lui. Et elle avait vraiment envie d'une cigarette.

— D'accord, dit-elle. Tu sais que j'ai des examens demain ?

Elle passa la tête par la porte du couloir et appela l'officier.

— Qu'est-ce que je dois faire pour le faire libérer ?

Comme Shipley n'avait pas porté plainte, et qu'il n'y avait pas de preuves que Patrick ait fait quelque chose d'illégal, elle n'avait plus qu'à retirer de l'argent liquide pour payer la caution d'avance sur sa carte de crédit, et payer l'amende.

— Merci, maman, dit-il quand elle signa le reçu.

L'officier conduisit Patrick vers la réception et le lui remit comme on offre un cadeau à quelqu'un. Comme un présent dont elle ne voulait pas.

Elle pensa à prévenir ses parents. Mais on verrait ça à Noël.

— Bien, alors, qui as-tu tellement envie d'aller voir ? lui demanda-t-elle lorsqu'ils se retrouvèrent dehors.

Si seulement Patrick connaissait le nom de la fille, ça aurait pu les aider.

— Seulement la famille, leur dit la réceptionniste de l'hôpital.

— Mais c'est moi qui l'ai amenée, protesta Patrick. Elle portait un manteau de fourrure et elle saignait. Est-ce qu'elle est encore vivante ?

Shipley se demanda si elle n'aurait pas dû appeler son père, finalement.

La réceptionniste jeta un coup d'œil sur un papier qui se trouvait sur son bureau.

— Comment vous appelez-vous ?

— Patrick.

Elle relut le papier.

— Est-ce que vous vous appelez Pink Patrick ?

Shipley se dirigea vers une chaise.

— Je vais attendre ici, pendant que tu vas faire ta visite.

Elle s'assit et ramassa le magazine *Time* du mois de novembre, avec Bill Clinton sur la couverture.

— Elle vous attend, dit la réceptionniste à Patrick. C'est au premier étage. Tragedy Gatz, chambre 209. Elle sort tout juste des soins intensifs.

Shipley laissa tomber le magazine. Patrick était déjà presque arrivé devant l'ascenseur.

— Attends ! s'écria-t-elle en courant le rejoindre. Attends-moi !

La réceptionniste l'interpella, mais elle sauta dans l'ascenseur, le cœur battant à tout rompre, forte fortissimo.

La porte de la chambre était ouverte. Adam et deux personnes, qui devaient être ses parents, se tenaient à la tête du lit où gisait la sœur d'Adam. Elle avait des pansements sur les mains, des égratignures sur le visage et une intraveineuse fichée dans le bras.

— Alors, vous êtes venu assister à une transplantation du cul ? plaisanta Tragedy en les voyant. Vous êtes pile poil dans la bonne chambre.

Le type qui avait débarqué avec Shipley cligna des yeux, et ces yeux d'un bleu glacier lui rappelèrent vaguement quelqu'un, mais Adam ne savait pas qui.

Patrick ne s'attendait pas à trouver un public, et maintenant qu'il était rassuré sur l'état de la fille, il n'était pas certain de vouloir rester.

— Je peux revenir plus tard, dit-il en pressant le corps du chaton dans sa poche.

Bizarrement, le chaton avait dormi pendant tout le temps où il était resté en prison. Ellen avait repris des couleurs.

— Alors, c'est vous, le fameux Pink Patrick ! s'écria-t-elle. Notre héros ! (Elle leva les yeux vers Shipley.) Et vous, qui êtes-vous ?

Adam s'éclaircit la gorge.

— Maman, c'est Shipley, la fille dont je t'ai parlé.

Elle fit une sorte de moue qui signifiait clairement qu'elle n'était pas trop contente de ce qu'elle avait déjà entendu.

— Laissons Pinkie et Tragedy seuls un moment, dit-elle en faisant sortir tout le monde de la chambre. Ce garçon lui a sauvé la vie.

Shipley les suivit dans le couloir et referma la porte derrière elle ; elle avait du mal à imaginer Patrick en héros.

— Tu ne croiras pas la matinée que j'ai passée, dit-elle à Adam.

— Un chasseur lui a tiré dessus, dit Adam. Elle est partie faire une promenade la nuit dernière, avec le manteau de fourrure de maman sur le dos. Elle s'est perdue dans la neige, et alors un chasseur lui a tiré dessus.

— Et si elle était morte, j'aurais dû te tuer aussi, déclara Eli, je vous aurais tués tous les deux.

— Il faisait tellement mauvais temps que le type n'a peut-être même pas su qu'il avait tiré sur quelqu'un, continua Adam, ignorant son père. De toute façon, c'était un accident.

— De toute façon, elle va bien ? insista Shipley, en cherchant l'approbation d'Adam.

Ses parents n'étaient pas franchement chaleureux avec elle.

Adam se rembrunit.

— Elle ne va pas si bien que ça.

— Je suis vraiment désolée, dit-elle.

— Juste pour vous prévenir, Adam est puni, il est en quarantaine jusqu'à ses quarante-cinq ans, même si ça ne change rien, répliqua sèchement Ellen.

Shipley éclata de rire. Puis elle s'arrêta net. Personne d'autre ne riait.

Adam aurait voulu la toucher, l'embrasser, lui dire que tout allait bien, mais il avait déjà pris une décision dans son cœur, qui n'avait rien à voir avec le fait de pouvoir la toucher, l'embrasser, lui parler de nouveau et à jamais.

Ellen et Eli allèrent vers le distributeur de café et se versèrent deux gobelets de café au lait mous-

seux. Shipley s'appuya sur le mur et ferma les yeux.
Elle avait envie de dormir.

— Mon frère a toujours été tellement givré, dit-
elle, en ne s'adressant à personne en particulier.

Patrick avait développé une haine des hôpitaux
depuis qu'il était tout petit. Il souffrait d'otites et de
sinusites à répétition, et le pédiatre avait conseillé
l'ablation des amygdales et des végétations à six ans.

Ses parents lui avaient menti : « Tu seras
endormi et tu ne sentiras rien, et quand tu te réveil-
leras tu pourras manger des glaces. » Mais quand
il s'était réveillé, il avait l'impression que sa tête
était devenue une grosse pieuvre dont les huit tentacules auraient été mangés par un requin. Il ne
voulait pas manger de glace et avait refusé de parler à ses parents. Et depuis ce jour-là, il avait aussi
refusé de quitter sa veste.

Shipley n'était qu'un bébé à l'époque, un petit
être joyeux qui faisait innocemment des grosses
flaques par terre en écrabouillant sa crème glacée
pendant qu'il regardait, l'un après l'autre, les épi-
sodes de La Cinquième Dimension. Il croyait que
leur rencontre aujourd'hui allait changer le cours
des choses, que c'était un carrefour dans leur cheminement, et qu'il deviendrait pour elle plus qu'un
bref sujet de poème. Mais les choses n'étaient pas
si simples.

La chambre était pleine d'appareils clignotants.
Il y avait des fleurs sur une table de chevet et une
télé vissée au mur. Ça n'avait rien à voir avec la
prison, mais il y flottait un peu la même odeur.

— Je t'ai apporté quelque chose.

Patrick prit le chaton dans sa poche et le posa
sur le lit. Le chaton rampa sur la poitrine de Tra-

gedy et se coucha sur elle. Elle caressa sa fourrure douce de ses mains bandées.

— Alors tu vois, je suis encore là, grâce à toi. (Elle jeta un coup d'œil à Patrick et grimaça.) Je ne suis pas très vaillante, ne m'en veux pas si je m'endors.

— Moi, je me suis retrouvé en prison, pas à cause de toi, mais pour autre chose, lui expliqua-t-il pour s'excuser de ne pas être venu plus tôt.

Tragedy ferma les yeux.

— C'est bon. T'en fais pas.

Dans le couloir, Adam fit un pas vers Shipley et s'arrêta soudain.

— Écoute, murmura-t-il, j'ai deux examens demain et deux mercredi, et ensuite j'ai terminé. (Son regard rencontra le sien.) J'ai demandé mon transfert dans une autre fac.

— Quoi ?

Shipley retint sa respiration. Dans son esprit, elle avait déjà prévu deux scénarios distincts. Dans le premier, Tom provoquait Adam en duel à l'épée et Tom gagnait. Dans le second, elle empoisonnait Tom à l'arsenic, et Adam et elle s'enfuyaient à Hawaï tous les deux.

— Tu t'en vas où ?

— En Angleterre, à East Anglia. Il y a un programme Erasmus entre Dexter et cette fac, et j'ai pu m'y faire accepter avec ma bourse d'études. Je n'avais pas vraiment prévu d'y aller, mais maintenant je crois que ça vaut mieux. Mes parents sont vraiment en colère contre moi.

— Oui, ça vaut mieux, répéta Shipley.

Elle se retourna pour regarder les parents d'Adam dans les bras l'un de l'autre, près de la machine à café. Elle aurait aimé faire leur connais-

sance et devenir amie avec eux, mais ils ne voulaient pas la connaître. Quelqu'un devait porter le
chapeau pour ce qui s'était passé, et c'était elle. La
fouteuse de merde, c'était elle.

Adam lui toucha le bras et elle se retourna.
Avant qu'il puisse dire quoi que ce soit, Shipley prit
sa tête et l'embrassa sur la bouche. Il avait l'intention de lui dire au revoir en la prenant gentiment
dans ses bras, mais Shipley était chamboulée par
ce qu'elle venait de faire : sauver son frère de la
prison et rendre visite à une fille à moitié morte à
l'hôpital, et elle avait besoin d'aller au bout de cet
épisode dramatique. Ce n'était pas le baiser à la
hussarde sur la porte du frigo chez le Pr Rosen,
mais ça y ressemblait.

— Adam ? (Ellen s'approcha pour les interrompre.) Nous retournons à la maison dès que l'ami
de Tragedy sera sorti de la chambre. Nous allons
lui faire à déjeuner. Tu viens avec nous ?

Adam sourit sous le baiser de Shipley. Il n'avait
pas l'intention d'interrompre ce baiser. Il aurait
pu l'embrasser comme ça toujours. Finalement,
Shipley se recula et lui rendit son sourire.

— Maintenant, tu auras de quoi te souvenir de
moi.

Adam mit les mains dans ses poches.

— Je ne t'oublierai pas, promit-il.

— Ravie de vous avoir rencontrés, dit Shipley
aux parents d'Adam, mais ils firent comme s'ils
n'avaient rien entendu.

Bien entendu, ils ne l'avaient pas invitée à déjeuner, et Patrick serait mieux chez les Gatz qu'avec
elle.

— Je crois que je vais aller réviser, dit-elle.

Adam ferma les yeux et les rouvrit. Elle était
encore là, même si elle s'était rapprochée de l'ascenseur dans le couloir. Celui-là s'arrêta avec un

« ping » et les portes s'ouvrirent. Shipley leva la main en signe d'adieu et disparut.

Tragedy était trop fatiguée pour parler. Le chaton faisait sa toilette, lové dans le creux de son bras, en écrasant méthodiquement sa fourrure avec sa petite langue rose râpeuse. Patrick alluma la télé, mais c'était tellement fort et tellement soûlant qu'il l'éteignit aussitôt. Il ouvrit le tiroir de la table de chevet et y trouva une autre bible. Il échangea celle qu'il avait prise en prison avec celle de l'hôpital et referma le tiroir.

— Bon, hé bien je crois que je vais y aller, dit-il. Je suis content que tu sois vivante, ajouta-t-il sans aucune trace d'émotion.

Tragedy tourna la tête.

— Le docteur a dit que je pourrai sans doute plus avoir d'enfants, maintenant, dit-elle, et ça me fait bien chier.

Patrick sourit au ton de la phrase.

— Pas cool, ouais, dit-il.

Elle ferma les yeux.

— Ne t'imagine pas que tu vas t'en aller comme ça. J'ai parlé de toi à mes parents. Ils te ramènent chez nous, pour te donner des bonnes choses à manger et un lit extra pour dormir. Alors profite, crétin !

Patrick n'était pas trop chaud pour ça. Il ne connaissait pas les Gatz, et généralement les gens ne le supportaient pas. Le pire, avec la yourte cramée, c'est qu'il n'avait plus d'endroit où dormir. Mais il avait encore ses vieux squats d'hiver, un vieux mobile-home pourri et sans fenêtres sur les rives du fleuve Messalonskee, une grange délabrée près d'une brasserie artisanale, un relais pour poids lourds à Lewiston, un asile de l'Armée du

Salut à Augusta, et dès que les étudiants seraient repartis pour les vacances de Noël, les cuisines surchauffées au sous-sol du bâtiment Root.

— À plus tard, dit-il.

Il ouvrit la porte et la referma doucement derrière lui. Les Gatz l'attendaient en souriant et lui firent l'accolade.

— Ouais, à plus tard, Pinkie, bâilla Tragedy.

Et elle s'endormit.

23

Le sommeil et l'état de veille sont des activités contrôlées par des groupes bien spécifiques des structures du cerveau. Le corps assure son travail de réparation pendant le sommeil en restaurant les réserves d'énergie et de tissus musculaires. Si vous voulez récupérer vos forces après un trip à l'ecsta ou à l'éther, sachez qu'il faut du temps pour remettre les choses d'équerre.

Tom s'était évanoui à plat ventre et tout habillé sur son lit, un peu avant 9 heures du soir le samedi. On était dimanche, et il était 4 heures de l'après-midi. Du plus profond des limbes de son cortex cérébral, il détecta un bruit de coups sourds et répétés qui étaient trop forts pour être le bruit de son cœur. Ses orteils se détendirent, il fit bouger ses chevilles, et roula sur son lit avant d'ouvrir les yeux. Le soleil filtrait par les fenêtres. Il y avait une odeur de pain brûlé dans l'air.

— Tom ? (Toc ! Toc ! Toc !) Tom ?

Il restait allongé sur le lit, les yeux clignotants fixés sur le plafond.

Ses lèvres étaient soudées. Ses sinus étaient comme récurés par le furet d'un plombier.

— Tom ? (Toc ! Toc ! Toc !)

Quel jour on est ? se demanda-t-il. Il se souvint de la pièce qui s'était bien passée, pensa-t-il. Ses parents étaient là, ou alors il avait rêvé tout ça. Ils les avaient emmenés, lui et Shipley, dans ce restaurant de fruits de mer au bord de la rivière. Il avait mangé de la langouste. On lui avait mis un bavoir.

Là, maintenant, il avait un creux à l'estomac, et cette douleur, c'était peut-être une allergie à la langouste.

(Toc ! Toc ! Toc !)

— Tom ? Vous êtes là ? Je vais entrer, la porte n'est pas fermée à clé.

Le Pr Rosen ouvrit la porte et entra dans la chambre, comme si elle revenait d'une balade à skis de fond. Elle portait des grosses chaussettes de laine grise, remontées par-dessus son large pantalon marron en velours côtelé. Sa veste en Goretex rouge était nouée autour de sa taille, et elle avait gardé ses lunettes de soleil et son bonnet de ski violet. Elle s'arrêta un moment pour examiner les tubes de peinture écrasés, les brosses et les pinceaux, les toiles en train de sécher, le sol maculé de peinture, le lit de Nick retourné contre le mur du fond, et le corps prostré de Tom.

— Tom, dit-elle brusquement, vous ne m'avez pas entendue frapper ?

Tom se hissa sur les coudes.

— Où est Shipley ? (Il s'assit et frotta ses yeux gonflés de sommeil.) Ben, c'est quoi, cette odeur de brûlé ?

Le Pr Rosen lui fit un petit sourire en coin un peu crispé.

— Vos parents sont passés ce matin pour voir comment vous alliez, mais ils n'ont pas voulu vous réveiller. Ils devaient repartir pour New York. Je leur ai promis de passer vous voir un peu plus tard. Votre père voulait s'assurer que vous trouveriez du temps pour réviser avant les examens.

Tom cligna des yeux et regarda son poignet. Il n'avait plus de montre. Il l'avait retirée pour la pièce.

— Alors on est dimanche, dit-il.

— Oui, et l'odeur de brûlé vient de la fumée de la yourte que votre ami Nick a construite derrière la résidence. Elle a brûlé ce matin, dit-elle.

— Nom de Dieu !

Tom jeta un coup d'œil au lit retourné de Nick, et s'inquiéta.

— Personne n'a brûlé à l'intérieur, j'espère, ou un truc dans le genre ?

— Non.

Le professeur se dirigea vers la chaise de bureau et attrapa la serviette de bains bleue qui recouvrait le dossier. Elle lui lança la serviette, en disant :

— Allez donc prendre une douche ! Je vais voir si je peux trouver Shipley. Donc, rendez-vous devant la résidence dans vingt minutes. Je vous invite à manger tous les deux.

Tom attrapa la serviette.

— Est-ce qu'on ne peut pas aller au réfectoire pour le petit déjeuner ?

Le professeur lui adressa un autre sourire en coin.

— Tom, il est 4 heures et demie de l'après-midi. Le réfectoire ne sera pas ouvert avant 6 heures.

Shipley fit irruption dans la chambre au moment où Tom, tout juste sorti de sa douche, regardait le cercle de cendres noires fumantes dans l'épaisse couche de neige blanche, tout ce qui restait de la yourte.

— Tom !, s'écria-t-elle en lui tendant un maxi gobelet de café. (Quand le Pr Rosen lui avait téléphoné, elle était allongée sur son lit, morte de fatigue à cause de toutes ces émotions, à faire semblant de travailler.) Je t'ai pris un café au lait viennois.

Ses cheveux blonds étaient coiffés en queue-de-cheval mal brossée, et elle avait de gros cernes noirs sous les yeux. Le bas de son jean était trempé et strié de traces de sel. Elle était superbe. Tom lui tendit les bras. Sa serviette de bain glissa par terre.

— Je t'aime, dit-il, complètement nu.

Shipley posa le café sur le bureau barbouillé de peinture et se jeta dans ses bras. Il la serra très fort à travers son manteau et posa sa tête dégoulinante sur son épaule.

— J'espère que j'ai pas fait trop de conneries hier soir, murmura-t-il.

Elle tapota son dos mouillé avec ses mains gantées de mitaines. Il était tellement grand, et sa chambre était un vrai bordel. D'ailleurs, lui aussi était en vrac, à fond. Mais elle l'aimait comme il était, un beau bordel. Elle l'aimerait toujours. Et Adam aussi.

— Tu as été formidable, oui, vraiment sublime, dit-elle, et elle se pencha pour ramasser la serviette. Allez, habille-toi. Le Pr Rosen est en bas. Elle dit qu'elle veut nous acheter des beignets.

Dehors, le soleil commençait à décliner derrière la colline. Le minivan du Pr Rosen les attendait. De rares flocons de neige tombaient des arbres sur le sol. Tom ouvrit la portière du minivan. Il y avait un bébé attaché dans un siège auto à l'arrière.

— Hé, je ne savais pas que vous aviez un bébé !

Il fit des grimaces au bébé en lui tirant la langue et en rabattant ses oreilles comme un lapin. Le bébé avait l'air de dormir les yeux ouverts.

— Allez, grimpez !

314

Le Pr Rosen se retourna et lança par terre des tas de trucs qui encombraient le siège arrière, couches, cartes touristiques, biberons.

Tom et Shipley s'installèrent. Nick et Eliza étaient déjà sur le siège du fond, et ils se tenaient par la main.

— Salut les Nases, dit Eliza. Qu'est ce que vous foutez ici ?

Nick avait encore les joues rouges et brillantes à cause des surdoses de cortisone.

— Alors, vous êtes prêts pour les examens ?

Tom ouvrit la portière et s'installa du côté droit du siège bébé, tandis que Shipley s'asseyait de l'autre côté.

— Incroyable, qui aurait pu dire qu'il allait neiger comme ça la nuit dernière ?

Il surprit le regard inquisiteur du professeur dans le miroir.

— Vous le saviez ?

Le Pr Rosen s'engagea sur la grande route.

— La tempête a été annoncée toute la semaine aux JT. Les gens ont dévalisé tous les rayons des épiceries et des supermarchés. Il ne restait plus une dinde. Pas une pomme de terre non plus. Ils ont dû croire que la terre allait s'arrêter de tourner.

Ils descendirent vers la ville. Il y avait un manteau de neige tellement épais qu'on se serait cru dans un paysage de Noël chez Walt Disney.

— Regardez ça, comme c'est beau ! s'extasiait Tom, comme s'il n'avait jamais vu de la neige avant.

Il se retourna pour admirer le profil de Shipley, qui se détachait sur le blanc des bas-côtés enneigés. Puis, il regarda le bébé. Ses yeux étaient d'un brun profond et sa peau avait la couleur du sirop d'érable. Il tenait le doigt de Shipley.

— Vivement que Noël arrive, murmura Shipley. La peau de Beetle lui rappelait Hawaï.

— Oui, moi aussi, j'ai hâte d'y être, ajouta le Pr Rosen.

— Nous allons à Sedona.

— Et moi, je vais rester en pyjama jusqu'au premier de l'an, bâilla Tom.

— Moi, je vais chez les parents d'Eliza, précisa Nick dans le fond.

— J'ai envie de beignets, reprit Eliza. (Sa main glissa dans le bas du dos de Nick, descendit plus bas dans le pantalon et s'arrêta là.) Hé, dites, est-ce que vous avez déjà vécu une de ces méga expériences de déjà-vu ?

Elle admira la neige, puis se tourna vers Nick et lui tira la langue.

Il était plus beau sans son hideux bonnet, et sa peau reprenait une texture normale. Nick repoussa les cheveux sur le front d'Eliza, pour voir quelle tête elle aurait sans sa frange.

— Ouaouh ! dit-il, et il laissa retomber la frange. Tu devrais peut-être commencer à porter des bonnets ou des chapeaux. (Il l'embrassa sur le bout du nez.) Je pourrais t'en tricoter un.

— Oh, Seigneur ! grimaça Eliza. Je t'en prie, fais qu'on nous achève pour nous épargner une telle déchéance…

Shipley défit sa ceinture et rampa par-dessus le siège de Beetle pour s'asseoir sur les genoux de Tom.

— Ouille ! s'écria le Pr Rosen.

Nick et Eliza étaient encore complètement enchevêtrés, mais tout à coup le bruit sec du dérapage des pneus sur la route glissante couvrit les gémissements de succion de leurs baisers. Tom serra fortement Shipley dans ses bras. À travers la vitre arrière de la voiture, elle voyait la lumière

bleue de la chapelle de Dexter qui brillait consciencieusement au sommet de la colline, comme un
sémaphore. Il était difficile de croire qu'un jour
cette lumière s'éteindrait.

Derrière eux, la route se déroulait comme une
rivière noire, découpée sur une plaine blanche bor-
dée d'arbres sombres. Un ruban de fumée rose sortait d'une cheminée dans une ferme tout proche.
Elle imagina Patrick et Adam avec les parents
d'Adam, assis autour du feu, en train de manger
les petits gâteaux de Tragedy et buvant du vin.
Si Adam allait en Angleterre, Patrick pourrait
conduire sa voiture au lieu de prendre la Mercedes.
Il pourrait même habiter chez les Gatz. C'était
peut-être une bonne solution pour tout le monde.

Elle prit Tom par le cou et l'embrassa obstinément et méthodiquement, comme quelqu'un qui a
oublié ses clés et qui veut rentrer à la maison coûte
que coûte. Elle lui embrassa le front, les tempes,
les oreilles, le cou, le menton. Il sentait bon le
savon Ivory, le gel de rasage Gillette, le dentifrice
Colgate et le shampoing pour bébés Johnson et
Johnson, toutes ces odeurs familières. Mais elle
crevait de désir pour d'autres choses, tout ce qu'elle
ne connaissait pas encore. Quand on a pris goût
au frisson de l'inconnu, c'est difficile de se conten-
ter de moins.

Elle reprit son souffle.

— Tu savais qu'ils avaient de la neige, à Hawaï ?

— C'est pour ça que je me suis inscrit à la fac,
plaisanta Tom, pour apprendre des conneries
comme ça.

Il pencha la tête et tendit ses lèvres pour avoir
plus de câlins, plus d'elle. Shipley lui plaqua la tête
contre le siège et l'embrassa sur la bouche, avec
conviction cette fois. Puis, sans un mot, elle reprit
sa place de l'autre côté du siège bébé de Beetle. La

voiture fit une embardée sur un cassis, et pendant quelques instants elle resta suspendue en l'air. Un des livres de philosophie de Nick s'échappa de son sac et glissa sur le plancher sous les pieds de Shipley, *Enquête sur l'entendement humain.* Dieu merci, elle n'était pas dans ce cours.

Elle rattacha sa ceinture de sécurité et regarda par la fenêtre. Le ciel était mûr et gonflé, prêt à reneiger bientôt. Plus, toujours plus de neige, de baisers, de sexe, de coups de fusils, d'incendies. C'est pour ça qu'elle était venue – qu'ils étaient tous venus. C'était ça, la fac.